Príncipe dos Pesadelos

© 2025 by Universo dos Livros

Diretor editorial
Luis Matos

Gerente editorial
Marcia Batista

Produção editorial
Letícia Nakamura
Raquel F. Abranches

Tradução
Jacqueline Valpassos

Preparação
Thiago Bio

Revisão
Lui Navarro e Thiago Fraga

Arte e adaptação de capa
Renato Klisman

Diagramação
Francine C. Silva

Ilustração da capa
Brittany Jackson

Capa
Scott Piehl

Dados Internacionais de Catalogação na Publicação (CIP)
Angélica Ilacqua CRB-8/7057

M592p	
	Miller, Linsey
	Príncipe dos pesadelos / Linsey Miller ; tradução de Jacqueline Valpassos. –– São Paulo : Universo dos Livros, 2025.
	320 p. (Coleção Príncipes, vol. 2)
	ISBN 978-65-5609-716-9
	Título original: Prince of thorns and nightmares
	1. Literatura infantojuvenil norte-americana 2. Contos de fadas I. Título II. Valpassos, Jacqueline III. Série
24-5377	CDD 028.5

Universo dos Livros Editora Ltda.
Avenida Ordem e Progresso, 157 — 8º andar — Conj. 803
CEP 01141-030 — Barra Funda — São Paulo/SP
Telefone/Fax: (11) 3392-3336
www.universodoslivros.com.br
e-mail: editor@universodoslivros.com.br

~ SÉRIE Disney PRÍNCIPES ~

Príncipe dos Pesadelos

LINSEY MILLER

São Paulo
2025

Grupo Editorial
UNIVERSO DOS LIVROS

Para todos que perseguem seus sonhos.

~ L. M.

Prólogo

UM AMANHECER rosado se espalhou pelo reino de Ald Tor. A floresta que circundava o castelo na colina era um emaranhado de verdes-claros e castanhos-dourados, e seus caminhos estavam salpicados de viajantes aprumados. Moviam-se como formigas em filinhas organizadas rumo ao portão, e cavaleiros com armaduras recém-pintadas galopavam à frente deles. Os elaborados toucados das senhoras destacavam-se entre a multidão, trajes pontilhados de pérolas cintilavam à luz do sol e estandartes ondulavam à brisa matinal. As vozes ficavam mais altas perto do castelo, misturando-se à música que flutuava pela ponte levadiça. Cada rangido que as imponentes portas do salão do trono produziam ao serem abertas cortava os sons reconfortantes com a mesma crueza de uma lâmina.

O Príncipe Phillip engoliu em seco, remexendo-se desconfortavelmente dentro de sua pesada túnica de seda, e coçou a perna com o pé. A meia nova pinicava. Seu rosto recém-lavado estava vermelho e tenso. O presente que estava segurando parecia mais pesado do que naquela manhã.

— Faça uma reverência, cumprimente, parabenize-os e entregue o presente à Princesa Aurora — murmurou Phillip para si mesmo.

— O que você está resmungando aí, rapaz? — questionou seu pai, o Rei Humberto, olhando para Phillip por cima do ombro.

O garoto engoliu em seco outra vez.

— Nada!

Os dois estavam na ponta dianteira de uma fila comprida de visitantes diante das portas do grande salão do castelo. Haviam passado os minutos anteriores aguardando serem anunciados aos outros dentro do recinto, dando a Phillip bastante tempo para se preocupar. Mais cedo, fizera uma caminhada a fim de distrair a cabeça dos próprios pensamentos.

— Você não pode ficar falando sozinho quando conhecer Stefan — censurou o rei. — Esta é a primeira vez que Stefan e Leah veem você desde que era bebê, e você deseja impressioná-los, não é?

— Claro — respondeu Phillip.

Phillip *precisava* impressionar o Rei Stefan e a Rainha Leah. As histórias da época de seu pai como cavaleiro ao lado do Rei Stefan — longos dias na estrada com nada além de uma espada e malfeitores como companhia, melhores amigos caçando vilões mágicos e seus asseclas, tudo isso culminando na derradeira batalha contra Malévola, a fada má, até os reinos humanos enfim obterem vitória e a confinarem na prisão dela na montanha — foram a coisa mais interessante que o pai de Phillip já lhe contara.

E eram a *única* coisa sobre a qual falava.

— Bom rapaz. — O pai se inclinou e ajeitou a túnica e a capa azuis novas de Phillip. — Você está pronto para ser um príncipe de verdade?

Phillip fungou, segurou o presente com mais força e assentiu.

As grandes portas diante deles se abriram, as trombetas soaram novamente e alguém anunciou:

— Suas Majestades Reais, o Rei Humberto e o Príncipe Phillip!

— Até que enfim — murmurou o Rei Humberto, enquanto se apressava em direção aos tronos no outro extremo do salão.

Phillip se assustou com o anúncio e correu atrás do pai, torcendo para que o rei não tivesse notado que ele por pouco não tropeçara.

Os tronos estavam aninhados em uma alcova no outro extremo do salão, guarnecida por um brocado de seda verde e azul pendurado atrás deles como a copa de uma árvore contra o céu claro. O brasão preto e dourado de Sua Majestade, o Rei Stefan de Ald Tor, pendia das vigas elevadas. Mesmo sentado, ele era tão alto e imponente quanto seu castelo, com feições angulosas e pétreas. Sorria somente nas vezes que olhava para um berço ao lado dos tronos.

Phillip respirou fundo e ignorou a sensação de frio na barriga. Aquela era a primeira vez que ficava diante de tantas pessoas *e* do rei e da rainha de outro reino, e sabia que seu pai estava atento a qualquer deslize, por menor que fosse. Endireitou os ombros da mesma forma que o pai sempre fazia perante a corte. "Saudações a Aurora" podia se tornar "Saudações a nosso herói" caso se concentrasse bastante. Ele era o Príncipe Phillip!

Não havia razão para ficar intimidado.

Phillip se curvou diante dos dois monarcas sentados, conforme foi orientado, mas seu pai não o fez. O Rei Humberto estendeu os braços para o velho amigo, e o Rei Stefan se levantou. Os dois se abraçaram.

Um dia, o príncipe seria igual ao pai: amado e feliz, convidado para festas importantes e admirado. A expectativa o deixava animado e ansioso, em igual medida.

O pai de Phillip acenou para ele, e Phillip se aproximou apressadamente, entregando o presente ao Rei Stefan. O rei sorriu de modo educado e deu um tapinha na cabeça de Phillip. De perto, o rei de Ald Tor parecia mais caloroso e acolhedor. A Rainha Leah se adiantou e levou Phillip até a Princesa Aurora. Ele espiou por cima da beirada do berço.

A bebê era pequena e pálida, cerrando os punhos rechonchudos na coberta azul que a envolvia. Phillip nunca vira outro bebê, mas seu pai lhe contara que ele fora uma coisinha bela e barulhenta. Aquele ali fungava e sorria.

Era como um nabo enrugado e desdentado. Um nabo com o qual deveria se casar. O pai lhe dissera reiteradamente que era seu dever como príncipe unir-se em matrimônio à princesa, e Phillip queria ser um bom príncipe. Só não tinha certeza do que significava casar-se com ela e ninguém iria explicar isso a ele. O pai dissera que lhe contaria quando fossem mais velhos, mas e se a princesa não quisesse se casar com ele? Perguntar à bebê estava fora de cogitação.

As trombetas soaram mais uma vez e o pai de Phillip o conduziu para longe do berço. Um raio de luz desceu do teto e uma brisa suave farfalhou os muitos estandartes pendurados nos arcos altos. Três figuras apareceram, pequenos corpos brilhando com magia.

— Suas mais honradas e exaltadas excelências, as três boas fadas — anunciou o apregoador. — Dona Flora, Dona Fauna e Dona Primavera.

— Fadas — sussurrou Phillip, e seu pai riu.

Phillip tinha ouvido histórias sobre fadas, mas nunca as conhecera. E então havia três esvoaçando bem na frente dele. Eram poderosas e reclusas, ainda mais após a fracassada tentativa de conquista dos reinos humanos por parte de Malévola. Tinham a mesma aparência das histórias, asinhas finas como vidro tremulando atrás delas e os pés flutuando ligeiramente acima do chão. Discreto, Phillip se aproximou um pouco.

As três mulheres voaram em direção ao berço com suas asas vítreas.

— Procure nunca irritar as fadas — aconselhou o Rei Humberto, puxando Phillip para trás pelo colarinho. Ele deu um tapinha no ombro do filho. — Não há nada que possamos fazer contra a maior parte da magia delas, mas as promessas que fazem duram para sempre. Depois de firmar um acordo com uma, você pode obrigá-la a cumpri-lo.

Ele deu uma piscadela e Phillip assentiu, como se o conselho do rei fizesse algum sentido. Seu pai sorriu.

As fadas eram baixinhas e cada uma vestia uma cor diferente. A de verde tinha nuances de marrom, como uma folha ou um musgo. A de vermelho parecia mais com bagas de azevinho do que com fogo, e a de azul tinha o mesmo tom acinzentado da neblina em uma manhã de verão. Elas adejaram até o berço e arrulharam carinhosamente para a princesa antes de cumprimentar o rei e a rainha.

— A criança abençoaremos com um só presente. Nem mais, nem menos — disse a de vermelho. — Linda princesa, meu dom será o dom de beleza.

Ela agitou a varinha amarela brilhante em sua mão. A magia se reuniu, brilhou como estrelas sobre a Princesa Aurora e caiu sobre o berço como neve fresca.

Beleza? Phillip torceu o nariz. Beleza era legal, mas não era um dom.

Ele queria presenteá-la com um urso, como aquele no brasão da casa dele, Artwyne, mas o pai dissera que ursos não eram presentes apropriados.

Tão veloz quanto na vez em que ela se aproximou, a fada de vermelho se afastou e a de verde voou até Aurora. Phillip tentou se aproximar outra vez. Vira magia uma vez ou outra, quando seu pai chamara um mago, mas tudo o que o homem usou foram runas antigas, poções vermelho-sangue e encantamentos enfadonhos. Estudo de runas nenhum formava um verdadeiro cavaleiro, seu pai sempre dizia. Um herói confiava em si mesmo e em nada mais.

Mas ainda assim era magia, e Phillip abriu a boca de espanto quando a varinha da fada faiscou. Elas tinham o poder de presentear a princesa com qualquer coisa: companheiros astutos e leais, ou mesmo a própria magia! Aquele segundo presente tinha que ser mais emocionante do que *beleza*.

— Minha princesa — disse a fada —, meu dom será o dom de cantar.

— Cantar? — indagou Phillip, olhando para o pai. — Qual a utilidade disso?

— Uma voz e um rosto encantadores tornam uma esposa mais encantadora — sussurrou o Rei Humberto. — Algo que você deveria agradecer.

Phillip não tinha certeza do que era uma esposa, mas, com os presentes das fadas, a caixa de música dourada que ele dera à princesa fora deixada de lado. Eles nunca teriam sido capazes de ignorar um urso.

— Por que isso é importante para mim? — perguntou Phillip. — Você disse que os presentes são para a pessoa a quem você os dá. Essas coisas não são para ela. E se ela não gostar de cantar?

— Silêncio. — Seu pai lhe deu um peteleco na orelha.

Em seguida, a fada de azul ergueu a varinha, mas uma rajada de vento quase a arrancou de suas mãos enquanto ela se preparava para dar à bebê o último presente. As portas se abriram, batendo com força nas paredes, e as pessoas se espalharam pelo salão. O pai de Phillip o puxou para trás dos tronos e se virou para o Rei Stefan. Phillip espiou por trás das pernas do pai, torcendo para que seu tremor não fosse perceptível. Os barulhos o apavoraram, mas a reação do pai o apavorou mais ainda. Nada jamais assustava seu pai.

Um trovão ribombou apesar do céu sem nuvens, e um raio atingiu o chão do lado de fora das portas de vaivém. Um fogo verde de aparência doentia ganhou vida no centro do salão. Sem produzir fumaça, oscilantes, as chamas se contorceram até formar uma figura esguia, ainda mais alta do que o Rei Stefan. Seu toucado erguia-se bem alto e sua capa se movia como sombras tremulantes. Ela sorria com desdém, e sua boca era que nem um corte vermelho contra a pele pálida. Um corvo se empoleirou no orbe na ponta do cajado da mulher.

— Ah! — exclamou a fada de vermelho. — É a Malévola!

O nome atingiu Phillip como uma flecha. Malévola deveria estar aprisionada, restrita à montanha dela para pensar nas maldades que havia praticado. O pai de Phillip e seus companheiros levaram anos para levá--la de volta à Montanha Proibida, e então ela estava bem ali, diante de todos eles. Phillip tentou ser corajoso e não recuar, mas, quando a fada má olhou para ele, foi como um cozinheiro olhando para um presunto. Phillip estremeceu.

Ele se certificou de que ninguém havia notado.

— O que faz ela aqui? — questionou a fada de azul, que havia sido interrompida.

A de verde a silenciou.

— Ora, ora — disse Malévola lentamente. Sua voz era como o roçar entre si de ásperos arbustos ou o gelo fissurando em um rio no inverno. Ela era mais alta e mais circunspecta do que as outras fadas, usando um toucado pontudo como chifres de bode e um vestido com a bainha que varria o chão, e se comportava com uma arrogância que fez Phillip estremecer. — Mas que aglomeração brilhante, Rei Stefan. Realeza, nobreza, cortesãos. — Ela deslizou em direção aos tronos e olhou com desprezo para as outras fadas. — E, que graça, até a ralé.

Ela fez uma careta, e as outras fadas tiveram que segurar a de azul.

— Eu realmente com tristeza estranhei não ter sido convidada. — Malévola acariciou seu corvo e parou ao pé dos tronos.

— Não é bem-vinda — rosnou a fada azul.

— Não sou? — Malévola abriu a boca de espanto, revirou os olhos escuros e riu. — Ah, Deus. Que terrível situação. Julguei que tivesse sido apenas um descuido. Bem, sendo assim, é melhor que eu me vá.

Phillip não entendia o que estava acontecendo. Os punhos do pai tremiam ao seu lado. Ele virou-se ligeiramente e captou o olhar do Rei Stefan. A dupla trocou um olhar de medo que abalou o coração de Phillip.

Malévola virou-se como se fosse partir, mas seu corvo permaneceu retorcido para encarar todos eles.

— E não está ofendida, Vossa Excelência? — perguntou a Rainha Leah.

— Ah, não, não, Majestade. — Malévola parou, como se tivesse esperado pela pergunta, e sorriu. — E, provando o que lhe digo, eu também vou agraciar a criança.

O Rei Stefan e a Rainha Leah foram até a filha, e o trio de fadas se lançou sobre o berço para proteger a princesa. Malévola abriu bem os braços. Phillip, tremendo, não conseguia tirar os olhos dela.

— Ouçam bem, todos vocês — disse ela, e sua voz ecoou de maneira terrível. Não natural. Até que fosse tudo o que Phillip conseguia ouvir.

— A princesa crescerá em graça e beleza, e amada por aqueles que a conheçam, mas antes do pôr do sol do seu décimo sexto aniversário, ela picará o dedo no fuso de uma roca e morrerá.

O corvo levantou voo e Malévola girou os dedos em torno de seu cajado. Silhuetas monstruosas se projetaram com a magia verde crescendo ao seu redor, e a Rainha Leah abriu a boca de pavor. Phillip desviou o olhar de Malévola. A rainha pegou Aurora nos braços.

E Malévola apenas riu do medo dela.

— Prendam essa criatura! — gritou o Rei Stefan.

Seus guardas avançaram, mas o cajado de Malévola voltou a brilhar em verde.

— Para trás, seus tolos — ordenou ela, ainda rindo.

Um relâmpago cintilou e ela desapareceu, deixando para trás um orbe verde de magia vertente pairando no ar onde ela estivera. O corvo grasnou uma vez e sumiu dentro dele. A magia se apagou.

Phillip começou a repetir para si mesmo o que havia acontecido, beliscando a própria coxa para ter certeza de que era tudo real. Fora como um pesadelo e ninguém fez nada para impedi-la. Dois reis lendários em um salão repleto de cavaleiros, e Malévola amaldiçoou a Princesa Aurora e partiu como se não fosse nada.

Aquilo não se parecera em nada com as histórias. Seu pai e o rei não tinham ido ao encontro de Malévola com as espadas desembainhadas. O pai de Phillip apenas manteve o aperto firme no braço de Phillip e continuou arrastando-os para longe de onde Malévola estivera.

O Rei Stefan e a Rainha Leah olharam para Aurora com olhos desvairados, e a fada de vermelho se aproximou deles lentamente. A multidão avançou pelas laterais do salão, tentando ver a princesa ou falar com os guardas. Phillip ouviu alguém perguntar como aquilo podia ter acontecido. Ele também queria saber. O garoto puxou a túnica do pai, mas foi ignorado.

— Não se desesperem, Majestades — alentou a fada de vermelho. — Primavera tem seu presente a dar.

— Então, ela quebrará essa vil maldição? — perguntou o Rei Stefan, e Phillip ficou chocado ao ouvir a voz do rei vacilar.

— Não, senhor. — A fada de azul, que Phillip agora sabia que se chamava Primavera, balançou a cabeça em negativa.

— Malévola tem poderes grandes demais — disse a de vermelho.

— Mas não ganhará! — exclamou a terceira fada.

— Mas... — Primavera olhou das outras fadas para o rei, e as outras duas a empurraram para mais perto da princesa.

— Faça o possível, meu bem — incentivou a de verde, dando tapinhas no ombro de Primavera.

Phillip saiu de trás das pernas do pai, o medo emanando dele. A expectativa preenchia o ar como magia. O possível de uma fada certamente seria *o* melhor.

— Gentil princesa. — Primavera sacudiu os braços e ergueu a varinha. — Se por um desumano malefício no fuso picar seu dedo, com um presente de bondade anularemos a maldade. A morte não a levará, você adormecerá e de seu sono sairá, um beijo doce a despertará.

O Rei Stefan suspirou de alívio. A Rainha Leah manteve Aurora agarrada ao peito, sorrindo para ela enquanto agradecia às fadas. O Rei Humberto deu um tapinha nas costas de Phillip.

— Viu só, rapaz? — perguntou seu pai. — Jamais irrite uma fada.

Phillip não viu nada.

— Achei que Malévola não podia sair da montanha — disse Phillip. — Como ela conseguiu vir aqui?

Mas ninguém estava lhe dando atenção. A rainha colocava a bebê no berço e seu pai conversava com o Rei Stefan.

— ... sem indicação de que ela poderia sair — dizia o Rei Stefan. — Nenhuma! Meus batedores não relataram nada de incomum, e as fadas obviamente não tinham a menor ideia de sua fuga.

O pai de Phillip bufou e esfregou o queixo.

— Vou perguntar a Barny. O poder de Malévola retornou mais rápido do que o esperado ou ela o gastou todo para escapar hoje. Barny saberá.

A mão do Rei Stefan não deixou o berço. O medo desaparecera, mas uma tensão tomava conta de todos eles. Phillip espiou por cima da beirada do berço, cutucou a bochecha da princesa e bufou. Beleza e canto!

— Ainda vou lhe dar um urso — sussurrou para ela. — Parece que você vai precisar disso.

I
Noite de cavaleiro

EM UMA estalagem decadente, com goteiras de chuva e carregada do cheiro de ensopado de caçador, no meio de seu primeiro lançamento para a penúltima rodada de dardos, Sua Alteza Real, o Príncipe Phillip de Artwyne, nomeado cavaleiro no ano anterior e habilidoso em todos os tipos de ofícios principescos, errou completamente o alvo.

Metade da multidão gemeu. Alguns jogaram moedas de cobre nele, e elas provocaram tinidos ao cair no chão. Phillip pegou uma, beijou-a e curvou-se diante de sua oponente. Dona de uma pontaria boa e suspeita e de alguns anos de vantagem, uma moleira o saudou com seu dardo.

— Perder não ressalta muito as características de um cavaleiro — disse ela, apontando para a bolsa dele. — Embora eu espere que você seja cavalheiro o suficiente para pagar.

Phillip evitava os trajes habituais da realeza, viajando com o desimportante brasão de uma família inferior nas roupas, mas todos na estalagem o viram chegar a cavalo com sua armadura no dia anterior. Somente um cavaleiro poderia pagar por um corcel, e todos aumentaram as apostas nos jogos assim que ele começou a jogar. Felizmente, ninguém o conectara ao Príncipe Phillip ainda. Retratos eram raros em uma área tão rural, e seu nome era bastante comum para não levantar suspeitas. De qualquer forma, os nobres eram mais comuns que a realeza.

As pessoas esperavam cavaleiros; não esperavam príncipes errantes.

— Tenha piedade — disse Phillip. — Vendi meu cavalheirismo para pagar o jantar.

Bem, ele *estava* errante.

— Ah, não tenha piedade dele — reclamou uma mulher atrás do príncipe, cuja voz familiar o fez estremecer. — Ele perde todas as noites, então, deveria estar acostumado com isso.

Joana, sua escudeira fazia um ano e amiga havia três, não tinha respeito algum por ele, e Phillip preferia assim.

— Estou meio que pensando em deixá-la aqui — provocou ele, e olhou para ela por cima do ombro.

— Você só meio que pensa? — Ela engasgou e apertou o coração, a boca formando um "O" de choque completamente crível. — Eu não tinha notado.

Era melhor deixar Joana pensar que estava em vantagem. Alta e de boa constituição física, conseguia enfrentá-lo facilmente em uma briga. Ela preferia acampar, onde poderia escrever poesia em voz alta sem que ninguém ouvisse, mas Phillip os arrastara para o pequeno vilarejo na noite anterior, depois de duas semanas na estrada. O cabelo preto molhado dela estava trançado em uma coroa em volta da cabeça, um sinal claro de que ela não estava muito irritada com o desvio. Nem mesmo Joana recusaria um banho quente.

— Pare de deixá-lo protelar, Maxine! — gritou uma mulher perto da porta. Ela derrotara Phillip no xadrez na noite anterior e estava passando a moeda que ganhara dele pelos nós dos dedos. — Ganhe para eu poder voltar para casa mais cedo e mais rica.

Maxine — Phillip precisava mesmo começar a aprender os nomes das pessoas antes de perder para elas — corou até as orelhas.

— Talvez errar tenha sido um movimento bem calculado — resmungou ele, e fingiu um bocejo. — Ela é sua amiga?

— Emma é bastante amigável — murmurou Maxine.

Phillip *havia* errado de propósito. As pessoas jogavam dardos o dia todo, tirando-lhe o dinheiro. Maxine era uma ótima oponente, mas suas mãos começaram a tremer no momento em que percebeu que as pessoas estavam observando. Quando se deu conta de que Emma havia se juntado à multidão, Maxine praticamente esquecera o que era um dardo.

Talvez, se Maxine achasse que ele estava cansado, ela não se sentiria tão pressionada e iria derrotá-lo de uma vez.

Ela atirou o dardo e atingiu um dos anéis do meio gravados na parede.

— Seis pontos — disse Phillip, pegando o próximo dardo. Ele poderia atingir a borda do alvo e ainda assim perder. — O que devo fazer?

Maxine apostara cinco moedas de prata naquele jogo depois de vê-lo perder antes. Para Phillip, fortunas não eram nada — e estava bem ciente do quão desagradável esse pensamento era —, mas qual era o mal em ele se divertir e Maxine levar para casa algum dinheiro fácil, além de impressionar sua paixão?

O arremesso atingiu a borda do tabuleiro com um golpe retumbante. Phillip abriu a boca em "O" como Joana fizera. Ele aprendera a parecer triste e desapontado há muito tempo, mas o exagero sardônico era muito mais divertido. Emma aplaudiu e Maxine corou. Phillip escondeu o sorriso com outro bocejo.

— Revanche amanhã? — sugeriu para Maxine.

— Claro. — A confusão transpareceu no rosto dela. — Mas imaginei que todos vocês, cavaleiros, deviam se preparar para o casamento, e isso é apenas…

Em um instante, o comentário arrancou a felicidade dele e substituiu-a por raiva.

— Eu não sou esse tipo de cavaleiro — retrucou Phillip, embora não fosse sua intenção ser ríspido.

O casamento seria dali a vinte e seis dias e dezoito horas, alguns minutos para mais ou para menos, e ele não tinha intenção de chegar ao reino de Ald Tor para o evento até que fosse absolutamente necessário.

Phillip pegou seu último dardo, desejou boa sorte a Maxine no restante do torneio e apostou nela a caminho de Joana. Ele se deixou cair no banco ao lado da escudeira.

— Perdeu de novo? — perguntou ela sem olhar. Estava com a cabeça inclinada sobre um livro fino, um presente de aniversário dele, e esquecera o jantar. Ela passara o ano rabiscando no livro e se recusando a deixá-lo ver seu último trabalho. Ela costumava ler sua poesia mais recente para ele enquanto cavalgavam. — Você sempre sonhou em perder uma moeda em cada canto de seu reino como forma de fazer uma grande rebelião contra seu pai?

Phillip sorriu consigo mesmo.

— Não acho que apostar seja considerado rebelião, mas se você quiser contribuir...

Ele não se importava com o orgulho ou o dinheiro perdido. Seu destino estava definido desde que era criança, então, o que importava perder ou ganhar alguma coisa? Pela primeira e última vez em sua vida, ele não estava treinando para salvar a Princesa Aurora nem sequer pensando nela. Esse fora o objetivo daquela jornada: distração.

— Mantenha suas piadas sobre deslealdade longe de mim — disse Joana.

Phillip bateu na ponta do nariz comprido dela com o dardo roubado e tentou espiar o livro.

— Elas não são melhores do que ficar em volta do castelo com armaduras excessivamente decoradas e bancar o pateta? Como você vai escrever o próximo grande épico se tudo o que fazemos é ficar sentado no castelo realizando tarefas cerimoniais?

— A maioria dessas cerimônias exige que fiquemos de pé — respondeu ela, e afastou o livro dele com um olhar penetrante. — Contanto que você esteja inteiro quando eu o devolver a Sua Majestade para o casamento, não me importa o que você faça.

Phillip a silenciou e olhou ao redor para ter certeza de que nenhum dos clientes remanescentes estava ouvindo.

— Não fale comigo sobre o casamento — sussurrou ele, controlando as emoções.

Não era nem mesmo um casamento de verdade — era uma forma de o Rei Humberto juntar sua família à de seu melhor amigo, independentemente de como se sentissem o Príncipe Phillip e a Princesa Aurora, sua noiva. Não que Phillip conhecesse os sentimentos dela, pois só a encontrara uma vez, quando ela ainda era uma bebê.

— Ninguém ouve falar dela ou daquelas fadas há quinze anos — disse Phillip, cada palavra extraída dele como veneno de uma ferida. — Talvez nem haja casamento.

— Não se ouvir falar de alguém é precisamente o que esse alguém deseja quando se esconde — observou Joana. — Os membros da realeza se casam por razões de negócios o tempo todo, e você sabe de seu noivado há muito tempo. Por que ainda está agindo como se estivesse chocado?

Phillip não poderia responder que era porque ele acreditara em todas aquelas histórias sobre verdadeiro amor, dragões e cavaleiros de armadura brilhante quando era criança; então, ele se afundou no assento e disse:

— Palavras amargas para alguém tão romântica.

— Romance e realismo não são forças opostas — afirmou Joana, e riscou uma palavra que poderia ser "sono". — Coma sua refeição. Terminei todo o aipo para você.

Joana apontou para o ensopado ao lado dela, composto principalmente de cenouras, e Phillip sorriu. Seu cavalo Sansão ficaria com muito ciúme.

— Um ato puramente para meu benefício, tenho certeza — disse ele, e pegou a tigela. — Além disso, se você estiver escrevendo sobre a maldição de novo…

A porta da estalagem se abriu com violência. Três pessoas invadiram o interior, as lâminas pingando água da chuva no chão enquanto as giravam. Alguns clientes gritaram, outros brandiram jarras ou banquinhos, e Phillip devolveu a tigela à mesa.

— Diga-me que isso não é um roubo — falou.

Joana fechou o livro.

— Espero que esteja mais para uma extorsão.

— Façam todos o que ele diz, deixem o dinheiro nas mesas e mantenham as mãos à vista, e vocês viverão — disse a pessoa mais alta do grupo, e inclinou a cabeça para o que estava na liderança.

O cabeça do grupo era baixo e tinha cabelos grisalhos, a expressão cruel dos olhos azuis distorcendo seu rosto bonito. Ele puxou uma faca presa ao cinto e ergueu-a para Emma, que ainda estava parada perto da porta da frente quando ele entrou.

— Se não fizerem isso — declarou o líder —, ela morre.

Phillip colocou o dardo roubado e as duas mãos sobre a mesa, e Joana jogou a bolsa ao lado do dardo. Os outros dois ladrões recolheram o dinheiro de todos enquanto o terceiro observava, com a faca no pescoço de Emma. Dois clientes agarraram Maxine pelos braços e a conteram cobrindo-lhe a boca. Phillip olhou para os dois ladrões enquanto pegavam o dinheiro de Joana e deixavam o dardo dele para trás. Lentamente terminaram a ronda.

Perseguir aquele grupo não valeria a pena. Nem Joana nem ele estavam prontos para uma briga. Suas armas e armaduras haviam ficado no quarto deles, e a noite estava densa com chuva e neblina. Phillip conseguiria repor o dobro do dinheiro perdido. Se Joana e ele tentassem derrubar todo mundo ali sem o equipamento, provavelmente não perderiam, mas um espectador poderia se machucar.

— Tudo bem — disse o ladrão mais velho. Ele ficou enrolando, parecendo esperar mais resistência. — Bem, vamos embora e levaremos esta moça aqui para um pequeno passeio conosco para garantir que ninguém tente nenhuma gracinha. Se alguém vier atrás de nós, ela morre.

O grupo desapareceu porta afora com Emma, e os ocupantes da estalagem começaram a conversar freneticamente e a espiar pelas janelas fechadas. Maxine caiu nos braços das pessoas que a seguravam. Phillip pegou o jantar dele.

— De jeito nenhum — contrariou-se Joana. — Nós vamos atrás deles.

— Vão deixá-la voltar e então poderei ressarcir o dinheiro de todos — disse Phillip.

— E se não deixarem?

Phillip encolheu os ombros.

— Você quer ser o homem que aposta a vida de outra pessoa na honestidade dos ladrões? — continuou Joana. — Porque esse é o épico que escreverei sobre você se não me ajudar. — A escudeira sacudiu as costas da mão dele. — E se você começar a gastar um monte de dinheiro pelas pessoas, elas saberão que você não é um cavaleiro comum.

Phillip suspirou. Não que ele se importasse com o que os outros pensavam dele, mas se importava com Joana. E Emma tinha sido uma boa companhia quando Phillip chegara na noite anterior. Ele largou tudo novamente.

— Tudo bem, mas vou seguir à distância e só intervirei se tentarem machucá-la — aquiesceu, levantando-se e espreguiçando-se. — Você sobe, pega nossas coisas e me segue com Sansão. Assim que deixarem Emma, podemos prender o grupo. Já que você insiste.

Seria mais fácil e seguro prender foras da lei quando não estivessem fazendo reféns.

— Eu insisto, mas você não pode ir sozinho.

— Sou um cavaleiro, mesmo que nem sempre aja como tal — declarou ele. — Sei o que estou fazendo.

Desarmado e sem armadura, Phillip mergulhou na medonha escuridão. A neblina densa como fumaça cobria a rua lá fora, e a umidade deixada pela chuva quente da primavera era penetrante. A noite tingiu os bosques exuberantes que cercavam a cidade com um índigo profundo, e as nuvens obscureceram o vago luar que havia. Encharcado pela garoa, ele rastejou atrás dos ladrões até estar perto o suficiente para intervir. As árvores ao longo da estrada eram o esconderijo perfeito.

A pessoa mais baixa, com cabelos lisos e castanhos colados na cabeça pela chuva, hesitou e olhou por cima do ombro.

— Não acho que alguém venha atrás de nós.

Phillip ficou agachado atrás de um muro baixo ao longo do caminho.

— Você avisou para não fazerem isso — disse Emma. — Eles não me querem morta.

— Não dou a mínima — murmurou o terceiro membro do bando. Elu afastou os cachos ruivos dos olhos. — Sire, o que fazemos?

— Continuem andando — respondeu Sire, que Phillip presumiu ser o líder. — Vamos seguir o meu plano.

Sire mantinha a lâmina na lateral do pescoço de Emma. Parecia confortável em manejá-la, o que era preocupante. Menos preocupante era a pequena besta que a pessoa ruiva segurava como uma cobra venenosa e que obviamente nunca havia usado. Com o machado na mão, a expressão de terceire bandide parecia completamente perplexa.

— Vocês não podem me fazer de refém para sempre — reclamou Emma. As mãos dela estavam fechadas em punhos ao lado do corpo. — Já devemos estar longe o suficiente.

Sire bateu nela com a parte plana da faca.

— Você para quando eu disser para você parar.

Sem se importar com a indiferença de Sire, Phillip saiu do caminho e deu uma volta ampla para se aproximar. Le ruive deve ter ouvido e disparou um tiro da besta. A seta rasgou inofensivamente os galhos à direita de Phillip, e ele se ajoelhou atrás de um arbusto. Estava acostumado a guardar e proteger a cidade como cavaleiro, mas aqueles eram os ladrões mais estranhos que ele já havia encontrado.

— Por que você fez isso? — Sire inclinou a cabeça para trás e suspirou. — Você poderia ter matado alguém.

A pessoa meliante se abaixou em vez de responder. Phillip começou a rastejar em direção à estrada, abaixado o suficiente para ficar fora de vista. Para sua alegria, Emma saiu do alcance de Sire. Phillip parou a dois passos do indivíduo com o machado.

— Faça o que eu digo — murmurou Sire. — Por que isso é tão difícil?

Um relâmpago brilhou no alto. Phillip avançou, sincronizando seus passos com o trovão. Ele atravessou a vegetação rasteira e lançou seu dardo roubado no rosto de Sire. Atingiu a bochecha esquerda do ladrão, fazendo-o cair com um grito agudo, e seus colegues se viraram para o novo adversário.

Phillip abordou quem detinha o machado e deu uma joelhada forte em seu flanco, fazendo com que largasse o objeto. O príncipe se levantou com ele na mão. Enquanto isso, a besta foi disparada com surpreendente precisão, errando por um fio de cabelo. Phillip derrubou a besta com um golpe do machado, e le ruive caiu para trás. Alguns passos para trás, Sire lutou para ficar de pé e Emma correu de volta para a estalagem. Phillip bateu o cabo do machado na têmpora daquelu que usava a besta, que caiu na estrada.

Um relâmpago brilhou novamente e Phillip investiu contra Sire. Com alguma sorte, os demais se renderiam ou se dispersariam assim que ele — e o dinheiro — fosse derrotado.

Phillip balançou o machado na direção de Sire, o qual se moveu com uma velocidade surpreendente, bloqueando o golpe com a faca. O sujeito pegou o cabo do machado e quase o arrancou das mãos de Phillip. O príncipe girou com o movimento, sua confiança vacilando, e acertou um chute nos joelhos de Sire, fazendo-o cair com um uivo.

Isso deveria ter liquidado a questão, mas, quando Phillip se virou para enfrentar les outres oponentes, elus não correram. Uma dessas pessoas até riu para Sire.

Talvez Phillip houvesse interpretado mal aquele trio.

— Seria melhor se vocês se rendessem — avisou ele, ajustando o controle do machado.

Aquelu da besta ergueu a arma enquanto le outre erguia o punho.

— Otimista da sua parte — disse Phillip para o indivíduo sem arma e girou o machado. Joana já deveria tê-los alcançado. Phillip era bom, mas desde que não fosse três contra um e na chuva. — Sabe, se vocês saíssem correndo com o dinheiro agora e deixassem tudo para lá, eu não impediria vocês.

Phillip disse isso com voz arrastada, sufocando a preocupação com falsa confiança. Ele recuou e tentou tirar Sire do meio da estrada. A névoa encobria o caminho até a estalagem, mas Phillip não queria que o bando visse Joana chegando, caso isso lhes provocasse pânico. As árvores ao longo da trilha forneceriam alguma cobertura. Talvez ele pudesse até encontrar um galho para usar como arma.

— Correr? — Sire se levantou, com a faca na mão, e cercou Phillip. — Sendo que você é quem está sozinho?

Um calafrio percorreu Phillip, um estranho formigamento começando em seu peito e se espalhando por todo o corpo. Ele flexionou os dedos e a grama se enrolou nos tornozelos de Sire como uma mão. Sire deu um passo à frente, sacudindo a grama. Phillip balançou a cabeça. O que ele vira?

Sire atacou. Phillip se esquivou, mas a faca rasgou sua camisa. A besta zumbiu atrás dele e uma seta passou perto de sua bochecha. Desesperado por abrigo, Phillip se escondeu mais fundo na linha das árvores. Um galho quebrou acima dele e caiu em seus pés. Phillip o pegou. Um formigamento como um raio percorreu sua pele.

Havia julgado mal a situação. Assim como ele, o bando não se importava com o dinheiro. Ao contrário dele, o grupo se preocupava em *vencer*.

Sire atacou Phillip, que bloqueou a faca com o galho e brandiu o machado. Outra seta de besta rasgou o ar próximo a sua mão, fazendo-o largar o machado e tropeçar. Suas costas bateram contra uma árvore.

Phillip empurrou Sire para o lado com o galho. A pessoa ruiva apontou a besta para o príncipe outra vez.

O barulho dos cascos soava na estrada. Elu se virou, baixando a arma. Joana, montada em Sansão e brandindo sua espada, emergiu da neblina e partiu a besta ao meio. Le assaltante a largou e saiu correndo. Le comparsa correu atrás delu. Phillip relaxou.

— Você demorou bastante — disse ele. — Resgates de última hora rendem poemas melhores, devo presumir?

Joana o mandou ficar quieto.

— Foi você quem se aventurou sem arma. A tempestade tornou quase impossível encontrá-lo. Parecia ter vontade própria, eu juro, mas Emma conseguiu voltar em segurança.

Antes que ele pudesse responder, uma faca cortou seu braço. Phillip gritou, o pânico entorpecendo a dor. Sire atacou Phillip e o prendeu contra a árvore. Pressionou o pescoço de Phillip com a faca, e a névoa os sufocou até que Phillip visse apenas o brilho assassino dos olhos azuis de Sire. A estranha sensação de formigamento que sentira antes voltou aos dedos. A pele dele se rompeu sob a lâmina de Sire.

— Saia de perto de mim! — grunhiu Phillip. Ao golpear com o punho, um galho da árvore atrás dele fez o mesmo. Ambos acertaram Sire bem no peito.

O ladrão voou para trás, bateu em uma muda e desabou no chão. Phillip congelou. Galhos e grama se enrolavam na garganta e nas mãos de Sire, prendendo-o ao chão enquanto ele lutava debilmente contra a vegetação. Joana arquejou.

— O que está acontecendo? — perguntou a escudeira, tentando acalmar o cavalo em pânico.

Phillip respirou fundo. As vinhas que seguravam Sire afundaram de volta na terra, a névoa ao redor deles se dissipou e a tempestade cessou. Um trovão espocou ao longe, e Phillip estremeceu.

— Não tenho certeza — disse ele, e limpou as mãos na camisa. — Talvez o vento...

— Phillip, isso parecia magi...

— Não seja ridícula — retrucou Phillip, interrompendo-a. As lembranças de magia de Phillip estavam marcadas pelo cheiro de enxofre da fumaça verde de Malévola e pelo grasnar do corvo dela. A magia era rara, e o jovem príncipe estava encurralado por uma noiva amaldiçoada e por sonhos estranhos. Aquilo fora um acaso. Uma ilusão de ótica. — Já participamos de brigas mais esquisitas antes e temos um trabalho a terminar. — Mas quando Phillip se virou para onde Sire caíra, o ladrão havia sumido. Semicerrou os olhos no nevoeiro e mal conseguiu distinguir Sire fugindo. — Não importa. Se Emma voltou em segurança, deixe para lá. Enquanto você restitui a todos o que foi roubado usando meu dinheiro, eu empacoto nossas coisas.

— Estamos indo embora? — questionou Joana, olhando para Sire. — Eu poderia pegá-lo.

Sansão bufou em concordância, mas Phillip deu um tapinha no pescoço do cavalo.

— Devemos partir o mais rápido possível para chegar em casa antes que meu pai vá para Ald Tor — explicou Phillip. — Quero falar com ele.

Foi a única coisa em que conseguiu pensar — seu pai saberia de qualquer relato de magia clandestina ou de novos acordos mágicos —, e ele sabia que isso calaria Joana.

— Claro, porque você querer ver seu pai é perfeitamente normal — resmungou a escudeira. — Se você tem certeza.

— Desde quando tenho certeza de alguma coisa? — indagou ele.

Mas, de fato, Phillip estava com medo. A magia não deveria simplesmente aparecer em cidades estranhas. Era perigosa e imprevisível e não deveria ter acontecido. Não poderia ter acontecido. Se aconteceu, ele só torcia para que o pai soubesse o motivo.

2
Um príncipe incomum

LEVOU CINCO dias para Phillip e Joana chegarem aos arredores da principal cidade de Artwyne. Os estandartes do Rei Humberto tremulavam para eles no topo das torres, enxotando Phillip para longe. Ele não havia falado mais com Joana sobre a situação com os ladrões, mas ela tagarelou sobre isso sem parar. Passou toda a jornada descrevendo o que tinha visto e como era definitivamente, sem dúvida, só poderia ser, magia, e Phillip passou toda a viagem achando cada vez mais difícil refutá-la. Ela queria aprofundar essa questão, mas o rapaz não queria nada mais que provar que ela estava errada.

Claro, a grama e os galhos se comportando daquele modo foi esquisito, mas estava ventando muito. Eles estavam distraídos e preocupados. Foi simplesmente uma peça pregada por suas mentes em pânico. Phillip tinha certeza de que a viagem para visitar o pai confirmaria que não havia magia envolvida.

O Rei Humberto carregava como princípio "o que não mata, fortalece". Ele contratara treinadores e cavaleiros para surpreender Phillip com ataques e desafios enquanto o garoto crescia e toda vez ficava assistindo de camarote, por assim dizer, como se fosse um grande espetáculo. Um cavaleiro deveria estar sempre preparado, dizia ele repetidas vezes.

E, então, geralmente, vinha algum novo testezinho, como parar uma lança no ar ou escolher a tortinha não envenenada de uma bandeja.

— O que é mais provável, afinal? — Phillip inclinou-se em cima de Sansão e sussurrou para ele. — Magia aparecendo de repente do nada, ou que um dos golpes que levei me atordoou tanto que confundi ventos e vinhas normais com suas versões mágicas?

Sansão bufou. O corcel estava com Phillip havia mais tempo do que qualquer pessoa, exceto pelo pai, e passou anos arrastando Phillip para um lugar seguro quando ele era pajem. O que Sansão considerava seguro era principalmente sua baia ou a cozinha, mas Phillip não se importava.

Cinco anos após a primeira e única fuga de Malévola da Montanha Proibida, seguida pela da Princesa Aurora buscando se esconder, os Reis Humberto e Stefan decidiram que casar Phillip com a princesa amaldiçoada não era o bastante. Ele seria o protetor dela assim que a maldição fosse evitada, encarregado de impedir Malévola de assassinar a Princesa Aurora, e os sonhos de bravura e heroísmo de Phillip foram pisoteados por um interminável desfile de testes e torneios surpresa.

Phillip nunca estaria no comando da própria vida.

— Você fala com Sansão sobre o que está incomodando você, mas não comigo? — questionou Joana, levando seu cavalo, Taliesin,[*] para perto dele. — Devo encontrar um estranho com quem você também possa discutir o assunto? — Encontravam-se a poucos minutos dos portões da cidade e a estrada ao redor deles estava quase vazia. Ela acenou com a cabeça para um grupo de três comerciantes que também vinham pela estrada bem atrás deles. — Talvez um deles sirva.

— Você é teimosa que dói — murmurou ele.

Por mais que a amasse, Phillip sabia que Joana não entenderia. Ela sabia o que desejava fazer da vida e praticamente já vivia isso. Falava sobre

---

[*] Famoso poeta bretão que viveu entre 534 e 599 d. C. e que recebeu a alcunha de "Príncipe dos Bardos", tendo cantado seus versos na corte de pelo menos três reis. (N. T.)

ser cavaleira da mesma forma que a maioria das pessoas falava sobre os amores de suas vidas.

Estava até escrevendo alguma coisa em seu livro. Vinha trabalhando naquele mesmo texto havia meses. Phillip odiava a terrível inveja que sentia da convicção dela.

— Sansão não tem nenhuma ideia maluca sobre o que aconteceu — argumentou Phillip. — Escute, é muito mais provável que meu pai tenha inventado algum plano para me atrair para casa e os ladrões tenham participado disso.

Joana franziu a testa e endireitou-se na sela para ver melhor as muralhas da cidade à frente deles. Estavam bastante perto da cidade, com as silhuetas das pequenas torres pairando sobre eles, e Phillip estremeceu à sombra delas. Ele esperava não voltar ali antes de ser enredado por seu casamento e pela maldição da Princesa Aurora.

— Eu sei o que você não está dizendo — disse Joana finalmente. — É Malévola. Você está preocupado que a magia possa estar ligada a ela. Mas e se houver um mago por aí que possa ajudar? Alguém para derrotá-la de uma vez por todas.

Phillip se irritou com a menção a Malévola. O assunto sempre voltava para ela.

— Se alguém quisesse ajudar, a própria pessoa se apresentaria — retrucou ele.

A única coisa boa que resultara da maldição foi que ela consumiu tanto do poder de Malévola que a fada má ficou aprisionada novamente em seu esconderijo na montanha. Ela não deixou as ruínas de lá desde então.

— Tudo bem. Considere isto, então: e se você for mágico? — sugeriu Joana. — Se deseja salvar a Princesa Aurora de um ser poderoso e mágico, você precisará de magia. Talvez seja um dom tardio concedido pelas fadas.

— O quê? — Phillip não conseguiu conter a risada. As fadas não concediam dons tardios; elas escolhiam seu bebê favorito e o enchiam de coisas como beleza e canto. Não davam aos príncipes errantes a capacidade de atingir os ladrões com o vento. — Não me leve a mal, mas essa é a coisa mais fantasiosa e improvável que você já disse, e olha que certa vez você me chamou de honrado. As pessoas simplesmente não desenvolvem magia, e as fadas definitivamente não saem por aí distribuindo dons de modo aleatório.

Uma parte de Phillip, o garotinho que entrou no castelo do Rei Stefan como uma criança com o mundo a seus pés e saiu com apenas um caminho que seria forçado a seguir, teria usado a magia como explicação. Havia tantos grandes reis magos nas antigas histórias de seu pai…

A magia teria sido outra forma de provar seu valor ao mundo e deixar sua marca nele para que algumas das histórias futuras transmitidas fossem sobre ele.

Mas aquele Phillip, mais velho e sábio, sabia que nada disso importava.

A Princesa Aurora retornaria seja lá de onde as fadas a estivessem escondendo, a maldição de Malévola provavelmente seria evitada em sua totalidade por meio desse estratagema, e Phillip seria forçado a ficar ao lado da noiva no tempo que se seguisse para mantê-la protegida da ira de Malévola por seus planos terem sido frustrados. Seu verdadeiro amor nunca precisaria aparecer, e o casamento de Phillip com ela garantiria que ele estivesse sempre por perto para mantê-la segura. Finalmente, os Reis Humberto e Stefan seriam uma família e trabalhariam juntos para esmagar Malévola, como nos velhos tempos. Eles tinham certeza de que ela concentraria toda sua atenção em matar a princesa em vez de tentar conquistar os reinos, como fizera da última vez.

— Bem, isso é rude com nós dois — falou Joana, com voz arrastada, mas ele percebeu que ela estava magoada. A escudeira incitou Taliesin a avançar e galopou em direção aos portões da cidade à frente de Phillip.

— Você não fica nem um pouco intrigado com a ideia de possuir magia?

— Eu detesto tudo, Joana — disse Phillip, e sua carranca não era totalmente fingida. Joana se recusava a ver o pior em qualquer coisa, até mesmo nele. Ela não merecia sua ira. — Quando você soube de alguma coisa que me intrigasse?

— Quando você me contou sobre aquela garota de seus sonhos, nunca o vi tão pensativo como naquele momento — observou ela, sorrindo para ele por cima do ombro.

E ali estava. O segredo de Phillip: uma garota que assombrava seus sonhos.

— Eu não deveria ter contado para ela — sussurrou ele para Sansão, ignorando os olhares de estranheza das pessoas que saíam da cidade. Só de ouvi-la mencionar os sonhos fez seu coração disparar e seu sangue correr nos ouvidos. — São mais como pesadelos, para ser sincero. Eu daria qualquer coisa por uma boa noite de sono *silencioso* e sem sonhos.

Desde que Phillip conseguia se lembrar, ele tinha o mesmo sonho quase todas as noites: estava em uma floresta antiga, da qual nunca conseguia escapar, e tudo o que ouvia eram os relatos dos acontecimentos diários de uma garota por trás de um espesso muro de espinhos. Ele nunca a viu, nunca conseguiu responder a ela e nunca ouviu nada que pudesse ajudá-lo a identificá-la. Estava simplesmente condenado a ouvi-la.

Era como ouvir um grupo de músicos tocando do outro lado de uma cortina grossa e empoeirada. A voz dela era a que mais se destacava, mas ainda assim era abafada e distante. Era raro ele conseguir entender com quem ela estava falando, geralmente com as tias ou com os animais que elas criavam, e muitas vezes ele ouvia a garota misteriosa cantando para si mesma enquanto passava o dia. Em todos os anos em que ele a espionou involuntariamente, não ouviu nada que sugerisse por que sonhava com a garota.

Ele havia considerado certa vez que os sonhos eram mágicos, mas sua vida já estava ligada a outra pessoa. Não queria investigar e descobrir que estava intrinsecamente ligado não apenas à Princesa Aurora em sua vida desperta, mas também a outra estranha em seus sonhos. Era mais fácil pensar nos sonhos como nada mais do que acasos.

Phillip se preparou quando eles passaram pelos portões e diminuíram a velocidade até parar.

— Acho que seria melhor se eu falasse a sós com meu pai. Reabasteça os suprimentos e prepare-se para partirmos novamente quando eu terminar.

Ele desmontou e entregou as rédeas do cavalo a Joana. Ela fez menção de falar, mas Phillip balançou a cabeça. Não conseguia admitir que ela estava certa, que ela era uma das duas pessoas que o conheciam tão bem que até o assustava, então, em vez disso, falou:

— Tenho vinte e um dias até o aniversário da Princesa Aurora e a farsa que será o nosso casamento. Quero passá-los longe daqui, mesmo que estejamos apenas acampando na estrada.

— Claro — disse ela, e levou Sansão embora. — Por aqui, Vossa Alteza Cavalar.

Phillip suspirou, curvou os ombros e olhou para o imponente castelo que era sua casa. Era bastante parecido com seu pai, uma intimidante construção de pedra que havia sido desgastada pelo mundo durante anos e nunca desmoronou. Nenhum cerco jamais rompeu suas muralhas de pedra, e nenhum rei sentado em seu trono jamais se rendeu. Era fácil atravessar o grande portão que separava a parte principal do castelo da cidade sem ser detectado, com todos se concentrando no trabalho em vez de nos rostos daqueles que passavam por eles, e Phillip se juntou a um grupo de trabalhadores que voltavam ao castelo para preparar a partida iminente de seu pai.

Phillip sabia que seu pai iria na frente para Ald Tor e chegaria cedo para passar um tempo com o melhor amigo antes do casamento. Sem dúvida, discutiriam todos os seus planos para o retorno inevitável de Malévola.

— Um cavaleiro deve estar sempre preparado — murmurou Phillip, parando do lado de fora do escritório do pai, onde o rei em geral estava àquela hora do dia. — Para lutar, para suplantar, para sacrificar.

E casar com garotas que nunca conhecera.

Phillip abriu as portas. O escritório era pequeno e principalmente para exibição, os troféus de caça na parede revelavam o verdadeiro lugar favorito do pai. Um urso enorme estava empinado atrás da grande escrivaninha de madeira carregada de cartas, livros-caixa e xícaras parcialmente bebidas. O Rei Humberto de Artwyne estava vestido com roupas de caça, folheando papéis e murmurando consigo mesmo. Ele nem ouviu as portas se abrirem.

— Agora, as plantas. Sim, bom...

Phillip limpou a garganta.

— Phillip! Meu garoto! — Seu pai sorriu, enrugando os olhos, e deu a volta na mesa indo até ele. — Aí está você!

O Rei Humberto o envolveu em um abraço de esmagar as costelas.

— Aqui estou eu — balbuciou Phillip no ombro do pai.

— Sabe, na minha época, os cavaleiros prestavam contas a seus senhores — disse o pai, afastando-se e balançando o dedo diante do rosto de Phillip. — Diziam para onde estavam indo e não desapareciam por semanas a fio.

Nem fora uma declaração maldosa, mas aquilo fez Phillip estremecer. Cada história de cavaleiros antigos, cada esperança imposta ao jovem príncipe, cada vez que seu pai tinha total e absoluta confiança de que ele conseguiria proteger a Princesa Aurora contra Malévola, todas elas arrancavam a parte do coração de Phillip que ainda pensava que ele poderia ser o herói. Cada elogio apenas o fazia pensar no egoísmo que sabia ter dentro dele.

Como ele poderia ser o bom Príncipe Phillip quando nenhuma de suas escolhas parecia boa o suficiente?

— Bem, acho que não sou como os cavaleiros da sua época. — Phillip caminhou lentamente pelo escritório do pai e deixou seus dedos deslizarem pelos objetos familiares. — Falando nisso, Joana e eu tivemos um encontro com alguns ladrões. Um trio roubou a estalagem onde estávamos, mas não pareciam interessados no dinheiro.

— Ah, o tipo que vê a luta como um despojo. — O Rei Humberto se sentou em sua cadeira. — Arrasou o grupo com dois golpes, não foi? Mostrou-lhes o que acontece com aqueles que deixam de lado a justiça?

— Na maior parte, foi Joana quem mostrou — disse Phillip, sentando-se em uma das cadeiras diante da mesa de seu pai. Ele apoiou os pés na quina.

O pai deu um leve soco nas botas do filho e desabou mais na própria cadeira, bufando.

— Claro que ela mostrou. Sempre gostei dela.

— De qualquer forma, eu queria saber se você ouviu algum relato de coisas acontecendo a cinco dias de viagem a noroeste daqui? — perguntou Phillip. — Ou se você planejou outro de seus testes para mim?

— Não posso dizer que sim — respondeu o pai, olhando de esguelha para a mesa. Ele já havia perdido o interesse. — É difícil planejar coisas quando não sei onde você está.

Portanto, era quase certo que o rei não estava por trás da esquisitice do ataque de ladrões. Se estivesse, ia querer saber todos os detalhes e repassar cada um dos erros de Phillip. Ele também parecia desconhecer qualquer potencial indício de magia.

Apenas uma luta normal em uma tempestade mais forte que o normal. Phillip baixou o olhar para as mãos.

— Achei que poderia ser tão inútil e autodepreciativo na estrada quanto poderia ser aqui, e na estrada você não precisa lidar comigo.

— Não estou em condições de lidar com você, já que estou cuidando dos preparativos do casamento — retrucou o Rei Humberto, todos os traços de alegria desaparecendo de sua voz.

— Ótimo. — Phillip deixou os pés caírem no chão com um estrondo e se levantou. — Essa é a minha deixa para ir embora. Papo divertido. Vejo você na festa.

— Espere aí! — O Rei Humberto bufou, a barba eriçada como a corcova de um gato furioso. — Fui tolerante, rapaz. Tenho sido paciente. Fiz vista grossa sobre você ignorar atribuições importantes e não assumir a liderança quando teve a oportunidade, mas você está a um passo de passar do limite. Minha guarda e eu partiremos amanhã, e Stefan nos encontrará no meio do caminho. Você vem comigo e vai se aprontar para esse casamento. Temos que estar preparados.

— Preparados? — Phillip riu e se afastou da mesa. — É um casamento. O que poderia haver para se preparar? Não deveríamos estar mais preocupados com Malévola?

— Stefan e eu temos planos para Malévola. Nada com que você deva se preocupar. — O Rei Humberto bufou e bateu no peito, a mesa chacoalhando quando ele pisou mais firme.

— Que planos você e o Rei Stefan fizeram? — perguntou Phillip, e cruzou os braços. — Você nunca mencionou nada para mim.

— Nem teria como, não é? — retrucou o pai. — Você está sempre fazendo sabe-se lá o que e evitando seus deveres. Não adianta contar agora, de qualquer maneira. Temos tudo sob controle.

— Foram necessários exércitos para confinar Malévola na Montanha Proibida. Você pode pelo menos me dizer se ainda pretende que eu proteja sozinho a princesa da fada má? — indagou Phillip.

O Rei Humberto inclinou-se sobre a mesa e apontou um dedo para Phillip.

— Provavelmente, não chegará a esse ponto. Você é a última linha de defesa. Podemos treinar mais na estrada, mas acredite, Stefan e eu temos tudo sob controle.

— Ah, bem, contanto que eu seja a última linha de defesa, tudo bem — disse Phillip, com um buraco se formando em seu estômago. — Não quero que ninguém dependa de mim.

— Você só se sente assim porque diz bobagens como essa. — Seu pai produziu um som irritado no fundo da garganta e tomou um gole de uma das xícaras meio vazias que repousavam na mesa. — Você é um sortudo. Não passou por guerras dignas de menção. Nada de grandes batalhas. Ah, elas endurecem você, fazem de você um verdadeiro cavaleiro e rei, mas arruínam muitos. Não desejaria isso a ninguém.

Phillip cerrou os dentes e disse:

— Algum plano que você *possa* me contar?

— Leah já resolveu a maior parte dos detalhes do casamento — disse o pai, recostando-se na cadeira. Ele bateu no queixo com um dedo. — Ela é muito meticulosa, você sabe. Não queria marcar o casamento tão cedo, já que Aurora estava ausente há tanto tempo, mas acabei convencendo-a a ver a razão disso. Ela quer falar com você sobre Aurora, antes do casamento.

Phillip sempre gostara da Rainha Leah, o que só piorava a situação.

— A Rainha Leah estava sendo razoável — disse Phillip. — Aurora e eu nunca nos falamos e, de acordo com a maldição de Malévola, ela tem um verdadeiro amor por aí que lhe despertará com um beijo doce.

— Isso de novo? — Seu pai revirou os olhos. — Você vai conhecê-la. Sua mãe e eu mal nos conhecíamos quando nos casamos, e eu teria movido a lua por ela, fique tranquilo.

Phillip não tinha lembranças da mãe; ela morrera de febre logo depois do nascimento dele. No entanto, tinha ouvido muitas histórias sobre o compromisso inicialmente controverso de seus pais. Nenhum deles ficara entusiasmado com o casamento — algo que Phillip achava que deveria ter deixado seu pai mais empático com a situação do filho —, mas então ela o derrubou durante um torneio de justa e arrasou um de seus cavaleiros no corpo a corpo. Seu pai ficou impressionado demais para ficar zangado por se casar com ela depois disso, o casamento arranjado rapidamente se tornou um casamento por amor, assim dizia a história. Phillip gostava de imaginar que ela estava desferindo um soco fantasmagórico em todos que pretendiam torná-lo guardião da Princesa Aurora.

— Você está firmando um contrato, e isso é melhor do que qualquer amor: é um vínculo — prosseguiu o pai.

— Que romântico. — Phillip deu um pequeno passo em direção à porta, mas algo o deteve. Apesar das garantias de seu pai de que ele não havia orquestrado a bizarra luta, o rapaz ainda estava preocupado com a estranheza da grama e dos galhos se movendo para estrangular Sire. Seria possível que houvesse magia por aí que seu pai não conhecia? — Você já teve alguma notícia das fadas? — perguntou Phillip, tentando parecer casual. — E aquela maga que costumava aparecer por aqui? Blue Barnham ou algo assim?

— Aquelas fadas sabem que não devem entrar em contato com ninguém. Não podemos arriscar que a localização de Aurora seja descoberta. — Seu pai bufou. — E a magia dá para o gasto, afinal de contas, os dons devem ser apreciados, mas Barny não põe os pés aqui há anos, e já foi tarde! Não há nada que uma luta à moda antiga não dê conta.

Então, Phillip voltara para casa apenas para ser desprezado. Ele tinha que sair dali.

— Bem, vou embora agora — anunciou ele. — Encontro você no dia do casamento.

Phillip já fugira o suficiente para saber o melhor momento para escapar. Seu pai era digno demais para persegui-lo ou exigir que ele fosse arrastado de volta ao castelo.

— Bobagem! É de sua vida que estamos falando, rapaz. Você vem comigo.

— Você tem razão: é a minha vida. — Phillip abriu a porta para que qualquer pessoa próxima os ouvisse. — Não estou fugindo. Não estou abdicando. — Seu pai estremeceu com a palavra. — Estarei no aniversário da Princesa Aurora — continuou Phillip, em voz alta. — No entanto, ainda sou um cavaleiro deste reino e, como tal, devo garantir que os ladrões que encontrei não façam parte de algo maior.

Mentir era tão fácil depois de uma vida inteira desempenhando o papel do príncipe amável.

— Escute aqui! — Seu pai pigarreou e baixou a voz. — Você está formando uma aliança contra...

— O maior mal que a humanidade já viu. Eu sei. — Phillip engoliu em seco. — Estarei viajando com Joana. A propósito, ela fez por merecer o título de cavaleira.

O pai o encarou, um olho estreitado e a boca torcida em um esgar. Ele observou um criado passar pela porta aberta.

— Ela vai merecê-lo quando entregar você a Ald Tor daqui a vinte e um dias — disse o Rei Humberto, mantendo a voz calma e razoável. — Você pode fugir para todos os cantos deste reino e fingir que é alguém sem responsabilidades, mas você é e sempre será o Príncipe Phillip.

Phillip fez a única outra coisa que sabia fazer: *fugiu*.

3
Dentro da floresta

PHILLIP SAIU a cavalo e galopou para fora do castelo sem olhar para trás. Joana recusou-se a seguir para o norte e, em vez disso, conduziu-os em uma viagem indireta que acabaria por chegar a Ald Tor. Ela tentou saber mais sobre o que havia acontecido, e Phillip disse apenas que seu pai não tinha nenhum envolvimento no caso dos ladrões.

Depois que pararam e montaram acampamento para passar a noite, Phillip tentou ficar acordado o máximo que pôde para desfrutar da companhia tranquila e reconfortante de Joana. Ele não queria voltar a seus sonhos.

Mas, como sempre, quando finalmente cedeu e fechou os olhos para descansar, lá estava ele na floresta mais uma vez.

Seu mundo onírico *parecia* velho. Troncos imponentes repletos de folhas esmeralda, cujos galhos rangiam sob o peso de uma copa tão espessa que obscurecia o céu. O musgo cobria as raízes retorcidas dos abrunheiros, as sarças se espalhavam pelo chão da floresta em plena floração perfumada. A brisa, impregnada do cheiro de groselhas pretas perenes e úmidas, soprava através da floresta com um assobio. As árvores se estendiam até onde ele enxergava.

Eram as mesmas árvores que o saudavam todas as noites quando adormecia.

Ele tentara encontrar o caminho para sair da floresta quando criança, mas a floresta havia se fechado e as folhas das árvores se retorceram em véus intransponíveis, conduzindo-o ao mesmo lugar: um muro de espinhos enorme.

O muro tinha reentrâncias e saliências irregulares, e Phillip não conseguia se lembrar exatamente de quando aparecera pela primeira vez, mas com o tempo o paredão havia rasgado troncos e pedras com espinhos tão longos quanto espadas. Dividia a floresta tão profundamente que Phillip nunca encontrou seu fim, apesar de tentar contorná-lo centenas de vezes. O arbusto crescia e deslizava mais fundo na floresta a cada sonho de Phillip ali. A floresta perdia terreno a cada noite agitada.

— Olá de novo — murmurou Phillip, dando tapinhas no musgo. Ele nunca conseguia ter uma noite tranquila quando precisava. — Você está tão feio como sempre.

O muro de espinhos assomava a alguns passos de distância, uma ferida de um amarelo doentio e de um marrom de podridão contra a vegetação exuberante da floresta. Ele tentou espiar através dele, escalá-lo e cavar por baixo, mas as vinhas sempre se fechavam como a bocarra de um dragão.

Phillip caminhou ao longo do muro. Pelo menos, não ouvia *a jovem* naquela noite. Talvez o universo estivesse sendo misericordioso e dando-lhe paz em seus sonhos pela primeira vez em…

— Não, não, não. — Chegou-lhe a voz familiar de uma garota.

O universo o odiava.

Ela riu, o som alto irritando seus ouvidos.

— Pã, você não pode comer o chapéu de Orelhas. Esta deveria ser uma verdadeira festa no jardim.

Phillip era assombrado pelo som da voz da garota havia anos. Ele não a conhecia, não conseguia enxergá-la através do muro e não conseguia se comunicar com ela. No fim, presumiu que nem sabia se ela era real ou imaginária.

Tudo o que podia fazer era ouvi-la falando sobre sua vida cotidiana. Teria sido como ouvir uma história antes de dormir se ele não achasse a presença dela tão irritante — enquanto cuidava de seus amigos animais, ela continuamente lhes contava sobre suas várias viagens pelo continente e todas as diferentes pessoas que conhecera durante sua peregrinação.

Pior ainda, ele acabara percebendo que a garota também conseguia ouvir os acontecimentos diários dele. A jovem detalhara partes da vida dele para seus amigos — embora felizmente Phillip só a tivesse ouvido falar dele para seus companheiros animais e não para qualquer um dos humanos que ela descreveu ter conhecido em suas viagens; preso na floresta dos sonhos, Phillip era forçado a ouvir os comentários dela sobre a vida dele. Não se importou com a maneira como ela o descreveu — "um garoto que sonha comigo e com minha vida" — para uma coruja amigável certo dia. Isso o fez parecer o responsável pela situação. Phillip não queria ouvir sobre a vida dela, assim como ela não queria que ele ouvisse.

— Obrigada a todos por terem vindo. Acredito que todos saibamos por que estamos aqui: há um monstro entre nós. — A garota hesitou, e Phillip se animou. Ela nunca havia mencionado nenhum tipo de monstro vivendo perto dela. — Um de vocês comeu todos os pastéis de nata que fiz ontem à noite e quero saber quem foi.

Phillip revirou os olhos e desabou novamente. As pequenas investigações da garota perderam toda a graça quando ele percebeu que o culpado era sempre o esquilo.

— Vamos lá: Orelhas pula, mas não alto o suficiente para entrar pela janela — prosseguiu a jovem. — Pã faz muito barulho para conseguir roubar qualquer coisa enquanto eu durmo.

Orelhas era um coelho. Pã era uma cabra. Phillip estava cansado.

— Realmente ocorreu a coisa mais monstruosa de todas — sussurrou Phillip para si mesmo. — Divirta-me com o roubo perigoso para que eu possa irritar aquele pobre garoto dos sonhos com a história.

Ele rastejou até um galho baixo perto do muro. Um cantarolar baixo passou pelas frestas e Phillip fechou os olhos. Quando a garota dos sonhos não estava falando, estava cantando, mas cantar, pelo menos, permitia-lhe o descanso que o sono deveria proporcionar.

— Mas o que todos vocês não sabiam é que eu suspeitava de traição! — disse ela, e bateu palmas.

Isso era engraçado, ele odiava ter que admitir. Mas ainda não era justo que aquela estranha consumisse tanto de sua vida.

Ela e a Princesa Aurora teriam sido grandes amigas.

— Por que eu não estava defendendo os pastéis? Pois estava ocupada observando a briga daquele garoto dos sonhos com o pai — explicou ela, e, diferentemente de todos os outros sonhos, sua voz não estava nem um pouco abafada. Ouvi-la com clareza foi pior do que quando foi forçado a ouvi-la contar a um cervo sobre o teste final dele como pajem.

— Não fale de mim — murmurou Phillip, e ergueu a mão para o muro.

— Ele foi muito rude com aquela tal Joana. — Ela bufou e esperou por uma resposta novamente. — Eu sei! É completamente desnecessário.

Phillip revirou os olhos.

— Você é desnecessária.

— Ele acha que nada importa — disse a garota —, mas ele...

— Não finja que me conhece! — gritou Phillip. Uma videira da parede avançou como uma serpente e cravou dois espinhos em sua mão. Phillip praguejou e enfiou o polegar machucado na boca. — Você está com um humor espinhoso esta noite.

— Estou com o quê? — gritou a garota, com a voz estridente.

Phillip caiu da árvore, arregalando os olhos.

— O quê?

Ela não poderia estar respondendo a ele. A garota não conseguia ouvi-lo! Nunca, em todos os anos em que sonharam um com o outro, conseguiram se falar. Ele tentara falar com ela quando era mais jovem, e ela tentara falar com ele; no entanto, nunca dera certo. Aquilo era um absurdo.

— Não fique repetindo o que digo — gritou a garota dos sonhos.

— O que você está fazendo aqui? O que você fez?

Pelo menos, aquilo confirmava que não estava imaginando coisas. Ela estava conversando com ele, e como ousava culpá-lo?

— O que *eu* estou fazendo aqui? — Phillip rolou e se pôs de joelhos, arrancou um galho do cabelo e atirou-o no muro. As vinhas o partiram em dois. — O que *você* está fazendo aqui? Este sonho é meu!

— Seu sonho? — Ele a ouviu bater o pé no chão, as folhas rumorejando sob a força do calcanhar. — Eu estava tendo um sonho perfeitamente bom sem sua interferência desta vez.

— Minha inter... — Phillip ergueu a mão e riu. — Você está sonhando? Mas eu estou sonhando. É assim que funciona. Eu sonho com a sua vida, você sonha com a minha e, felizmente, os dois nunca se encontrarão. E se você *está* sonhando, com quem está falando? Sozinha?

Ela sibilou, e ele praticamente pôde ouvir a carranca que a garota decerto exibia.

— Não é da sua conta com quem eu converso. Por que exatamente estamos nos sonhos um do outro, afinal? Não nos conhecemos.

— Não sei. Sempre presumi que inventei você em meus sonhos — disse ele. — E, como você é apenas parte de minha imaginação, você também não sabe.

— Eu não faço parte de você coisa alguma. — Ela riu. — Eu nem sei quem você é.

— Exatamente o que um sonho diria!

Os espinhos se agitaram, como se a impedissem de espiar, e ela resmungou:

— Você é ridículo.

Tudo bem, Phillip nunca se consideraria ridículo. Ser capaz de se comunicar com a misteriosa garota dos sonhos não era nada do que ele imaginava e não sabia o que fazer. Ela estava mais irritada do que o Príncipe Phillip pensava que estaria. O que mudara que os permitia falar entre si daquela vez, depois de anos de suposições solitárias?

— O que é ridículo é você praticar o que vai dizer com os animais que nunca têm ideia do que você está dizendo — retrucou Phillip, e sentou-se de costas para o muro. A garota gaguejou ofendida e isso o fez sorrir. — Sério, como vamos provar que não somos o sonho um do outro?

Ela riu baixinho, tão diferente do som borbulhante com que ele estava acostumado quando a garota estava sozinha.

— Não me sinto como um sonho.

— Isso é completamente inútil. — Ele suspirou e esfregou o rosto. Como qualquer um deles saberia como é um sonho? — Tudo bem, onde você mora?

Ele não tivera a menor chance de descobrir qualquer coisa sobre onde ela se encontrava. Por que sua mente faria isso?

— Ah, o... — o muro de espinhos se mexeu e se retorceu, o estalar de espinhos abafando suas palavras — ... com minhas tias.

Talvez a mente dele não fosse inteligente o suficiente para encontrar uma localização.

— Não consegui entender uma palavra disso — falou.

— Claro que você não conseguiu — zombou a garota. — Onde você mora?

— Artwyne.

— Não, não deu para ouvir sua voz — disse ela.

Ele riu.

— Engraçado como você fez parecer que a culpa disso é minha.

— Ainda não decidi o quanto você é culpado — disse ela, o som farfalhante de seus passos da grama até a pedra mudando a cada instante. — Vamos começar de forma mais simples. Como você se chama? Nunca consegui ouvir seu nome, apenas os de seus amigos.

Ele bufou, rindo, encantado com ela de uma forma que não esperava.

— Ainda não decidi se vou lhe revelar isso.

Ficaram em silêncio, nenhum dos dois dispostos a quebrá-lo, e Phillip admirou a determinação da garota. Era quase tão teimosa quanto ele próprio.

— Você é incorrigível — disse ela afinal. — Eu sou Rosa. Quase.

O nome combinava com ela: sempre fora um espinho na vida dele, um verdadeiro tormento.

— Meu nome é Phillip.

— Nome estranho — comentou Rosa.

— Diz a garota que leva o nome de um arbusto — retrucou ele, rindo.

— É uma flor. Está bem ali em…

— Não estrague minha piada com uma explicação. — Phillip removeu o máximo de mordacidade do comentário e chegou o mais perto do muro que ousava. Mal dava para a ouvir rindo do outro lado. — Então, você estava fazendo de conta que havia animais com você ou há animais do seu lado do muro?

— Estava fazendo de conta — disse ela, quase parecendo envergonhada. — Nunca houve criaturas nesta floresta. Somente nós.

Phillip não brincava de faz de conta havia muito. Príncipes não tinham tempo para brincar de cavaleiro ou lutar com sombras. Mas, pelo que ele ouvira escondido ao longo daqueles anos, a julgar pelas histórias de suas viagens que Rosa contava aos animais de verdade, ela tinha vários tutores e amigos com quem conversar. Por que ficar brincando de faz de conta?

— Por que estamos compartilhando um sonho desta vez? Esta não pode ser a primeira ocasião em que dormimos ao mesmo tempo, certo? — perguntou Phillip.

— Não, definitivamente já dormimos ao mesmo tempo. Acho que nunca nos ouvimos em tempo real antes. Não importa se estamos dormindo ou acordados, sonhamos um com o outro.

Phillip suspirou. Essa era a realidade da maior parte da vida dele.

— Minha principal preocupação é: por que nós? — indagou ela, soltando um suspiro de exasperação. — Por que, dentre todas as pessoas, estamos presos juntos e por que sempre ouvimos apenas partes específicas da vida um do outro?

Presos. Ele ficou surpreso por ela se sentir do mesmo jeito.

— Não faço ideia. Este lugar não obedece ao tempo, creio eu, mas sempre teve regras. Por que quebrá-las agora? — perguntou ele.

— Não sei — respondeu Rosa. — Às vezes eu tentava conversar com você, quando eu estava acordada e sozinha, para o caso de estar sonhando comigo, mas acho que nunca esteve.

Para sua consternação, o coração dele se apertou com a revelação. Tinha ouvido alguns desses momentos, mas não aguentaria descobrir se Rosa já o ouvira sussurrar para ela quando eram crianças, implorando por compreensão e conforto.

— Eu só conseguia me questionar o quanto de minha vida você podia espionar e odiava esse pensamento.

— E você acha que não senti o mesmo? — replicou ela secamente.

Ele molhou os lábios, procurando algo para perguntar que não fosse por que ou como, mas sobre eles e suas vidas compartilhadas. Antes que pudesse dizer algo, contudo, ela continuou:

— Então, o que mudou recentemente que nos permite conversar? Você fez alguma coisa que poderia ter causado isso?

Phillip fez um biquinho para o lado, tentando pensar no que dizer. Não importava o quanto ela o irritasse, estavam juntos naquela situação.

— Não, sempre sonhei com o bosque, mas levei alguns anos para começar a ouvir você. Eu era pequeno, porém, então não lembro bem quando foi. Não fiz nada fora do comum recentemente.

Os sonhos só começaram depois da maldição de Malévola, e Rosa apareceu alguns anos depois. Os sonhos eram frustrantes, mas *ela* o deixava com medo — uma pessoa que ele não conhecia, que conseguia ouvir tudo o que ele dizia enquanto estivesse sonhando, e ele não podia fazer nada a respeito. Não fazia ideia de quando ela estava ouvindo ou quem ela era capaz de ouvir. Conhecê-la melhor lhe devolveria um mínimo de controle sobre a própria vida.

Ele abriu a boca para fazer uma pergunta, mas ela se adiantou:

— Você acha que é magia?

Ele bufou, rindo.

— Magia? Não, ninguém usaria magia para fazer algo tão inútil quanto isso.

Nada de bom vinha da magia. As fadas poderiam ter presenteado a Princesa Aurora com os dons da beleza e do canto, mas nenhuma delas fez bem à garota. Tudo o que deram a Phillip foi uma noiva que ele nunca pediu e expectativas. E, ainda por cima, não podia se esquecer de Malévola.

Dons e maldições não pareciam tão diferentes.

Por mais que esperasse que o encontro com os ladrões não tivesse sido mágico, foi a única coisa nova que acontecera em sua vida. Eles não estavam ligados àquilo, no entanto. Não havia como estarem.

Ela estalou a língua contra os dentes.

— Bem, eu não tenho a menor noção de magia além do que li. Nunca contei a ninguém (exceto aos animais, é claro) sobre esses sonhos, mas também nunca li qualquer menção a algo assim. Nada mudou em minha vida recentemente. Ah! A não ser que você considere as idas de uma de minhas tias à cidade, mas ela faz isso de vez em quando. Você está viajando com sua amiga Joana, não é? Gosto mesmo da poesia dela.

— Isso é bem a sua cara — resmungou. — Olha, nenhum de nós parece saber algo sobre magia ou sonhos, então, que tal enfim conversarmos sobre nossas vidas ou tirarmos cochilos excepcionalmente tranquilos? Qual foi seu lugar favorito para onde você viajou?

— Cochilos? — indagou ela, ignorando a outra pergunta. — Em um sonho?

— Cochilos.

Rosa suspirou. Phillip se recostou, odiando o silêncio. Eles poderiam finalmente conversar um com o outro, e ela não parecia nem um pouco curiosa sobre ele ou interessada em responder às perguntas.

— Mas isso nunca aconteceu antes! — Rosa soou como uma raposa furiosa. — Talvez esta floresta esteja precisando de nossa ajuda na vida real.

— Vá bancar a heroína então — impacientou-se Phillip. — Por que isso importa, afinal?

Ela ficou quieta por um momento e então disse:

— Se descobrirmos o motivo de sonharmos um com o outro, talvez consigamos ter sonhos reais e tranquilos.

Ah. Ela queria se livrar dele. Ótimo. Phillip não podia culpá-la por isso, já que desejava o mesmo.

— Essa é a primeira coisa interessante que você falou.

Ele se sentou e afastou da cabeça o desejo de conhecê-la.

— Bem, por sorte, em breve vamos descobrir se esta é uma mudança permanente ou não — disse Rosa.

Phillip deixou escapar um gemido.

— Sem ofensa, vou agradecer se este for nosso último sonho assim.

— Sem ofensa? — Ela riu. — Nós dois sabemos que você disse isso com toda a ofensa possível.

Uma mão agarrou o ombro dele, mas não havia nada ali quando Phillip se virou. A visão ficou turva. A voz dela vacilou. Alguém no mundo real o estava acordando.

— Se a carapuça serviu. Lembre-se disso. — Phillip fechou os olhos e deixou-se invadir pela escuridão. — Acho que chega disso para mim por hoje.

4
Um duro despertar

PHILLIP rolou para longe da mão em seu ombro no momento em que acordou. Os músculos rígidos e doloridos se contraíram em protesto, mas seu treinamento assumiu o controle do corpo; ergueu as mãos para se defender e se colocou de joelhos. Joana e ele sabiam muito bem que não deviam despertar um ao outro daquela maneira. Havia algo errado.

— Joana? — chamou ele.

— Não estamos em perigo — disse ela. A voz veio do lado oposto da fogueira. — Provavelmente.

— Que bom. — Ele piscou várias vezes para afastar o sono dos olhos.

Quando tinham ido dormir em lados opostos do fogo, estavam completamente sozinhos, com exceção da presença de Sansão, Taliesin e quaisquer outros animais que rondavam pelas colinas. Quando Phillip acordou, entretanto, havia três mulheres diante dele, cada uma vestindo uma cor vibrante diferente — laranja, roxo e amarelo —, e a imagem despertou algo no fundo de sua mente, desconfortável e familiar ao mesmo tempo.

Phillip deu um pulo e deixou a mão a postos sobre a faca pendurada em seu cinto.

Joana estava de pé atrás do trio e inclinou a cabeça para a mulher de amarelo — fora esta quem o tinha acordado, então.

— Sua cautela é sábia, mas desnecessária — declarou ela. — Meu nome é Éris, e minhas companheiras são Poena e Phrike. Somos fadas.

Fadas… A palavra o obrigou a fechar os olhos, respirar fundo e reabri-los para certificar-se de que aquilo não era uma piada de mau gosto. Esvoaçando e lançando luz colorida sobre a grama como um vitral, havia asas nas costas de cada uma. Phillip cerrou os dentes. Só tivera uma experiência com fadas e não pretendia revivê-la tão cedo.

— Por quê? — perguntou. — Por que estão aqui?

As palavras tinham um gosto tão amargo quanto soavam severas para ele.

— Aqui? É onde você está — respondeu a fada Éris. Seu cabelo louro estava trançado e preso por uma redinha dourada sobre as orelhas, e Phillip não tinha certeza de como ela era capaz de ouvir alguma coisa através daquilo. Usava um vestido que parecia tecido com pétalas de dente-de-leão em vez de lã. Ela levou a mão à boca para esconder um sorriso com covinhas. — Fomos enviadas para ajudá-lo.

— Não quero a ajuda de *vocês* — retorquiu Phillip, virando o rosto ligeiramente para o lado.

— Agora você está sendo rude — retrucou aquela que se chamava Poena. Ela era a mais alta das fadas e tinha grossos cachos ruivos sob um véu e uma touca de tecido roxo-escuro.

— *Vossa Alteza* — corrigiu Joana. — "Agora Vossa Alteza está sendo rude."

Phillip abriu um largo sorriso. Garantiria que sua escudeira alcançasse o título da cavalaria e terminasse tudo o que estava escrevendo, mesmo que isso lhe custasse a própria vida. Éris pigarreou.

— Pedimos desculpas — disse Éris. — As monarquias humanas são tão breves em comparação com nossas vidas que às vezes é bastante difícil acompanhar quem é quem.

As fadas se interessavam por algumas poucas crianças de vez em quando, e Phillip não era uma delas. Seu pai lhes pedira benevolência, mas elas recusaram sem dar explicações. A Princesa Aurora fora a primeira criança em uma década a cair em suas graças e a receber não apenas um dom, mas três.

A única razão pela qual as fadas procurariam Phillip era se houvesse algo de errado com a princesa escondida, porque ele sabia, conforme lhe demonstraram repetidas vezes com palavras e ações, que ele nunca seria tão valioso quanto a Princesa Aurora.

— Você usou magia recentemente, não foi? — questionou Éris.

Phillip congelou. Joana engasgou atrás do trio e murmurou sem emitir som: "Eu sabia".

— Não? — Phillip balançou a cabeça, ignorando a amiga. — Creio que não.

Havia uma diferença entre a magia ter ocorrido durante sua luta com Sire e o próprio Phillip ter magia. Se tivesse magia, seria de seu conhecimento.

Não seria?

— Eu falei que isso era perda de tempo — sibilou Poena, com a pele corando até as sardas desaparecerem.

A terceira, Phrike, estava coberta da cabeça aos pés com um tom de laranja-queimado que lembrava a Phillip as folhas de outono. Ela estendeu a mão por baixo do longo véu e deu um tapinha no braço de Poena.

— Nada é perda de tempo até morrermos, querida.

Phillip tinha certeza de que as fadas não morriam naturalmente.

— Isso mesmo. — Éris entrelaçou os dedos e apoiou as mãos na barriga. — Phillip, temos conhecimento de que você usou magia, e pode fazer essa cara para mim o quanto quiser, mas isso não muda a verdade.

Phillip bufou, sem saber que cara estava fazendo.

— Desde que sua magia se revelou, passamos a rastreá-la, além da sua pessoa também — continuou a fada.

Phillip balançou a cabeça, em negação. O que Éris estava dizendo não fazia sentido. Talvez ele estivesse alucinando. Talvez seu pai o tivesse nocauteado e estivesse arrastando seu corpo inconsciente para o casamento em Ald Tor, e Rosa e aquelas fadas fossem apenas fruto de sua imaginação. Mas não importava quão forte Phillip se beliscasse, a cena diante dele permanecia a mesma.

Era um engano. Tinha que ser. Se houve magia em jogo durante a luta com os ladrões, alguém nas cercanias devia ter usado esse poder, e as fadas presumiram erroneamente que fora Phillip.

— Eu não domino magia — disse por fim.

— Sério, garoto? — perguntou Poena, encarando-o com os olhos semicerrados. — Que parte do que estamos dizendo você não entendeu?

— Poena, se você não acredita em nosso plano, então você é mais do que bem-vinda a sair e voltar ao que estava fazendo antes — repreendeu Éris, fulminando-a com seus olhos azuis. Poena inclinou a cabeça e Éris se voltou para Phillip: — Perdoe-a, ensinar não é a função habitual dela e exige tempo.

— Eu falei para você! — Joana passou por entre as fadas, um pouco mais enérgica com Poena do que o necessário, e agarrou o braço de Phillip. — Foi magia. Isso é fantástico!

Elas não podiam estar certas. Caso contrário, Joana nunca mais o deixaria esquecer que estava com a razão.

— Não me levem a mal, mas vocês podem provar que eu domino magia? — questionou ele.

Joana revirou os olhos.

Poena inspirou e fez um gesto giratório com os dedos. As asas de cada uma das fadas desapareceram em uma pequena nuvem de fumaça acre que se esvaiu quase instantaneamente. Com outro gesto, as asas reapareceram.

— Somos fadas — repetiu Éris. — Não cometemos enganos quando se trata de magia.

Phillip engoliu em seco. As asas delas eram uma prova inegável de poder.

— Vamos nos sentar, que tal? — sugeriu Éris. — E então explicaremos.

Phillip e Joana se sentaram sobre o saco de dormir dele. Phrike afundou onde estava, espalhando o vestido em volta de si. Na extremidade do acampamento, os cavalos estavam agitados, observando, de orelhas em pé, e Sansão bufou quando Éris puxou uma varinha de amieiro laranja e comprida. Ela a girou, fazendo magia chover sobre a grama. As folhas de relva cresceram e se torceram em um banquinho. Poena permaneceu de pé com os braços cruzados contra o peito.

— Fomos enviadas para treiná-lo antes que Malévola e os aliados dela descubram suas habilidades.

— Enviadas por quem?

— Pelas outras fadas. Existem pouquíssimos humanos capazes de usar magia, e nenhum deles é aliado das fadas e contrário a Malévola — contou Éris. — Francamente, o fato de dominar magia nos dá uma oportunidade que não teríamos de outra forma. Quando sentimos seu despertar mágico, sabíamos que alguém deveria encontrá-lo e treiná-lo. Foi decidido que esse "alguém" tinha que ser nós três.

— Mas por que agora? — perguntou o príncipe, devagar. — Já estive perto de fadas antes. Por certo elas teriam notado se eu dominasse algum tipo de poder.

— Primavera e sua turma são bastante míopes — ironizou Poena.

— Elas não devem ter identificado porque estava adormecido em você — explicou Éris. — A magia pode se manifestar por uma série de razões, e não se sabe totalmente por que ela surge nos humanos, uma vez que vocês não são animais inerentes a ela. Precisamos saber o que aconteceu para determinar que tipo de magia possui.

— Ele empurrou um ladrão para longe usando o vento — disse Joana. — Deu um soco nele e o homem saiu voando. Então, um monte de grama e galhos o amarraram.

— "Amarraram" é um pouco de exagero — murmurou Phillip.

Éris sorriu.

— Então você usou a magia da natureza, convocando o vento e as plantas a vir em seu auxílio? Excelente. É um bom tipo de magia para começar.

Pela primeira vez em muito tempo, Phillip não procurou nenhuma escusa sardônica nem desejou usar uma. Era difícil demais de acreditar e bom demais para ser verdade. Uma dor enorme brotou em seu peito, como se um buraco que sempre existiu em seu coração estivesse finalmente ameaçando ser preenchido.

— Pode ter sido apenas o vento — disse ele, mas a frase pareceu vazia mesmo para ele.

— *Foi* o vento, mas foi sua magia que provocou uma rajada tão forte — esclareceu Éris. Ela estendeu a mão para ele, com a palma para cima. — Phillip, eu lhe asseguro: você domina magia. Se não dominasse, não teríamos sido capazes de encontrá-lo.

Phillip respirou fundo, a esperança ardendo em seus olhos como um pesar indesejado. Não importava quantas vezes ele tentasse se fortalecer contra a esperança, a ideia de possuir algo separado de seu pai era muito tentadora.

— Como posso saber que você está dizendo a verdade e que não está trabalhando para Malévola?

— É de seu conhecimento que nascemos com magia, mas ela muda conforme mudamos — disse Phrike, e gesticulou para que ele pegasse a mão dela. — A intenção é o que importa. Somente boas fadas podem curar. Se um coração endurecesse, a habilidade desapareceria.

Era verdade que as fadas más não eram capazes de usar magia de cura. Até Phillip sabia disso pelas histórias que lhe foram contadas quando era criança. Pela mesma razão, as fadas boas não conseguiam invocar o fogo do dragão como Malévola. As fadas más não nasceram assim. Crianças simplesmente não desenvolviam magia maligna. Tiveram que procurar e *desejar* usar a magia que usavam. A magia maligna exigia intenções malignas, e lançá-la tinha consequências, como perder a capacidade de curar.

— Esperamos que isso seja suficiente para provar nosso compromisso com a humanidade — disse Éris. — Phrike, vá em frente.

As mãos de Phrike estavam úmidas e ela passou o polegar por um dos hematomas amarelados nos nós dos dedos de Phillip. Um cheiro de terra molhada ou de uma caverna úmida o invadiu, e a fada passou o polegar sobre o hematoma uma segunda vez. O machucado desapareceu lentamente até que sua pele voltasse ao normal. Phillip retirou a mão e cutucou o local. Ainda doía.

— A dor passará em breve — assegurou Phrike, dando tapinhas na mão dele. — Mesmo com magia, a cura é lenta.

— Então, vocês são quem afirmam ser — disse Phillip, e Joana ficou rígida ao lado dele. Sua escudeira o conhecia muito bem para pensar que ele cederia tão facilmente. — No entanto, o fato de eu dominar magia parece um exagero e tanto.

Éris sorriu.

— Existe alguma demonstração que o fará acreditar em si mesmo?

Não existia, mas ele não podia dizer isso.

— Você não está acostumado com magia e não foi treinado para ela — continuou a fada, calma, como se soubesse exatamente o que ele estava pensando. — Talvez ainda não consiga usar sua magia sem esforço, então, isso pode não funcionar, mas estenda a mão sobre a grama e imagine-a enrolada em seu dedo.

Ele seguiu as instruções e pensou em uma única folha de grama girando ao redor do dedo como a cauda de uma cobra. Rosa tinha uma cobra com quem conversava às vezes, um bichinho que gostava de tomar sol onde a jovem lavava as roupas. Imaginou não a mão dele, mas a dela. Sibilo, como ela o chamava, muitas vezes se enrolava como uma pulseira.

Com uma lentidão agoniante, uma única folha de grama agarrou seu polegar e o envolveu. Phillip se empertigou.

— Ora, olhe só para isso — disse Éris, com brandura.

A dor estranha no fundo do peito dele cresceu e Phillip puxou a mão de volta. Tinha que haver algum tipo de armadilha ali. Uma espada prestes a cair sobre ele se dissesse ou fizesse algo errado.

Grande parte de sua vida já estava definida e então ele dominava magia, uma nova complicação e responsabilidade. Precisaria treinar novamente, quisesse ou não. Teria que considerar o significado da magia e como todos os outros iriam querer usá-lo por causa dela. Era isto que seria: outra maneira de ele ser usado. Toda a sua esperança se transformou em pavor.

— E daí se eu dominar magia? — indagou Phillip. — Por que devo ser treinado?

— Existem apenas dois armamentos capazes de combater a magia das fadas e de nos matar: a Espada da Verdade e o Escudo da Virtude. Foram projetados para serem usados contra nós séculos atrás, então nós, fadas, não podemos tocá-los. Até mesmo invocá-los requer um poder imenso ou uma intenção puramente boa. Embora saibamos onde estão há mais de uma década, recuperá-los sempre foi impossível porque seria preciso a ajuda de um humano com magia — disse Éris, apontando para Phillip. — A magia em humanos é extremamente rara, e é ainda mais raro que esses humanos sobrevivam o suficiente e aprendam magia suficiente para serem considerados magos. Dado o desentendimento que seu pai teve com a última maga da corte, você é agora o único humano com magia aliado a Artwyne e Ald Tor. A única pessoa que pode recuperar a espada e o escudo. A única pessoa capaz de derrotar Malévola de verdade, de uma vez por todas.

Phillip negou com a cabeça.

— Se Malévola só pode ser derrotada usando tal espada e tal escudo, por que o Rei Stefan e meu pai estavam tão confiantes de que conseguiríamos salvar a princesa sem eles? Não é esse o motivo de ela estar escondida? Se Malévola não a encontrar, ela não poderá amaldiçoá-la.

— O problema dos humanos é a miopia — respondeu Éris. — Mesmo que a princesa chegue a seu aniversário, ela não estará segura para sempre. Sem essas armas, os humanos ficarão presos em uma guerra contra Malévola por décadas, porque ela não vai parar até matar aquela garota e se vingar. Os reis se contentam em impedir Malévola, mas por que a manter afastada se a oportunidade de a derrotar está bem aí?

— Você seria o protetor da Princesa Aurora, mas, com a espada e o escudo, será a ruína de Malévola — acrescentou Poena. — Por que ser um guardinha pelo resto da vida se também pode ser um herói?

Ele preferia ser o guardião de Aurora em vez de ser o único oponente de Malévola. Ele sabia esconder e proteger. Não sabia se algum dia dominaria magia o suficiente para derrotar Malévola.

— Nós o treinaríamos para usar sua magia a fim de recuperar a espada e o escudo e depois para usá-los contra Malévola. — O olhar de Éris passou dele para Joana. — Temos apenas vinte dias; contanto que você tenha as armas, deve ser o suficiente para derrotar Malévola.

A flor de euforia que crescia em seu peito murchou imediatamente.

— Não tenho interesse — declarou Phillip. — Podemos seguir o plano original.

— O quê? — indagou Poena.

Joana fechou os olhos e suspirou.

— Phillip, você poderia derrotar Malévola de uma vez por todas.

— Talvez eu pudesse. A questão é que não me importo.

Onde elas estavam quando ele era criança? O dom que lhe ofereciam naquela hora — ensiná-lo a usar magia — servia só para a Princesa Aurora. Não era um dom; era outra coleira.

— Mas você deve aprender magia. — Poena pairava sobre ele, o ar ao seu redor esquentava. — Você é um cavaleiro! O Príncipe Phillip, protetor e noivo da Princesa Aurora! Deve aprender magia por ela.

— Sempre por ela, nunca por mim — retrucou. — Se você está tentando me atrair com promessa de glória, não tenho interesse.

Poena ergueu os braços e se afastou.

Joana encostou no braço de Phillip e sussurrou:

— Phillip, você deveria reconsiderar.

— Escute. Vou me casar com a princesa, vou protegê-la, mas não vou sacrificar meus últimos dias antes de estar ligado a ela para todo sempre por algo que vai beneficiar exclusivamente a princesa.

Ele sabia que Malévola era uma ameaça para todos. Era perigosa e não hesitara em mergulhar o mundo em guerra da última vez que atacou, mas foi derrotada pelos exércitos do pai dele e do Rei Stefan. A fada má poderia ser derrotada de novo.

Entretanto, não havia meio possível de Phillip sozinho, com magia ou não, derrotá-la. A chance de ele chegar perto disso era tão astronomicamente baixa que chegava a ser ridícula.

Claro, era egoísta, mas também era a vida dele. Era melhor que tirasse algumas semanas de liberdade e aceitasse proteger a princesa durante a maior parte de sua vida do que sacrificar aquelas próximas semanas e tentar a sorte.

— Você não é um cavaleiro? — Poena se virou para ele, suas asas batendo nas costas. — Onde está seu senso de honra e dever?

— Esqueci de trazer comigo. — Phillip deu de ombros.

Éris inclinou a cabeça para o lado.

— Está falando sério, não é?

— Acontece raramente, então valorize isso — respondeu o príncipe. Ele se levantou, limpou as mãos e gesticulou para que fossem embora. — Lamento muito que tenham vindo até aqui, mas devo recusar. Façam uma boa viagem.

Poena abriu a boca, mas Éris levantou a mão e, suavemente, disse:

— O mundo pegou pesado com você, não foi?

Phillip estremeceu. Era tão errado querer aproveitar a vida em vez de jogá-la fora? Ele não seria capaz de derrotar Malévola. Por que perder tempo tentando?

— Ele que vai pegar pesado com o mundo! — Poena fungou e zombou. — Hipócrita e egoísta é o que ele é.

— Sem heróis, resta apenas o medo — disse Phrike.

— Não sou um herói — retrucou Phillip, evitando o olhar de Joana. — Não vou me forçar a um papel que nunca serei capaz de cumprir.

— Todos temos nossos papéis a desempenhar. Devemos calçar o par de sapatos que nos é destinado, por assim dizer — disse Phrike. — Você deve calçar o seu.

— Prefiro cortar meus próprios pés. — Ele passou a língua pelos dentes. Foram necessárias centenas de milhares de soldados para derrotar Malévola na vez anterior. Ele era uma pessoa só. — Chega. Lamento que estejam indo embora desapontadas.

Éris se levantou e sua magia perdeu a força sobre a grama.

— Não, não lamenta, mas vamos embora.

Poena e Phrike se afastaram, suas formas encolhendo aos poucos. As duas ficaram cada vez menores até se tornarem particulazinhas de luz enquanto Éris permaneceu, parecendo assomar sobre ele, embora lhe alcançasse apenas na altura do nariz. Phillip inclinou a cabeça para ela.

— Espero que domine sua magia antes que se torne muito poderosa. — Ela sacudiu a varinha e um cravo se enfiou no bolso da túnica de Joana. — Boa sorte, Phillip.

Ele desviou o olhar do rosto abatido da fada, que desapareceu, deixando para trás apenas o leve aroma do ar outonal e do cravo amarelo.

5
*Um dia tão belo e feio**

NÃO HAVIA como voltar a dormir depois que as fadas foram embora. Então, Phillip foi cuidar dos cavalos enquanto Joana esquentava e amaciava um pouco de pão para comerem.

— Se sempre precisamos da espada e do escudo, por que meu pai ou o Rei Stefan não descobriram um jeito de obtê-los antes? — perguntou Phillip para Sansão enquanto o escovava. Por mais que quisesse esquecer os avisos das fadas, ele não conseguia parar de pensar em magia, em Malévola e nas armas. — Eu sabia que meu pai e nossa antiga maga da corte brigaram, mas deve existir alguém em algum lugar por aí que poderia ajudar.

Porém, seu pai nunca contara a ninguém o motivo da briga com a maga, e isso era preocupante. Era incompreensível para Phillip que seu pai e o Rei Stefan não soubessem sobre as armas, onde estavam ou como obtê-las, mas aquilo não dizia respeito somente a ele. Malévola era perigosa e derrotá-la salvaria milhares de vidas. Isso preocupava Phillip.

---

*   Em inglês, "So Fair and Foul a Day", inspirado em verso de *Macbeth*, de William Shakespeare: "So foul and fair a day I have not seen"/"Nunca vi um dia tão feio e tão belo". (N. T.)

O que foi mesmo que o pai dele havia dito? *Stefan e eu temos planos para Malévola. Nada com que você deva se preocupar.*

— Se é isso o que ele quer, não vou ficar me preocupando — murmurou Phillip baixinho. — Com coisa alguma.

Sansão sacudiu Phillip e enfiou o focinho no bolso do príncipe, bufando quando o encontrou vazio.

— Tudo bem, com você vou me preocupar — disse Phillip, e se moveu para preparar Taliesin para a viagem. — Com você também.

— Não precisa — falou Joana atrás dele. — Eu posso fazer isso. Venha comer.

Phillip fez uma careta para o corcel castanho e evitou se virar para encarar Joana.

— Há mais alguma coisa que você queira fazer antes do aniversário da princesa? — perguntou Joana, estendendo-lhe um pedaço de pão integral escavado e recheado com ovo cozido. Era um suborno. Ela sempre lhe oferecia comida e um tema de conversa de que ele gostava antes de trazer à tona coisas de que não gostava.

Phillip aceitou a oferta, mas revirou os olhos.

— Você diz a todo mundo que morri em um acidente mágico e eu saio vagabundeando por aí para viver minha vida?

— Phillip — repreendeu Joana, e fechou os olhos, mas o príncipe sabia que ela os estava revirando.

— Temos que ir para o sul se quisermos chegar a Ald Tor a tempo do retorno da Princesa Aurora — acrescentou ele, sem emoção. — Se nos apressarmos, poderemos ver os campos de lavanda no sul.

Os campos de lavanda eram um dos orgulhos de Artwyne, colinas selvagens de um violeta pálido que perfumavam o ar por quilômetros. Phillip nunca os vira, embora tivesse usado muitos sabonetes e tinturas derivados das flores colhidas ali, mas Rosa os visitara anos antes. Ao retornar, ela descreveu os campos para seus animais com detalhes tão atraentes que Phillip ouviu de trás do muro de espinhos em raro êxtase.

Pareciam tão livres e delicados, duas coisas que ele nunca tinha sido. Desde então, desejou ir aonde ela estivera e respirar ele próprio o ar perfumado.

Joana balançou a cabeça.

— Você realmente vai ignorar tudo o que as fadas disseram?

— Vou. — Ele fez um gesto abrangendo o pequeno acampamento.

— Diga-me o que você está escrevendo e considerarei ouvi-la.

— De jeito nenhum. — Joana corou. — Este não é um jogo que você pode ignorar quando perde, Phillip. Trata-se da vida das pessoas, e a magia pode salvá-las.

— Você acha que não sei disso? — O tom de Phillip soou mais duro do que ele jamais havia usado com ela. — Treinei minha vida toda para proteger a Princesa Aurora. Sei exatamente o que está em jogo.

De sol a sol, Phillip treinou para ser um cavaleiro. Tudo começou no momento em que seu pai e ele voltaram do batizado da princesa. Era mais jovem e menor do que qualquer outro pajem, mas foi capaz. Pensou que haveria algum tipo de trégua ou elogio no fim. Não houve.

Só houve mais treinamento e mais formas de decepcionar o pai.

— O Rei Stefan e meu pai estudam o retorno de Malévola há mais de uma década. É quase certo que a Princesa Aurora não será vítima da maldição, dado quão cuidadosamente planejado foi o próximo mês, e eles têm vigiado a Montanha Proibida desde que Malévola se retirou para lá. Malévola não pretende conquistar; ela busca vingança contra as pessoas que a contiveram anos atrás. Quando perceber que a Princesa Aurora escapou de sua maldição, ela tentará matar a princesa.

Na vez anterior, o exército de asseclas encantados de Malévola levou anos para ser criado, e o Rei Stefan tinha certeza de que ela não tivera o poder nem tempo para criar outro exército tão grande. O pai de Phillip sempre dizia que a maldição seria o lance final de Malévola, um último golpe de seus estertores da morte. Ela não tinha o poder ou o desejo de entrar em guerra com os reinos humanos de novo. Simplesmente queria vingança.

— É por isso que passei minha vida toda treinando para proteger a Princesa Aurora: para protegê-la de Malévola uma vez que a maldição não puder atingi-la — continuou ele. — Sei que sozinho não sou páreo para Malévola, mas o que ela pode fazer contra mim *e* mais dois reinos inteiros totalmente preparados para suas tentativas de assassinato?

— Você não está enxergando o verdadeiro problema — disse Joana, levantando as mãos. — Se Malévola é capaz de amaldiçoar a Princesa Aurora, o que ela pode fazer com o restante de nós se algo der errado? A maior parte do mundo não tem o status, a magia ou o dinheiro da princesa. Se ela pode ir atrás de um membro da realeza, então poderá fazer coisas indescritíveis com todos os outros. Ainda há esperança se você a derrotar imediatamente. Se você é a única pessoa capaz de encontrar a espada e o escudo, por que não tenta?

— Não é que eu não queira garantir que as pessoas fiquem fora de perigo; quero só que estes meus últimos dias sejam meus e somente meus, porque em breve toda a minha vida girará em torno da Princesa Aurora.

Phillip respirou fundo, cobrindo a boca com a mão. Não era culpa dela e, como sua escudeira, ela não podia discordar muito dele, mas Joana nunca descartava as circunstâncias dele tão casualmente, então falou:

— Você não deveria pensar desse jeito, mas não pode ignorar o fato de que, se as fadas estiverem certas, só você poderá derrotar Malévola para sempre. No mínimo, deveria se preocupar com o fato de dominar magia. Se não a controlar, sabe-se lá o que pode acontecer.

Era tentador tornar-se o herói que ele sonhara ser quando criança, mas era cedo demais.

— Uma só pessoa raramente faz diferença — murmurou ele —, mas obrigado por estar preocupada comigo.

— Eu sempre me preocupo com sua pessoa. Você está um desastre. — Ela fez um pequeno barulho no fundo da garganta e trocou de posição em seu lugar. — Não sabia que você se sentia tão preso.

— "Preso" é uma forma suave de descrever como me sinto, mas você tem razão sobre a magia. Devo fazer algo a respeito, mas não hoje, Joana. Por favor. — Ele suspirou. — Acha que eu seria um bom mago?

— Acabou de fazer um discurso inflamado sobre não querer magia. — Joana revirou os olhos. — Você muda como a lua, cresce, mingua e choraminga toda hora.

— Pare com isso — disse Phillip, e se lançou sobre ela. — Esse é seu poema de que menos gosto, e a lua não choraminga.

— Então, por que ela foge todas as manhãs? — provocou a escudeira, e disparou para longe dele. — Não sabia que você ouvia minhas recitações.

Ele gostava bastante delas.

— Eu sofro com elas. São melhores para minha autoestima do que ouvir seus conselhos.

— Destino! Monstruoso e vazio, sua roda giratória — gritou ela, e ergueu os braços. — Você é malévolo…

— Vamos lutar. Vou jogar você no primeiro rio que encontrarmos e deixar que os peixes a peguem — ameaçou Phillip, indo até as mochilas e jogando a espada embainhada de Joana para ela. — Você sabe que prefiro os poemas em que cavaleiros se casam com o coração partido ou se transformam em árvore.

Ele estava sorrindo e gargalhando e se sentia muito menos triste do que antes.

Cabelo preto solto e rebelde ao vento, espada erguida e olhos escuros brilhantes, Joana parecia um dos cavaleiros sobre os quais sempre escrevia, e Phillip desejou poder mostrar-lhe como o mundo a via.

— Eu me recuso a ser o Galvão do seu Perceval. — Joana gesticulou para que ele atacasse. — Pare de ficar deprimido e lute comigo.

Ele pegou a própria espada.

— Eu nunca choraminguei um dia sequer em toda a minha vida.

Phillip sempre vencia os combates entre os dois. Geralmente.

Metade das vezes.

— Claro que não, Vossa Alteza — zombou Joana, atacando-lhe na coxa direita.

Phillip defendeu o golpe e investiu, o rangido de aço contra aço ecoando em seus ouvidos. Eles se moviam com facilidade na velha dança que ambos aprenderam como pajens, e os pensamentos de Phillip desanuviaram enquanto ele se concentrava nos passos. Bloquear o canto inferior direito, bloquear o canto inferior esquerdo, varrer o canto inferior esquerdo, varrer o canto inferior direito, desviar um golpe no peito — ele fazia os mesmos movimentos desde pequeno. O desconforto do dia desapareceu.

Ele estivera irritado, não é? Não fora culpa dele; não tinha descansado desde que passara o sono lidando com Rosa e a nova situação dos dois. Mesmo que as fadas não o tivessem acordado e arruinado seu dia, ele teria ficado irritado e exausto.

Então, fora tudo culpa de Rosa.

Phillip tinha muita coisa acontecendo em sua vida para se preocupar com ela também, e era totalmente injusto que a garota fosse tão irritante sendo que nem estava por perto.

— Você está hesitando — avaliou Joana, e bateu no punho da própria espada com um dedo. — Você nunca hesita.

— Estou tentando não pensar — argumentou ele, e avançou o mais rápido que conseguia.

Joana ergueu a lâmina bem a tempo, tropeçando para o lado. Ele não deveria ter tido tantos problemas na briga com os ladrões, dado todo o treinamento pelo que passara. Fora uma tolice ir de mãos vazias, mas ele subestimara severamente tanto o grupo quanto a tempestade. Já passara por apertos mais difíceis antes e, se quisesse sobreviver nos anos seguintes, precisava melhorar. Talvez devesse...

Joana girou o punho, a lâmina raspando na de Phillip e cortando a bochecha do príncipe.

O pânico o atingiu como um raio. Phillip avançou com a mão vazia e não pegou nada. Ele viu a boca de Joana se abrir enquanto ela dizia alguma coisa, mas a voz tremia em seus ouvidos e sua visão ficou turva, como se de repente ele estivesse debaixo d'água. Tropeçou e bateu com força no chão, mordendo a língua. Phillip gemeu e esfregou o queixo.

— Joana? — chamou e olhou para cima.

Trepadeiras, dezenas e dezenas de trepadeiras cobertas de espinhos, do mesmo tom roxo doentio das flores da dedaleira, enrolavam-se em torno de Joana. Ela lutou para arrancar uma do pescoço e ofegou por ar. Phillip se levantou de um salto.

— Aguente firme!

Ele mergulhou as mãos nas vinhas sem pensar e tentou rompê-las, mas elas cresciam mais rápido do que ele conseguia arrancá-las. Os espinhos rasgavam sua pele.

— Soltem-na! Parem com isso! — berrou e engasgou.

Ele puxou a adaga do cinto e começou a cortar. Mas as plantas triplicaram. Phillip gritou, horrorizado demais para pensar direito. Ele colocou as mãos entre o pescoço da escudeira e as vinhas, tentando dar-lhe espaço para respirar. Joana engoliu em seco.

— Desculpe. Sinto muito — disse ele. — Não sei o que fazer.

As mãos de Phillip foram esmagadas contra o pescoço de Joana. A pele ao redor da boca dela estava empalidecendo e adquirindo um tom cinza acastanhado.

— Para trás!

O grito veio do nada e Phillip se virou. Éris, Poena e Phrike desceram com o vento, com o semblante fechado e contraído.

— Eu não... não sei o que... — Phillip saiu do caminho quando Éris se aproximou.

— É claro que não sabe o que fazer — disse Éris, e a magia jorrou de sua varinha. — Não foi instruído.

As vinhas que engolfavam Joana começaram a recuar. A garota agarrou o próprio pescoço e respirou fundo, trêmula. Éris continuou murmurando, a magia fluindo dela como chuva, e cada pequena partícula de luz que tocava as vinhas as fazia recuar. A dor formigou pelas mãos de Phillip e ele as levou ao rosto. Seu sangue estava fluindo de volta para os ferimentos e a pele cicatrizava como se nunca tivesse sido cortada. Logo, o único vestígio do incidente era a respiração pesada de Joana.

— Pronto, querida — reconfortou Phrike, levantando o véu e examinando o pescoço de Joana com os olhos castanhos semicerrados. — Deixe-me ver com que estamos trabalhando. — Colocou as mãos no pescoço de Joana, cuja respiração foi se estabilizando lentamente.

Poena olhou com raiva para Phillip.

— Tem sorte de ainda estarmos por perto.

Acompanharam Joana até Taliesin e deixaram-na descansar apoiada no cavalo. Phillip ficou onde estava, com muito medo de chegar perto.

— A magia não era assim antes — disse ele. — Não fiz nada *assim*.

— Você não está treinado e sua magia acabou de despertar — explicou Éris. — Será imprevisível até que a domine, especialmente a magia da natureza, que requer grande poder e controle.

Rindo baixinho, Poena emendou:

— E Vossa Alteza carece de ambos no que diz respeito à magia neste momento.

Phrike se levantou, caminhando até Phillip. Ela pegou as mãos dele e analisou a pele reparada.

— Ótimo. Muito bom.

— Obrigado — sussurrou, e flexionou os dedos. Os ferimentos nem deixaram cicatrizes, mas a dor persistia como se ainda estivessem lá.

— Sinto muito, Joana — disse Éris, e inclinou a cabeça para a garota. — Por você também, Phillip. Meu aviso foi insuficiente.

Phillip não teve medo quando as fadas mencionaram que seu poder estava fora de controle. Machucar a si mesmo não era tão assustador quanto machucar outra pessoa, especialmente Joana.

Ele nem sequer havia considerado o que poderia acontecer com a Princesa Aurora se não treinasse sua magia. A jovem era um conceito, um aborrecimento abstrato que ele odiava considerar, e isso não era melhor do que a forma como seu pai o via. O dano que poderia causar a ela não parecia real, mas constatar o potencial era terrível. Dado o tempo que ele logo passaria com a princesa, ela se machucaria se aquilo acontecesse novamente.

Ela era uma pessoa, não um problema, e ele poderia matá-la.

Phillip olhou para os sulcos na grama onde Joana havia lutado para ficar de pé. O pânico subiu como bile por sua garganta.

— Ela vai ficar bem, não vai? — perguntou às fadas.

— Estou bem. Pare de falar sobre mim e venha aqui — disse Joana, com a voz embargada. Ela esperou que Phillip se sentasse diante dela. — Estamos bem desde que nunca mais faça isso.

Ela deu pequenos petelecos no nariz dele entre cada palavra.

Phillip abraçou a cintura dela e evitou encostar no pescoço.

— Desculpe.

— Você tentou arrancar vinhas espinhosas mágicas de mim com as próprias mãos. Estamos bem — murmurou. — Rendeu uma boa história, no entanto.

Ele riu e se afastou.

— De nada, então.

— Você é mais poderoso do que pensávamos — asseverou Éris, sentando-se com eles. — Se não for treinado, sua magia se libertará.

— Você quer dizer que sou um perigo para todos ao meu redor — concluiu Phillip.

Ele olhou para as mãos limpas e sem cicatrizes e fechou os olhos. A respiração desesperada de Joana ecoava em sua cabeça. A mistura do sangue deles estava tão quente em suas mãos.

E Éris apagara aquele terror todo com um aceno de varinha.

Por mais egoísta que quisesse ser, não poderia machucar ninguém daquele jeito nunca mais. Sempre fora descuidado, mas não queria descobrir com que facilidade poderia se tornar um monstro.

— Vou treinar com vocês — disse ele, soltando um suspiro longo e cansado. — Vou recuperar a espada e o escudo. Apenas me ensinem como garantir que isso nunca aconteça novamente.

— Excelente — celebrou Éris com um sorriso, reprimindo um gritinho de Phrike. — Acho que é o melhor para todos nós.

Phrike se acalmou e disse:

— E é para ser comemorado.

— Quero que me prometam que mal algum acometerá Joana — pediu Phillip, ignorando o olhar descontente da escudeira ao se tornar assunto outra vez como se ela não estivesse lá. — Não posso machucá-la. Vocês não podem machucá-la. Sansão não pode machucá-la. Prometam.

As fadas não podiam quebrar promessas, e Phillip nunca poderia permitir que aquilo acontecesse novamente.

— Prometer? Você quer fazer um acordo comigo. — O sorriso de Éris levou um momento para se estabilizar, e ela lhe ofereceu a mão, a magia brilhando nas pontas dos dedos. — Tem minha palavra. Não machucaremos Joana.

Um formigamento varreu Phillip, que estremeceu quando os dois apertaram as mãos.

— O acordo está fechado — disse a fada. — Começaremos neste instante.

6
Magia da natureza

AS PALAVRAS "neste instante" tinham um significado diferente para as fadas.

Phillip esperava um plano passo a passo para seu treinamento mágico. Em vez disso, Éris se agitou para lá e para cá — do tamanho de uma humana, mas ainda deslizando pela grama —, resmungando sobre a configuração aparentemente insuficiente do acampamento dele e de Joana. Puxou uma varinha das mangas boca de sino do vestido e passou-a pela cabeça. As árvores próximas rangeram e gemeram, inclinando-se sobre a pequena clareira até formarem um telhado de folhas e galhos. Phillip estremeceu.

Por que aquilo sempre envolvia plantas?

Phrike ficou perto de Joana e a ajudou a fazer uma série de alongamentos aparentemente dolorosos para evitar que os músculos do pescoço ficassem rígidos.

— O que, hã... — Phillip esfregou a nuca e olhou em volta. — O que devo fazer?

Arrumando vários bancos mágicos recém-formados que pareciam não resistir a ninguém exceto uma fada, Poena olhou para ele por cima do ombro com os olhos arregalados.

— Observe — disse Éris rapidamente. — Testemunhe a facilidade com que invocamos nossa magia.

Phillip assistiu às fadas por alguns minutos enquanto elas continuavam agitando suas varinhas e fazendo mudanças no acampamento. Elas não murmuraram feitiços nem fizeram gestos complexos além de balançar suas varinhas aqui e ali. A magia não parecia tão complexa quando elas a manipulavam.

— Você falou que desenvolvi magia, mas nunca disse como — questionou Phillip.

Poena olhou para Éris, que falou:

— Sua capacidade de fazer magia com certeza sempre existiu. A fonte é provavelmente o resultado de um dom esquecido. Talvez um de seus ancestrais fosse dotado de magia, não um dom físico, que foi despertado pelas circunstâncias, como a luta com aqueles ladrões.

Phillip se lembrou das histórias que o pai lhe contou sobre seus ancestrais. Tinha certeza de que teria ouvido falar se houvesse um mago na família por parte de pai, mas talvez sua mãe tivesse um parente antigo que dominasse magia e sobre o qual ela nunca teve a chance de contar. Phillip considerou que não havia como saber mais.

— Já participei de lutas antes — comentou Phillip. — Por que ela não apareceu nesses momentos?

— Infelizmente, até aprendermos mais sobre sua magia, não posso dizer ao certo por que ela se mostrou naquela noite — explicou Éris. — Agora, consegue ver como canalizamos nossa magia?

Éris girou a varinha em um gesto gracioso e fluido. Sua magia emanava um brilho amarelo pálido no ar, tremeluzindo ao redor da barraca ainda empacotada nas costas de Sansão. O cavalo bufou e bateu os pés, girando em círculos para ver o que estava acontecendo acima dele, e um galho grosso agarrou a barraca. A magia envolveu a madeira com um leve brilho dourado, e o galho se moveu como um dedo, montando lentamente a barraca.

— As fadas concentram magia em varinhas de árvores que brotaram no mesmo dia em que elas nascem. Isso nos permite invocar ou interromper nossa magia à vontade. Você não será capaz de fazer isso porque é humano. O poder de um mago geralmente vem de um cajado, ou está ligado a ele de alguma forma, mas você não tem essa fonte ou vínculo, e não temos tempo para criar um. Terá que usar sua magia de maneira diferente se quiser roubar a Espada da Verdade e o Escudo da Virtude. — Éris gesticulou para que Phillip se sentasse em um dos banquinhos formados com magia. — O que sentiu quando sua magia apareceu pela primeira vez durante a luta com aqueles ladrões?

Phillip levantou um ombro.

— Nada. Simplesmente aconteceu.

— É provável que ele não esteja familiarizado com o sentimento para identificá-lo — aventou Poena para Éris, invocando o fogo de sua varinha com um movimento rápido. As chamas crepitaram na fogueira entre eles, e a fada enxotou Éris para um banquinho. — Essa ideia foi sua, então, assuma a liderança. Vou ajudar Phrike com a garota e depois terminarei de tornar este lugar... — ela olhou para a clareira ao redor e respirou fundo — ... habitável.

— Que gentileza de sua parte — ironizou Éris, o lado direito da boca se curvando. — Agora, Phillip, quando está na água, você sente todas as correntes, pequenas e grandes, ou só percebe que elas estavam lá ao sair da água?

A fada vestida de roxo voou para longe e Phillip tentou se concentrar em Éris.

— Eu as noto depois, a menos que sejam fortes. Devo aprender como é minha magia e então poderei dominá-la?

— Exatamente — respondeu Éris, e sorriu. Ela afofou as longas saias do vestido, o tecido espalhando-se pela grama como mel, e acomodou-se para que pudessem conversar sem que as outras ouvissem. — Magia tem a ver com crença e intuição. Confie que o que está sentindo é sua magia e acredite em si mesmo para utilizá-la.

Phillip gemeu.

— Se eu acreditar que sou capaz, serei?

— Não seja impertinente — repreendeu Éris. — Se acreditar que é capaz de tocar o fogo sem se queimar, você não será. Se acreditar que é capaz de tocar o fogo e que sua magia impedirá que se queime, você será. Percebe a diferença?

Na verdade, não.

— Acho que sim — mentiu.

— A diferença é que a magia não é como uma espada. Requer treinamento, mas sua presença costuma ser suficiente para permitir pequenos trabalhos, como a magia da natureza contra Joana.

Phillip assentiu.

— Quando imagina coisas, você as vê acontecendo em sua mente?

Phillip assentiu novamente. Sonhar acordado foi uma das únicas maneiras pelas quais ele sobreviveu ao tempo como escudeiro.

— É assim que a magia funciona — disse Éris. — Imagine o que deseja que sua magia faça. Mas isso pode causar problemas. Vê quais poderiam ser esses problemas?

— Não saber qual meu desejo? — sugeriu Phillip. Ele desejara que Sire e Joana se afastassem dele nas duas ocasiões, e sua magia *fez* isso, mesmo que ele odiasse o modo como havia conseguido.

— Exatamente! — Éris bateu palmas uma vez. — O que nos traz de volta à crença: se não acreditar que é capaz de fazer algo, como pode imaginar isso? Se não confiar em si mesmo para saber o que deseja, então não conseguirá imaginar nada, não é?

O que Éris descreveu parecia distante e inalcançável. Se Phillip nunca melhorasse, seria porque não acreditava em si mesmo ou porque alguma outra coisa estava errada? A luta com espadas, pelo menos, permitia que ele soubesse quando estava melhorando. A equitação tinha resultados visíveis.

— Você sabe o que deseja da vida, Phillip? — questionou Éris, parecendo sentir sua dúvida.

Phillip se sobressaltou. Ninguém jamais lhe perguntara aquilo, nem uma vez em todos os anos de treinamento e de conversa sobre o futuro. Presumiram que ele queria o que seu pai lhe havia decidido ou que estava disposto a deixar tudo de lado pelo que era necessário. Pior ainda, ele temia que nem sequer o considerassem uma pessoa completa com necessidades próprias. Não conseguia nem pensar em um objetivo que tivesse apenas para si.

— Não sei — respondeu, tentando resolver o sentimento estranho que a pergunta despertou nele.

As sobrancelhas de Éris se uniram.

— Ah. Ora, pense nisso. A magia precisa de uma pessoa que confie em si mesma. Requer uma confiança que a maioria não tem. Sou muito boa com magia. Isso não é presunção. É um fato. Sou boa com magia porque confio que sou boa o suficiente para fazer o que desejo e que o que desejo é certo.

Phillip engoliu em seco e mexeu em uma longa folha de grama.

— Você sempre soube o que queria fazer de sua vida?

— Ah, não. Eu era uma monstrinha quando criança. Com olhos brilhantes e ansiosos, mas sem convicção de fazer o que fosse necessário para alcançar meus objetivos — contou Éris, e riu, um som alto e desenfreado que não poderia ser outra coisa senão sincero. — Tive um mentor que me colocou na linha. Infelizmente não tenho décadas para ajudá-lo a descobrir o que deseja de sua vida.

Um sentimento que Phillip não conseguia identificar brotou em seu estômago. Era leve e vibrante, quase esperançoso. Se Éris havia sido uma monstrinha e resolveu tudo, com certeza ele também conseguiria, certo?

— Temos vinte dias.

— Vinte dias até a maldição de Malévola, sim — disse Éris. — Mas quero que pense em si mesmo. Você confia em si mesmo? Acredita em si mesmo?

E, assim como antes, Phillip não conseguiu responder direito.

Os cavaleiros seguiam ordens e confiavam em seus superiores o suficiente para liderar em seu nome, e deveriam estar certos de suas ordens para cumpri-las sem pensar. Serviam e acreditavam no rei. Phillip podia ser o príncipe, mas ainda estava em dívida com seu pai. Não confiava nas exigências feitas a ele por anos. No entanto, não confiar em mais ninguém não significava que confiasse em si mesmo.

Éris o conhecia havia apenas meio dia e já tocara na ferida dele.

— Não responda agora — disse Éris, levantando-se. A mão dela pousou no ombro do príncipe. — Pense nisso. Pense no que o faz acreditar que alguém sabe o que está fazendo. Pense de onde vem sua confiança. À medida que avançarmos com seu treinamento, vamos testá-lo para garantir que progrida adequadamente. Se sua confiança falhar, você não passará.

Phillip suspirou. Fizera muitas coisas que odiava em sua vida, mas analisar-se era a pior delas. Era como olhar para um espelho, só que o espelho poderia responder. Ele não queria pensar no que queria, caso nunca fosse capaz.

Só conseguiu pensar no farfalhar das folhas nas árvores, no roçar da brisa deslizando em seu cabelo e no cheiro forte dos pinheiros. O céu estava com um tom azul profundo, o crepúsculo coroando as nuvens persistentes com um violeta-escuro. Um bocejo abriu sua mandíbula.

— Talvez eu tenha me precipitado — emendou Éris, chamando sua atenção. Deu um tapinha no ombro dele. — Você passou por momentos difíceis e provavelmente precisa descansar antes de começarmos a treinar de verdade.

— Obrigado. Acho que meus pensamentos estarão mais claros amanhã.

Talvez ele acordasse e tudo aquilo não tivesse passado de um sonho.

Phillip estava ansioso pelo vazio do sono. Ansioso para fechar os olhos e abri-los para a manhã brilhante, tendo dormido até a exaustão sem perceber. Esperava que Rosa já tivesse descoberto uma forma de impedir o sonho compartilhado. Não duvidaria que ela fizesse exigências sobre o pesadelo compartilhado. Certa vez, ela mandara um galo se calar enquanto tentava ler. E o pior é que o galo a obedeceu.

Ele abriu um olho. Uma tapeçaria verde exuberante ondulava acima dele, o céu noturno esfumaçado espiando pelos espaços entre as folhas. O cheiro de terra úmida invadiu Phillip, e ele se espreguiçou antes de se levantar. Cutucando um tronco coberto de musgo com os dedos dos pés descalços, olhou em volta.

Aquele sonho era diferente.

A floresta dos sonhos havia mudado. As árvores sem fim e o imponente muro de espinhos tinham desaparecido. Em vez disso, havia sebes com o dobro da altura dele, contorcendo-se com vinhas espinhosas, e Phillip estava em um espaço estreito entre duas delas. Diante de si, o caminho dava uma guinada para a esquerda e para a direita. Atrás, virava à direita. Um labirinto que se estendia até onde ele enxergava.

— Sério? Agora tenho coisas para fazer nos meus sonhos?

Uma risada suave percorreu uma das paredes do labirinto.

— Você sabe que não *precisa* fazer nada. Ficar sentado onde está sem fazer algo é uma opção. Você é bom nisso.

Phillip se encolheu. Em geral não havia ninguém por perto para julgar seus comentários enquanto ele estava sonhando. Era uma das raras ocasiões em que ele tinha certeza de que não estava sendo ouvido ou observado, nem por Joana, seu pai e tutores, nem por Rosa. No entanto, não tinha mais privacidade nem em seus sonhos.

— Não se você estiver aqui — protestou ele, sem se preocupar em esconder o aborrecimento. — Presumo que você também esteja em um labirinto?

— Acho que sim. Não tive oportunidade de olhar em volta. — Rosa bocejou. — Existem três caminhos diante de mim. Primeiro, passamos a poder conversar; agora, estamos em um labirinto. Algo mudou. Aconteceu alguma coisa nova com você?

— Eu não poderia dizer que aconteceu — respondeu Phillip, examinando as unhas. Pela pergunta de Rosa, ele presumiu que a jovem não tivesse ouvido o que estava acontecendo com ele no mundo real, e não estava disposto a lhe entregar isso de bandeja. Ele ainda não tinha certeza do que pensar sobre sua magia. Não precisava da opinião dela. — Alguma coisa mudou em sua vida?

Ela soltou o ar suavemente, mas não respondeu. Phillip se arrastou em direção à parede através da qual a ouvia.

— Rosa! — exclamou, fingindo choque. — Estamos presos juntos neste mistério e você está ocultando informações?

— Não estou! — Ela fungou.

Phillip gostava de imaginar como ela agia quando falava. Ela fazia isso com tanta frequência que ele não tinha outra escolha. Em sua cabeça, ela gesticulava incessantemente, girava as mãos explicando para sua cabra ou para seus coelhos coisas que havia aprendido, batendo o dedo nos lábios enquanto pensava no que dizer a seguir.

Era quase fofo.

Exceto pelas circunstâncias frustrantemente misteriosas que os mantinham presos juntos.

— Nada fora do comum está acontecendo comigo — afirmou ela, com vagarosidade. — Eu acabei de... ter um desentendimento com minhas tias. Não é nada.

— Não consigo imaginar por que alguém discordaria de você, já que é sempre tão agradável estar ao seu lado — disse Phillip. Fazê-la reclamar a impediria de perceber que ele não estava sendo sincero sobre a própria situação.

Ele praticamente *ouviu* Rosa revirar os olhos.

— Não é comum me desentender com minhas tias.

— Porque elas sempre concordam com você. — Phillip estalou o pescoço e caminhou lentamente em direção ao caminho bifurcado à sua frente. — Certa vez, elas permitiram que desse uma pausa nos estudos por uma semana inteira só porque você pediu.

Foi na semana do primeiro torneio de Phillip, quando ele não desejara outra coisa além de poder dormir mais de quatro horas ininterruptas.

— Você acha que podemos espiar através das sebes? — perguntou Rosa.

— Não — apressou-se a dizer. As folhas e trepadeiras que compunham as paredes daquele novo labirinto se moviam continuamente, como cobras se retorcendo em um ninho. — Dada a natureza do velho muro de espinhos, não confio nelas.

— Ainda assim. Não há nada a perder se tentarmos.

Phillip odiava que ela estivesse certa. Estavam sonhando, então, não podiam se machucar e, o quanto antes, precisavam descobrir por que aquilo estava acontecendo com eles. Se ela não tivesse dado aquela ideia, ele provavelmente o teria feito, mas não gostou que a garota tivesse sugerido primeiro.

— Poderia perder um dedo — murmurou Phillip, mas se aproximou da parede.

Enxugou o rosto e tirou a sujeira das roupas, mas, devido à agitação do dia, ele não tinha certeza de como estava sua aparência, mesmo no sonho. Não queria parecer horroroso na primeira vez que Rosa o visse.

As sebes eram todas idênticas: mais altas que ele, densas de folhas e trepadeiras e aparentemente vivas. Elas lembravam a Phillip mais o muro de espinhos do que a velha floresta dos sonhos, e ele tentou espiar através daquela entre Rosa e ele. As vinhas se fecharam.

Tudo o que conseguiu foi um vislumbre dourado pálido do outro lado, como um nascer do sol refletido em uma lagoa ondulante.

— Não toque nas paredes — orientou ele. Cutucou uma das vinhas, que se desenrolou, com os espinhos rangendo juntos na direção dele. — Não estou com bom humor esta noite, espinhosa.

— Você está falando com a sebe? — indagou Rosa em um tom arrastado, achando graça.

Phillip fungou e passou a mão pelo cabelo.

— Garanto que é um passatempo popular no lugar de onde venho.

Ela riu em resposta, e ele se pegou sorrindo.

— Então, é definitivamente um labirinto. Você acha que estamos no mesmo ou em labirintos espelhados? — perguntou a garota.

Era quase cativante o quão focada ela estava em consertar as coisas. Não podia deixar nada para lá, nem o mistério daquele labirinto ou quem havia roubado seus pastéis de nata. Ele admirava — embora nunca admitisse — a tenacidade com que ela ia atrás do que precisava. Não havia meta elevada demais para Rosa. Phillip nunca fora assim.

Ele desejou que tivesse sido.

— Se estiver espelhado, então, poderei virar à esquerda e abandonar você — disse ele, virando no caminho para a esquerda.

— É o que desejo! — retrucou ela. Phillip conseguia ouvir o sorriso em sua voz.

— É uma pena, então, pois devo negar seu desejo. — Phillip sorriu satisfeito quando virou à esquerda e a voz dela continuou vindo de cima do muro à direita, apesar do fato desafiar toda a razão. — Minha principal questão é: o que há no final?

— Como assim?

— Todos os labirintos têm um final, no centro ou na saída, então o que há no final deste aqui? — Ele espiou pela esquina diante si. Só havia mais cerca-viva em ambas as direções. — Qual é o prêmio?

— Não acho que seja um labirinto — disse Rosa, lentamente. — Labirintos são unicursais. Seria difícil estarmos no mesmo labirinto e não sabermos disso. A propósito, "unicursal" significa que só há um caminho.

— Ah, então um caminho para fora do labirinto em que estamos. Entendi.

Phillip sabia que Rosa sabia que ele sabia o que era um labirinto e o que significava "unicursal". Não dava a mínima para essa informação.

— Perdão — disse ela. — Peguei você faltando a tantas aulas em meus sonhos que não consigo lembrar quais delas o ouvi frequentando.

Isso esmagou a crescente afeição de Phillip por ela. Saiu andando pelo caminho, pisando duro. Ele fora um bom aluno, sempre ouvindo e obedecendo e se esgotando na busca pela perfeição, até cerca dos treze anos. Era um acordo tácito entre os pajens — negligenciar a saúde para serem melhores alunos — e olhos cansados eram tanto uma medalha de honra quanto chegar ao posto de escudeiro. Era mais jovem que todos e competia para ser o melhor. Tinha que ser o melhor, a menos que quisesse ser o príncipe que não conseguiria ser um cavaleiro.

Não importava que ele fosse mais jovem e menor. Ele seria o protetor da Princesa Aurora, então, precisou treinar por muito mais tempo do que todos os outros. Sua vida não foi nada além de "não chegou lá" e "sempre dá para aprender um pouco mais". E ele tentou, realmente tentou, até seu primeiro torneio.

— Espero que o fim deste labirinto me livre de você para sempre.

— Não seja rude — respondeu ela.

Phillip cerrou os dentes.

— Então não finja que me conhece.

Ele seguiu pelo caminho da esquerda. Isso deveria tê-lo levado para longe dela, para longe do alcance de sua voz e, com sorte, para o que desejava que estivesse no final daquele lugar. Teria sido diferente se pudesse ter falado diretamente com Rosa antes, mas era possível que ela tivesse ouvido muitos de seus piores momentos, seus momentos vulneráveis e seus momentos que deveriam ter sido apenas *dele*. A situação toda tinha sido uma via de mão única e ele não sabia exatamente o que a garota vira. Suas lições certamente figuraram em seus sonhos, dado o que Rosa dissera. Ela tinha visto apenas o pior dele?

Phillip parou e respirou fundo.

Ele tinha visto apenas o pior dela?

— Rosa? — gritou. — Você ainda consegue me ouvir?

— Sei que você foi embora, mas ainda parece que está bem ao meu lado — respondeu ela. Dava para ouvi-la com facilidade, apesar da parede espessa de espinhos e de seu tom baixo. — Eu também me afastei o máximo que pude da parede que pensei que nos separava.

É claro que ela ignorou a explosão dele e ainda estava tentando resolver aquilo.

— A arquitetura nos sonhos normalmente nunca faz sentido, de acordo com Joana, então isso não é uma grande surpresa — asseverou Phillip. Devia ser culpa dele que os dois estivessem naquela confusão, não que ele fosse admitir. — Este labirinto vai ser um problema. Já é cansativo demais dormir esperando descansar e…

— De repente ficar ouvindo a turbulência emocional de um estranho que você nunca poderá ajudar, mesmo sabendo exatamente do que ele precisa? — Ela suspirou. — Desculpe. Você acabou de sair para viajar e isso é tudo que quero agora.

Phillip congelou. Perguntou baixinho:

— Você queria me ajudar?

— Claro! Você parecia tão triste.

Bem, ele odiava quando ela falava daquele jeito, mas a garota não parecia estar mentindo. Parecia que se importava.

— Olha, Phillip, estamos presos aqui, gostemos ou não. — Rosa soou sardônica. — Deveríamos, como adultos, ser capazes de deixar de lado nosso passado e nossas diferenças para trabalharmos em equipe.

Phillip ficara preso em labirintos de sebes excessivamente podadas em várias festas nobres para saber como era um labirinto desse tipo. E ouvira

Rosa escondido por tempo suficiente para saber aonde ela queria chegar com aquilo. Ela era tão competitiva quanto ele.

— Aposto que consigo sair primeiro — disse Phillip, inclinando-se o mais perto que pôde da parede. — Aposto que saio muito antes de você.

— O que estamos apostando? — Pareceu que Rosa estava tão perto do muro de espinhos quanto ele.

Phillip olhou ao redor e disse:

— Seja lá o que esteja no final. Deve haver algo lá. Caso contrário, por que criar o labirinto e nos colocar dentro nele? Quem chegar primeiro ganha para sempre.

— Acha que nossos sonhos levaram a uma competição? — Aparentemente, ela começou a andar. — Isso é um pouco sombrio.

— É? — perguntou ele, e começou a andar também. — Você concorda?

— Claro! — Ela riu. — E quando eu chegar lá primeiro, terei a decência de contar o que ganhei.

— Você é a essência da generosidade.

Ela riu outra vez, alto e a plenos pulmões e totalmente diferente da risada a que suas tias a educaram.

— Não vá perder muito rápido — provocou ela. — Gosto de um desafio.

— Não mais do que eu.

Phillip sorriu. Já que não tinha sucesso em sua vida desperta, ele esmagaria os problemas de seu mundo dos sonhos.

7
Estranhos

PHILLIP PISCOU enquanto virava uma esquina do labirinto e, quando abriu os olhos, estava acordado novamente. Um borrão do amanhecer vazava pela noite púrpura através da fresta da barraca. Phillip rolou para o lado.

Estava quase desapontado — a competição com Rosa fora um pouco divertida.

Ela saíra correndo no momento em que concordaram com o desafio. Phillip seguiu a risada dela pelo labirinto, meio que esperando tropeçar nela toda vez que virasse uma esquina. Cada sussurro dos pés dela na grama o enchia de uma expectativa desconhecida. Ele estava se divertindo de uma forma que só acontecia na estrada. Rosa lhe contou tudo sobre a discussão recente entre duas de suas tias quanto à cor das flores que queriam plantar ao redor da casa. Mencionou suas tentativas fracassadas de traduzir um poema que ela tinha certeza de que Joana adoraria em um idioma que estava tentando aprender. Insistiu que Phillip deveria contar isso a Joana de qualquer maneira e que estaria ouvindo para ter certeza de que ele o faria.

Phillip lhe contou sobre as cidades onde havia parado no mês anterior. E foi estranhamente bom compartilhar as histórias com alguém que não tinha estado lá. Rosa ouviu e riu, e pela primeira vez Phillip se sentiu verdadeiramente ouvido.

Joana estava adormecida em seu saco de dormir na frente dele. As provações do dia anterior haviam sido apagadas de seu rosto, não restando um único hematoma ou arranhão. Phillip flexionou as mãos, que, apesar de parecerem imaculadas, ainda doíam como se tivessem machucados recentes. Torcia para que Joana estivesse se sentindo melhor.

— Phillip, então me ajude, pare de pensar tão alto — murmurou Joana. — Volte a dormir.

— Como você sabia que eu estava acordado? — sussurrou.

— Você parou de roncar.

Ele se sentou.

— Eu não ronco.

— Então como eu sabia que você estava acordado?

Phillip olhou feio para ela, que puxou a coberta sobre a cabeça.

— Vou ler seu novo trabalho — disse ele, sem falar sério.

Joana apalpou o bolso do peito, conferiu o livro e rolou de bruços.

— Boa sorte.

Sinceramente, o sigilo dela estava ficando suspeito. Tinha sorte de ele ter outras coisas para resolver.

— Durma bem — desejou ele, suavemente, e foi procurar as fadas.

Éris, Poena e Phrike estavam no centro da clareira, sussurrando uma com as outras em tons agudos. Phrike o avistou e encostou no braço de Éris. As três se acalmaram. Phillip acenou.

— Bom dia — disse, desconfortável com o silêncio repentino.

— Phillip! Venha. — Éris acenou para ele. — Estávamos discutindo o que fazer com você hoje. Como está se sentindo?

— Melhor. Obrigado — respondeu enquanto se aproximava delas, confessamente um tanto nervoso. — Qual é o plano?

— Ah, você vai gostar! — Phrike bateu palmas. — Mal posso esperar para assistir.

O sol mal despontava no horizonte e lançava longas sombras na grama como um tabuleiro de xadrez ondulado. Éris e Phrike se colocaram diante dele, peões olhando para o cavaleiro do cavalo. Phrike, desconfortavelmente, não possuía sombra. Poena assistia a alguns passos de distância, com os braços cruzados sobre o peito. Phillip evitou seu olhar.

Ela era menos assustadora com a bochecha vincada de dormir, mas ainda era assustadora.

— Para recuperar a Espada da Verdade e o Escudo da Virtude, você precisará ter um conhecimento sólido do que sua magia é capaz e que tipo de magia é mais adequado para você. É óbvio que não temos muito tempo. No entanto, deve haver tempo suficiente para identificar quais são os seus pontos fortes — explicou Éris. — Cada uma de nós se especializou em uma magia diferente. Eu lido principalmente com magia da natureza, Poena trabalha com fogo e Phrike domina magia das sombras e um pouco de cura.

Phillip assentiu. A cura seria o tipo mais útil e o mais odiado por seu pai. Para o Rei Humberto, ter um curandeiro era como admitir a derrota: você deveria evitar se machucar e, se não pudesse, não havia nada que uma boa caminhada ou luta não fosse capaz de consertar.

Era uma das crenças menos atraentes do rei.

— Quero aprender a curar — declarou Phillip, lançando um olhar de esguelha para Joana, que aparentemente mudara de ideia e havia se levantado para observá-los com interesse.

Phrike torceu o nariz. Ela era parecida com as fadas que foram presentear a Princesa Aurora naquele dia: baixa, robusta e inescrutável.

— A cura é uma das magias mais difíceis de aprender e é raro uma pessoa ter afinidade com ela — falou a fada de laranja. — Temo que a magia de cura seja um objetivo para o futuro, não para agora.

— Há pouco tempo a perder — emendou Éris. — Vamos correr atrás da Espada da Verdade em breve. Eu preferiria testar sua compreensão da magia da natureza e, espero, fazê-lo disparar magia antes disso.

Phillip assentiu, mas sua mente voltou para Rosa e o sonho. Afinal, ela ainda poderia estar lá, percorrendo o labirinto sem que ele a distraísse. Era uma injustiça terrível.

Joana se aproximara devagar, obviamente escutando a conversa, e perguntou:

— O que acontece se não encontrarmos a espada e o escudo?

— Phillip vai recuperá-los — disse Poena —, ou morrerá.

— Não, obrigado — disse Phillip, e virou-se para Éris. — Sei que eles ajudarão na defesa contra Malévola, mas é claro que não precisamos pegá-los antes do aniversário da Princesa Aurora, certo? Por que não reservar mais tempo para me treinar e garantir que tudo dê certo? Deveríamos esperar até a maldição perder o efeito ou ser refreada quando eu tiver mais conhecimento de magia.

Éris abriu a boca, estreitou os olhos e inclinou a cabeça para o lado, e o desconforto de Phillip piorou na mesma hora.

— O que foi?

— O que você quer dizer com "ser refreada", garoto? — perguntou Poena, os olhos castanhos arregalados de choque pela primeira vez desde que Phillip a conhecera.

— O significado normal? — Phillip olhou dela para Éris, e ambas compartilhavam o mesmo olhar confuso. — A probabilidade de a maldição se confirmar é baixa.

— O quê? — Expressões variadas enrugaram o rosto de Éris tão rapidamente que Phillip não conseguiu identificá-las. — Para que você tem treinado se não é para fazer algo depois que a maldição acontecer?

— Estou treinando para fazer algo quando Malévola retornar e ficar furiosa porque a maldição que ela jogou foi anulada — respondeu. Era isso que lhe ensinavam havia anos. — Em partes, é por esse motivo que vou me casar com a Princesa Aurora. Devo protegê-la. Para sempre. Até que a morte nos separe.

Éris engasgou.

— Você acha que a maldição vai falhar? Que ela não acontecerá se mantiverem aquela garota em segurança por tempo suficiente? Que podem simplesmente recolher todos os fusos e poupar a vida da princesa?

— É por isso que ela está escondida. Todo mundo sabe disso — interveio Joana. — Não é?

— Não é possível evitar uma maldição — disse Phrike, consternada. — Não são palavrinhas. São absolutas. Acordos, dons e maldições são a mesma coisa. Uma promessa, e nós, fadas, sempre cumprimos nossas promessas. Sempre se realizam, não importa o que uma pessoa faça.

— E, quando essa maldição se realizar, Malévola não vai parar na princesa — acrescentou Éris.

Um calafrio percorreu Phillip. Aquilo mudava as coisas. Mudava muitas coisas. Sempre tivera a certeza de que todas as medidas possíveis estavam sendo tomadas para manter a maldição sob controle. Sempre fora algo com que ele *teria* que lidar, mas saber que aconteceria, não obstante o que qualquer um deles fizesse, e que Malévola não ficaria satisfeita...

— Mas se todas as maldições se realizam, por que as fadas-madrinhas de Aurora não disseram nada? — perguntou.

— Fauna, Flora e Primavera sempre gostaram de colocar a esperança como primeira linha de defesa — explicou Poena, abrindo bem os braços. — E os humanos ficam bastante taciturnos quando percebem que algumas coisas acontecem apesar de quem são ou do que fazem. Maldições e dons podem ser ligeiramente alterados se forem vagos o bastante, então, talvez elas esperem mudar a maldição. É provável que tenham um plano e não o compartilharam com ninguém.

Éris riu.

— Sua generosidade chega a ser inesperada.

— Elas são guardiãs da princesa por uma razão — emendou Poena. — Então Vossa Alteza se sente confortável supondo que tenham descoberto um meio de conter uma maldição, algo que jamais conseguiram fazer na história da magia?

— Eu não descreveria nenhum dos meus sentimentos atuais como "confortável" — disse ele, esfregando o rosto. — O que Malévola fará?

Éris se virou para Phillip, com uma expressão sombria.

— Malévola pode não estar com o antigo exército, mas, se acredita que vai atrás somente da Princesa Aurora, você está errado. Ela não deixou de lado os sonhos de conquistar os reinos humanos.

— Ela não venceria aquela guerra — argumentou Phillip, balançando a cabeça. — Não, meu pai sempre disse que esse era o objetivo final dela. Malévola quer arruinar a vida do Rei Stefan.

— Ah, de fato, ela deseja isso, mas matar a Princesa Aurora não é o objetivo final — disse Éris. — É o movimento de abertura.

Phillip fechou os olhos e cobriu o rosto. Aquele detalhe mudaria tudo. Seu pai esperava uma luta, mas nada de tal magnitude.

— Se ela não tem um exército como antes, o que espera fazer? — perguntou Joana.

Phillip descobriu o rosto e assentiu.

— Causar o maior dano possível aos reinos que a insultaram — respondeu Poena. — Com as atenções divididas entre a princesa amaldiçoada, a pessoa ignota cujo beijo doce deve despertá-la e os ataques de Malévola, a derrota da fada má não está garantida.

Phillip olhou para Éris.

— O que mais preciso saber?

— Agora que esclarecemos o que está em jogo aqui, só falta o seu treinamento. Malévola odeia o que a princesa representa: o fracasso inicial em conquistar Ald Tor e o restante dos reinos humanos. Ela quer partir corações atacando o que há de mais importante em primeiro lugar.

— Metafórica e literalmente — murmurou Joana.

Éris assentiu.

— As fadas não conseguem manusear a espada e o escudo com as próprias mãos e é raro que consigam manuseá-los com magia. Temos certeza de que Malévola está estudando como reavê-los, mas tem restrições devido à impossibilidade de deixar a Montanha Proibida por longos períodos. E, sem os dois, você não terá chance contra ela. Quem colocar as mãos neles primeiro vencerá a guerra que se avizinha.

— Vocês estão colocando todos os nossos ovos na mesma cesta — disse Phillip. — E eu sou essa cesta.

— Não estamos falando de ovos e cestas, rapaz — repreendeu Poena. — Leve este assunto a sério.

— É um ditado humano. — Éris apertou a ponte do nariz, exasperada. — Mas, para manter a metáfora, você é *nossa* cesta.

Phillip conteve uma risada.

— E a Princesa Aurora é a cesta das outras fadas?

— Exatamente — concordou Éris. — Melhor duas cestas do que uma.

— Você está ficando tão inescrutável quanto os humanos — reclamou Poena, fazendo uma careta. — Você se encontrou com a princesa desde que ela se escondeu, Phillip?

— Ninguém teve notícias dela. Nem os próprios pais sabem onde ou como ela está.

— Que trágico. — Éris estalou a língua. — Vamos ao trabalho.

Éris conduziu Phillip a uma pequena clareira perto do acampamento. Ela parecia um dente-de-leão em um campo verde, parada na clareira gramada com seu vestido esvoaçante farfalhando ao vento. O local escolhido era longe de tudo e dos outros que ficaram no acampamento; os dois estavam um de frente para o outro, Éris o estudando.

— Temos um acordo, afinal — disse ela, sorrindo. — Agora, não espere resultados imediatos. Tudo até pode parecer infrutífero, mas garanto que não é.

Aquilo o encorajava.

Éris franziu as sobrancelhas, mas balançou a cabeça.

— Pensou sobre o que deseja da vida? Confia em si mesmo?

— É um pouco pessoal para compartilhar — respondeu ele, e engoliu em seco.

— Argumento justo. Você confia em si mesmo o suficiente para tentar usar magia mais tarde?

Mais tarde? Em teoria, o tempo era essencial, então precisava usar a magia logo, confiando em si mesmo ou não. Assentiu.

— Ótimo. — A fada beliscou o pulso dele até que estremecesse. — Em geral, você passaria meses estudando o básico, mas teremos que nos virar. Primeiro, o canal: você.

Devagar, Éris começou a posicionar Phillip. Ajustou os pés dele na linha dos ombros e torceu-lhe o corpo até deixá-lo ligeiramente inclinado, os músculos das costelas tensos. Colocou o braço esquerdo de Phillip ao lado dele, um pouco levantado para que o cotovelo ficasse dobrado para fora, e levantou o braço direito até que a mão dele estivesse no mesmo nível do peito.

— Palma para fora, dedos para cima — murmurou, colocando cada dedo na posição correta. — Isso mesmo. Não é tão eficaz quanto uma varinha, mas, como humano, você nunca poderia usar uma. Portanto, nem pense nisso. — Balançou um dedo para ele. — Para começar, você deve aprender a mover sua magia através e fora de seu corpo. Aí poderá aprender a manipulá-la.

— Ótimo — disse Phillip, sentindo-se muito menos confiante do que quando era um garoto magricela de dez anos, vestindo uma armadura de tecido grande demais para ele, tentando erguer uma lança enquanto o pai observava. — Como faço isso?

— Desligue-se das distrações insignificantes da humanidade. Deixe a mente clarear completamente — instruiu Éris. — Você deve sentir sua magia. Não faça nada além de se concentrar em encontrá-la dentro de si.

— Clarear minha mente. Claro. — Phillip estalou o pescoço e tentou não enrijecer. Aquilo seria fácil. Ele era excelente em não fazer nada. — Por quanto tempo?

Apesar de ser vinte centímetros mais baixa do que ele, Éris conseguiu encará-lo com desprezo.

— Durante o tempo que for preciso.

Cinco minutos viraram trinta, depois uma hora e depois duas. Uma sensação quente e aguda se espalhou pelas pernas de Phillip e desceu pelos braços. Uma dor nos calcanhares ia e vinha, os músculos do pescoço se contraíam e a postura rígida e ereta na qual Éris o colocara começou a vacilar. O braço erguido foi a primeira coisa a desabar, ao que Éris lhe deu um peteleco na mão. O suor escorria pela testa, pingando nos olhos. Ele estremeceu.

— Não me sinto próximo de clarear minha mente e sentir minha magia — comentou Phillip. — Como faço isso? O que devo sentir?

Ele se sentia muitas coisas — suado, entediado, preocupado —, mas nenhuma delas parecia mágica.

Éris, que ficou diante dele o tempo todo e agiu como se apenas alguns minutos tivessem se passado, suspirou e balançou a cabeça de um lado para o outro.

— Receio que seja uma daquelas coisas que só dá saber quando se sente. Minha professora certa vez chamou isso de um roçar na alma.

— Que esclarecedor. — Phillip franziu o cenho para tentar se livrar da coceira no nariz. — Como isso ajuda no aprendizado da magia da natureza?

— Ajuda no controle e na garantia de que nenhuma trepadeira errante estrangule as pessoas — redarguiu Éris, e Phillip estremeceu. — Para usar magia, você deve evocá-la de si mesmo e canalizá-la para o mundo. Uma vez no mundo, ela poderá ser usada para provocar vendavais, invocar fogo em sua mão, desviar alguém com uma ilusão… mas lutará contra seu controle. Se achar que você a está usando incorretamente ou que não tem certeza do que deseja fazer, a magia fará o que quiser.

— Estrangular Joana para afastá-la de mim, por exemplo?

— Exatamente.

— Você faz a magia parecer uma pessoa.

— Não parece uma pessoa... — Éris parou e reconsiderou. — Está mais para um cavalo assilvestrado. Você deve domá-la e dobrá-la à sua vontade. Conquiste-a. Se não fizer isso, ela o jogará na lama e pisoteará seu cadáver.

— Conquistá-la?

Phillip franziu o cenho outra vez, pensando em Sansão quando aprendeu a cavalgar. Phillip passava todas as manhãs antes do treino e todas as noites depois dele nos campos com o cavalo. Praticavam às vezes, mas Phillip adorava a única criatura que não o julgava quando ele cometia um erro. Ganhar ou perder uma luta não fazia diferença para Sansão. Arisco e esbelto, mesmo para um cavalo, o animal quase passou despercebido enquanto os mestres dos cavalos estavam selecionando corcéis para os pajens. Phillip gostou disso; os azarões sempre foram os melhores heróis de todas as histórias. E Sansão gostava da frequência com que Phillip o presenteava com o aipo que separava da própria comida.

Quanto mais cenouras contrabandeava para o cavalo, menos vezes Phillip era mordiscado durante o treinamento. Estavam quites.

— Talvez você precise de um objetivo mais físico — sugeriu Éris, e ergueu os braços. — É fácil perceber quando você está tendo sucesso com a magia da natureza.

Cada planta se voltou para ela como se fosse o sol. A magia salpicava sua pele, brilhava nas folhas da grama e se espalhava ao redor deles como um vento quente de outono. Ela torceu os dedos e uma flor arrancou-se do chão, cresceu e se enrolou em seu pulso, espinhos brotando de lado e não contra sua pele. A magia permaneceu ao redor dela como um manto.

A fada parecia poderosa e segura de si do jeito que Phillip queria.

Ele fingira ter certeza de quem era por tanto tempo, mas sentir-se daquele jeito, conhecer a si mesmo, não parecia mais tão distante.

— Acredito que você tenha afinidade com a magia da natureza por causa das plantas e do vento que usou para atacar o ladrão — continuou Éris, acariciando a flor. — A maga que roubou e mantém a Espada da

Verdade escondida também a domina e, ainda que a magia do fogo seria mais útil na hora de combater as defesas de Malévola, acho que será mais fácil para você aprender primeiro a magia da natureza. Mesmo que eu e Poena raramente concordemos com alguma coisa, acreditamos que você deva tentar recuperar a espada antes do escudo.

Phillip tinha ouvido histórias sobre o Escudo da Virtude: fora sepultado junto à pessoa que o criou, que o protegia mesmo após a morte para garantir que indivíduo indigno algum o roubasse. Enfrentar uma maga parecia muito menos assustador do que enfrentar um guerreiro imortal.

— As pessoas só têm um tipo de magia? — questionou.

— Não. A maioria simplesmente não consegue dominar mais de um tipo, então escolhem. Malévola, no entanto, é especialista em muitos. É o que a torna tão poderosa. Não temos certeza se você será capaz de aprender vários tipos de magia, mas é melhor tentar com o que provavelmente dominará e partir daí do que nem tentar.

Se Phillip tinha afinidade com a magia da natureza, ele se perguntou se deveria contar a Rosa. Poderia, sem saber, ter causado a transformação da parede de espinhos no sonho dos dois.

Mesmo que Phillip odiasse a ideia de revelar qualquer coisa pessoal para ela e ainda estivesse furioso como sempre porque seus sonhos não eram apenas seus, conversar com ela no labirinto não havia sido de todo ruim.

— Tente chamar uma das flores próximas de nós para sua mão — orientou Éris, forçando Phillip a se afastar de seus pensamentos. — Faça-a atender à sua vontade.

Phillip estreitou os olhos para a prímula rosa-pálido mais próxima. Imaginou o caule ficando cada vez mais comprido, serpenteando pelo chão como uma cobra e subindo por sua perna. Não provocou nem um farfalhar.

— Phillip — disse a fada ternamente, como Rosa falaria com um de seus animais com a pata quebrada. — Você deseja a magia? Magia tem a ver com crença, e se você não acredita que a domina e que consegue usá-la, não funcionará.

— Eu acabei de... — Ele suspirou e deixou a cabeça cair para trás. Era constrangedor admitir. — Não vejo sentido em dominá-la. Tudo o que conseguirei usar será para salvar *a princesa*. Não é como se eu fosse um mago. Vou defendê-la até morrer, provavelmente pelas mãos de Malévola.

Doeu dizer essas palavras em voz alta. Não queria admitir para Éris, mas, em anos, ela fora a primeira a perguntar o que ele queria. Talvez entendesse sua hesitação. Talvez tivesse uma solução.

Ela era uma fada, afinal.

— Ah. — Éris abriu a boca algumas vezes, mas balançou a cabeça. Ela desviou o olhar dele. — Sua infelicidade por estar envolvido nessa situação ficou clara desde o início, mas essa é uma opinião muito mais sombria do que eu esperava. Você deseja mesmo estudar magia?

Príncipes e cavaleiros não usavam magia; lutavam vida afora com dinheiro e espadas, brandindo ambos até conseguirem o que desejam. Phillip deveria ser isso e mais um pouco, e o pai estava sempre esperando que ele seguisse seus passos.

— Eu sou um príncipe — respondeu, rindo. — Meu futuro está gravado em pedra.

A magia não faria diferença se precisasse usá-la da forma como o pai queria.

— A pedra não é imutável, especialmente para aqueles com magia. — Éris olhou para ele com curiosidade, batendo um dedo no queixo. — Seu pai foi quem o pressionou para esse papel, certo?

Phillip encolheu os ombros.

— Mais ou menos.

A história e as circunstâncias desempenharam papéis iguais.

— Seu pai domina magia?

Phillip negou com a cabeça.

— Os magos não são mais respeitados como antes? O que diabos faz você pensar que ele ou qualquer outra pessoa poderia lhe dizer o que fazer com sua magia depois que aprender a usá-la?

O pai sempre teve certa vantagem sobre ele, uma vez que fizera tudo primeiro, mas Phillip seria o único com magia. Com a partida da maga da corte, ele seria o último recurso de ajuda mágica do rei.

— Domino magia — sussurrou, percebendo lentamente, pela primeira vez, a importância das palavras —, e meu pai não.

Éris sorriu e deixou cair a mão.

— Verdade.

— Eu poderia ser tão poderoso? — perguntou baixinho.

— Bem — disse Éris, apontando para as prímulas e depois levando a mão ao coração —, não se você não me ouvir.

Pela primeira vez em muito tempo, Phillip não se sentiu preso.

— Como? — indagou, ansioso. — Os magos usam feitiços às vezes. Devo aprender a conjurá-los?

Éris fez uma careta.

— Não, isso é para circunstâncias específicas, mas dizer em voz alta o que deseja de sua magia não faz mal algum. Fortalecerá sua determinação. Faça um gesto e um comando.

Phillip respirou fundo e acenou com a cabeça.

— Venha aqui — sussurrou, estendendo a mão para a prímula.

A flor ao lado tremeu, como se estivesse pensando no assunto, e então se esticou em direção à palma aberta de Phillip. As folhas se enrolaram em seus dedos como as garras de um falcão, e a flor se empoleirou em sua mão. Phillip acarinhou as pétalas com o polegar.

Quase lá.

O prazer brilhante de um trabalho bem executado borbulhou nele, que conteve um sorriso.

— Assim?

— Excelente! — Éris aplaudiu. — Agora, tente invocar outra coisa.

Phillip colocou a prímula no chão. Conjurar uma rajada de vento era mais difícil, o ar sempre frio e cortante. Ele achou muito difícil invocar a névoa e se encolheu com a pequena explosão de relâmpago que saiu de seus dedos. As vinhas, embora tivessem machucado Joana, pareciam as mais amigáveis de serem invocadas e manipuladas. Ele poderia tecer um escudo de grama e empunhar espinhos do tamanho de uma adaga.

Falar sozinho e estender as mãos para o vazio podia ser constrangedor, mas a recompensa era bastante divertida.

— Ainda não está funcionando exatamente como imagino — disse Phillip, analisando o broquel que criara com cascas de árvore. — Eu queria um escudo.

— Talvez especificar possa ajudar? Levará algum tempo para que sua mente e sua magia se fundam perfeitamente, mas acredito em você — falou Éris.

— Obrigado. — Ele se abaixou para esconder o rubor. — É meio constrangedor gritar tudo.

— Você está salvando o mundo. Por que deveria ficar envergonhado? — perguntou a fada, e então encolheu os ombros quando ele olhou para ela. — Joana! Venha cá um instante, por favor.

Joana, que estava ensinando a carrancuda Poena a usar uma espada, aproximou-se com a fada atrás dela.

— Quando estava treinando para ser cavaleiro, Phillip evitou alguma coisa porque não queria ficar envergonhado? — Éris ignorou o olhar fulminante de Phillip.

— Ah, sempre. — Joana assentiu e nem sequer olhou para ele. — Certa vez, um esgrimista de outro reino deu aulas por alguns dias e Phillip faltou. Ele odeia muito ser ruim nas habilidades que detesta praticar.

Phillip engoliu em seco, desconfortável.

— Por que deveria querer fazer algo em que não sou bom?

— Precisa praticar para ficar bom nas coisas — argumentou Joana com um suspiro exasperado. — É por isso que escrevo o tempo todo e treinamos com tanta frequência. Quanto mais falhamos, melhor ficamos.

— E deixar todos que estejam vendo saberem que sou ruim em algo? Não, obrigado. De qualquer forma, não posso gritar comandos complicados durante uma briga. As pessoas saberão exatamente como contra-atacar e isso demorará muito.

— Pratique alguns comandos e gestos hoje e à noite conte-me aqueles que você acha que funcionarão melhor. Vou ajudá-lo a desenvolver um repertório — disse Éris, e sorriu. — Pense no jeito como agitamos nossas varinhas. Você sabe que não é para se exibir.

Calma, Poena acrescentou:

— Muito bem, e faltam pouco mais de duas semanas.

— Obrigada — disse Éris com um sorriso malicioso. — Agora, Phillip, está disposto a se envergonhar algumas vezes para dominar sua magia? Você deve ter certeza de sua determinação e acredito que poderá fazê-lo. Deve saber o que está disposto a fazer, no entanto.

Durante a maior parte da vida, Phillip pensou que a maldição de Malévola poderia ser evitada. Treinara incessantemente para proteger a princesa e ajudar a mantê-la segura quando a maldição falhasse e confiara em seu pai para saber o que precisava ser feito em relação a Malévola. Não deveria ter feito isso; o pai estava errado. A maldição não podia ser contida.

Em menos de um mês, a Princesa Aurora estaria dormindo e sem defesa que não a dele, Malévola teria iniciado outra guerra com os reinos humanos e Phillip estaria preso mantendo a princesa adormecida em segurança.

A menos que ele dominasse a magia. Pela primeira vez, tinha algo que fugia ao controle do pai. Ninguém poderia tirar a magia dele, e seria capaz de realizar tudo com ela se jogasse bem as cartas. Como mago, não estaria vinculado ao futuro que o pai lhe decretara. Poderia ser muito mais do que o leal defensor da princesa.

— Qualquer coisa — respondeu. — Estou disposto a qualquer coisa.

8

A maldição da bravura e da loquacidade

PHILLIP PRATICOU a magia da natureza durante os cinco dias seguintes. Dormia pouco, nunca o bastante para sonhar com Rosa ou com o labirinto. Éris parecia impressionada com seu avanço, mas tudo o que conseguia fazer de forma consistente era criar espadas com espinhos e escudos com grama ou bagunçar o cabelo de Joana com o vento. Fora emocionante nas primeiras vezes, mas as pequenas demonstrações de magia não impressionavam tanto depois de cinco dias, quando sabia que provavelmente precisaria lutar contra Malévola. Ainda assim, Poena elogiou, a contragosto, seu raciocínio rápido em soprar poeira nos olhos dela enquanto lutavam.

Então, à meia-noite do quinto dia, quando finalmente conseguiu desmaiar e dormir, Phillip não esperava acordar na floresta dos sonhos. No entanto, abriu os olhos e viu o labirinto de sebes. As paredes estavam mais altas e os espinhos mais grossos, e de suas pontas afiadas pingava uma seiva amarela de aparência doentia. Ficou de pé, prendendo a respiração para ouvir se Rosa estava lá, e um sussurro suave passou pela parede. Ela estava conversando com alguém, mas sua voz estava muito mais clara e próxima do que o normal quando Phillip a escutava acordada. Estaria ela ensaiando para uma conversa ou um confronto?

— Acho que estão sendo um tanto injustas em relação a tudo isso — dizia, embora soasse artificial e ensaiado demais. — Não sou mais uma criança e deveria ter permissão para visitar a cidade. Sei que são minhas tias e que me amam, e amo cada uma de vocês, mas eu...

Visitar a cidade? Phillip caminhou até a parede de espinhos com o máximo de silêncio. Com frequência, Rosa contava dos lugares onde esteve aos amigos animais, muitas vezes nas línguas desses lugares. Ela até podia viver em um chalé na floresta com as tias, mas ele sempre acreditara que fosse bem-educada e viajada. Considerava-a uma nobre menos rica, com dinheiro o suficiente para tudo isso, mas não importante o suficiente para que Phillip a conhecesse.

O que a perfeita Rosa fizera para ser proibida de ir à cidade? Suas tias raramente lhe negavam alguma coisa.

— Não, não. Isso não vai funcionar. — Rosa respirou fundo, prendeu o ar e assobiou ao expirar. — Preciso encontrar uma desculpa para ir à cidade, como aprender a socializar, mas não essa, porque já tentei. Umas. Trezentas. Vezes. — A parede de espinhos rangeu. — Você ajuda menos do que Orelhas.

— Qual a ajuda de um coelho para decidir como formular algo e por que praticar quando nós dois sabemos que você nunca segue o que praticou? — questionou Phillip. Riu quando ela soltou um gritinho agudo. — Além disso, não use esses termos passivos. É você quem está dizendo as palavras, então, se não sabem que se sente assim, isso é problema delas.

— Há quanto tempo você está aí? — perguntou Rosa, a voz entrecortada de surpresa.

— Ah, séculos. — Phillip sorriu, feliz por ela não conseguir vê-lo, e começou a percorrer o caminho do labirinto. Acordara onde havia deixado o sonho da última vez, então pelo menos o progresso deles através do labirinto parecia estar mantido, não importando quando eles sonhassem novamente. — Tias. Cidade. Orelhas. Ei, o que fez para elas não a deixarem sair? Você adora viajar! Deve ter sido algo sério.

— Você não está em posição de julgar meu ensaio — retrucou, rigidamente. — Ouvi aquela pecinha de que você participou quando tinha onze anos. Esqueceu metade de suas falas.

Phillip fez uma careta. Ele tinha doze anos e odiava as reconstituições anuais de glórias passadas — como a derrota de Malévola por parte do pai — e não se esquecia de suas falas, mas as trocava por outras mais engraçadas.

Estalou a língua e perguntou:

— De que cor são seus olhos?

— O quê? Por quê?

— Estou tentando imaginar sua expressão quando diz coisas tão maldosas.

— Preferiria que você nem pensasse em mim — disse Rosa, mas ele a ouviu parar de andar depois de alguns passos. — Você vem? Não tem graça chegar ao fim a menos que eu vença, e você realmente deve tentar fazer valer a pena.

Phillip sorriu.

— Vá na frente!

O labirinto parecia menor daquela vez. As sebes estavam mais altas ou mais grossas, pressionando de cada lado, de modo que Phillip precisava inclinar o corpo para concluir algumas voltas que queria dar. Arrastava o dedo do pé pela grama a cada poucos passos e deixava marcas para si mesmo, caso precisasse voltar atrás. Rosa também parecia estar deixando um caminho na grama. Provavelmente fizera isso no primeiro sonho, embora ele não se lembrasse.

Será que ela sonhara nos cinco dias anteriores e conseguira navegar pelo labirinto sem ele? Entretanto, Phillip não perguntaria para não ser o primeiro a quebrar o silêncio.

— Sabe, não ouvi muito sobre sua vida recentemente. Eu costumava sonhar com a floresta e era forçada a ouvir você reclamar pelo menos uma vez por semana — comentou Rosa. — Mas já se passaram dias e não ouvi nada.

Phillip fingiu dar um soco na parede e articulou com os lábios: "Finalmente!". Perguntar significaria que ele se importava.

— Ah, desculpe. Você disse alguma coisa?

Rosa suspirou.

— Deixa para lá.

— Também não sonhei com você, então é um empate. Tem sido fantástico. Consegui me concentrar em meu treinamento — disse Phillip, estalando o pescoço e hesitando em uma bifurcação. — Deu para investigar sem que eu estivesse aqui?

— Não, fiquei presa no mesmo corredor do labirinto de antes. — A voz de Rosa ficou mais aguda enquanto ela seguia em frente, e ele praticamente a ouvia inclinando-se em sua direção. — Treinamento? Achei que você estivesse fazendo uma viagem relaxante pelo campo com Joana...

Phillip não tinha certeza do que o tom dela — zangado, triste e curioso, tudo ao mesmo tempo, mas nenhum deles totalmente — significava, mas não se importou com isso.

— Estou. Joana e eu... — Ele engoliu em seco. — Ela é minha *sparring*.

— *Sparring*?

— Ela me ajuda a praticar: lutamos um contra o outro, mas não desferimos golpes fortes...

Uma pedra coberta de musgo caiu em seu ombro e Phillip saltou para trás.

— Você jogou uma pedra em mim? — Ele pegou a pedra no chão e a rolou na palma da mão.

— Ah, funcionou? — Ela cantarolou e começou a andar novamente. — Eu estava curiosa para saber se nossas posições físicas eram realmente próximas uma da outra ou se era algum tipo de magia de sonho.

— Não, você não estava — disse ele, adorando. Ela, a boazinha Rosa, que nunca fazia nada de errado, jogara uma pedra nele. — Sabemos que é mágico porque continuo virando à esquerda e você continua pegando à direita, e ainda assim estamos um ao lado do outro.

— O quê? — Ela alongou a pergunta. — Está sugerindo que joguei uma pedra em você intencionalmente para fins não científicos?

— Estou!

— Por que eu faria uma coisa dessas?

— Porque eu... — Ele guardou a pedra no bolso e balançou a cabeça. — Não sei dizer. Você é um monstro, obviamente. Não precisa de motivo.

Rosa gargalhou tanto que resfolegou, fazendo Phillip rir. Não que ele a tenha deixado ouvir, é claro.

Nunca ouvira a garota rir tanto, nem com as tias ou com qualquer um dos amigos da floresta. Gostou de ter sido o único a fazê-la rir.

— Você tem uma péssima pontaria — disse.

— Ninguém nunca me ensinou a arremessar nada, e nem todos nós treinamos desde que éramos crianças — retrucou ela, devagar. — Não acredito que você esteja treinando mais ainda por vontade própria em vez de estudar estes sonhos.

— Tanto eu quanto você — disse ele. — Que tipo de estudo existe para fazer aqui? Você tem livros sobre labirintos oníricos?

— Ah, bem, quer dizer... Não tenho permissão para ler sobre magia. Minhas tias não gostam disso.

— Então, você não sabe nada sobre magia nem pode aprender.

— Roubei alguns livros que minhas tias nunca me deixaram ler, mas a maioria são histórias recentes. Pelo menos estou tentando, diferente de você. Não está nem um pouco curioso sobre os sonhos e o bosque e por que eles mudaram? Acha que é magia? Bem, alguma magia nova afetando a magia dos sonhos, suponho.

Ele pensou em sua magia natural e em suas suspeitas de que poderia ser o responsável. Estava curioso, mas também estava no meio da situação mais estressante que já acontecera em sua vida. Como gostava de lembrá-lo, Rosa já ouvira os momentos mais sombrios dele — seu nervosismo antes do primeiro torneio, a primeira e única vez em que Sansão o derrubou, o sermão furioso do pai depois que Phillip se opôs a um futuro intensivo e cheio de treinamento — e falara sobre eles com os amigos da vida real dela. Com certeza, não queria sofrer mais assistindo à vida dele. Pelo menos, Phillip tinha algum conhecimento de magia que poderia compartilhar sem revelar muito de si mesmo.

— Não acho. A magia de cada pessoa tem um sentido diferente. O sonho mudou, mas não parece que haja uma magia diferente em curso.

— Ele começou a andar, tomando o caminho da direita, e a ouviu virar à esquerda na direção dele. Era bom finalmente saber algo que Rosa não sabia. A parede de espinhos poderia ter se tornado um labirinto, mas parecia igual à floresta dos sonhos também. — A magia de algumas pessoas deixa o ar frio e cortante como uma lufada de inverno, e a de outras tem cheiro de espada recém-lubrificada e de fumaça.

A magia do fogo de Poena o lembrava de escaramuças e incêndios domésticos.

— É sempre pelo olfato? — perguntou Rosa.

— Não, pode ser percebida com qualquer um dos sentidos. Já me deparei com magia das sombras que faz tudo ter gosto de enxofre — disse ele, relembrando a aparição de Malévola no batizado da Princesa Aurora. — Mas não acredite apenas na minha palavra.

— Como se alguma vez eu tivesse acreditado na sua palavra — disse Rosa. Então, ele ouviu um som como se ela estivesse andando de um lado para o outro sobre uma pedra. Era um ruído muito suave para a garota estar usando botas, mas Phillip geralmente usava suas roupas diurnas nos sonhos. Ela andava descalça todos os dias? — Eu costumava sentar nesta pedra e ouvir sua vida passar, e conheço você bem o suficiente para saber quando está escondendo algo de mim.

A acusação, e a verdade por trás dela, sufocaram a diversão dele.

— Odeio que você me conheça — resmungou. — Não se preocupe com o que não estou lhe contando. Não é ruim. É apenas pessoal.

— Ah, muito obrigada pela permissão para não me preocupar — ironizou Rosa. — A propósito, meus olhos são violeta e estou revirando-os.

— Eu não esperaria nada menos.

— Você não é o único com problemas pessoais, sabia? — disse ela, torcendo as mãos tão freneticamente que deu para ouvir. — Como posso saber que isso não é culpa sua? Que o bosque e o muro não mudaram por sua causa?

O fato de aquilo provavelmente ser verdade fez as palavras doerem ainda mais. Tudo sempre era culpa dele, não importava o que fizesse. Não saíra à procura de luta ou magia. Simplesmente aconteciam com ele, mas mesmo assim precisava lidar com as consequências. Ela nem sabia sobre a magia e, ainda assim, *sabia*.

— Seu monólogo deixou bem claro que você também tem problemas — disse Phillip, e ele se recusou a deixar que ela percebesse qualquer preocupação em sua voz. Rosa não precisava se preocupar, porque o mundo dos sonhos não era real. Havia preocupações muito maiores no mundo desperto. — Você fala o tempo todo, sabe, e sempre pensei que estivesse se gabando. Nunca respondeu à minha pergunta: por que você está proibida de voltar à cidade? Ou não respondeu porque sua argumentação ensaiada esta noite era uma mentira para ganhar minha compaixão e eu a deixar vencer?

— Isso é muito hipócrita da sua parte. Da última vez, perguntei se houve alguma mudança em sua vida e você disse que não.

— Que maneira adorável de evitar minha pergunta novamente.

— Você está evitando a minha!

— Então, suas tias cuidam de você. Que tragédia ser tão amada. — Phillip engoliu em seco. Muitas vezes, quando criança, sentira ciúmes da forma como as tias de Rosa a paparicavam. Ela falava sobre como escovavam seu cabelo todas as noites e lhe davam um novo livro sempre que dominava uma de suas lições. Era o mais oposto possível da infância dele, cheia de treinamento para uma maldição que passara a saber que estava cada vez mais próxima. — Não sei por que está tão desesperada para provar seu valor descobrindo a razão destes sonhos, mas não quero que prove nada para mim, porque não me importo.

— É claro que não se importa. — A maneira como ela soou só poderia ser fruto de um sorriso de escárnio. — Você acha que tudo e todos estão abaixo de você. Teve um dia ruim em seu primeiro torneio e uma briga feia com seu pai depois, e então desistiu por completo de tentar qualquer coisa!

Phillip se encolheu com a lembrança indesejável daquele dia. Ele *nunca* pensava na ocasião. Nunca falava sobre ela. Nem queria as recordações dela.

— Você não faz ideia do que está falando. — A frustração crescente dentro dele havia anos assumiu o controle de sua boca. — Você e estes sonhos são as coisas menos importantes na minha vida porque estou lidando com problemas *reais* no mundo *real*.

— Você não me conhece! — gritou ela. — Os sonhos são tudo o que algumas pessoas têm!

— Não fique...

Uma videira saiu da parede e agarrou seu tornozelo, jogando-o no chão. Phillip caiu com força e bateu a cabeça. Soltou um gemido.

— Phillip? — chamou Rosa. — Não tente me enganar. Não vai funcionar.

— Não estou tentando nada — defendeu-se ele, e sentou-se.

— Acorde!

— O quê? — perguntou Phillip. As palavras ecoaram em sua cabeça dolorida.

— O quê? — Ela jogou uma pequena pedra por cima do muro, caindo a poucos passos dele. — Phillip, o que há de errado? Você está bem?

— Dá quase para acreditar na sua preocupação — retrucou, pegando a videira.

— Acorde! — disse a voz novamente.

A videira se apertou ao redor dele e o arrastou em direção à sebe. Os espinhos se abriram, revelando um buraco nas vinhas, e Phillip agarrou a grama. Tentou diminuir a velocidade, mas a videira só puxou com mais força. Puxou pela escuridão da sebe adentro. Os espinhos se fecharam atrás dele.

9
Têmpera

PHILLIP ACORDOU com um grito, erguendo as mãos diante do rosto. Poena estava ao pé do saco de dormir e lhe segurava o tornozelo com uma das mãos. Ele olhou ao redor.

A barraca. Estava na barraca do acampamento com Joana e as fadas. Ainda estava escuro, o luar acentuava os ângulos do rosto de Poena. Seus olhos brilhavam na noite como os de um gato.

— Ah, que bom. Você está acordado — disse ela, soltando o pé dele. — Você parecia estar tendo um pesadelo.

Phillip respirou algumas vezes para desacelerar o coração e acenou com a cabeça. Levantou-se cambaleando. Seu tornozelo estava ileso, sem espinhos ou marcas da videira. O coração ainda estava acelerado e ele ainda ouvia o eco do grito aflito de Rosa.

— Se eu não estava acordado, agora estou — disse por fim, voltando a se concentrar em Poena. — O que há de errado?

— Uma série de coisas que você nem poderia começar a compreender. — Ela se endireitou, com os cabelos ruivos caindo sobre os ombros como labaredas. Olhou para ele de cima a baixo. — Éris decidiu que seu conhecimento da magia da natureza é suficiente e é hora de passar para a magia do fogo.

— Magia do fogo? — repetiu, com entusiasmo, e esfregou os olhos para espantar o sono.

Poena arqueou uma sobrancelha e soltou o ar profundamente pelo nariz.

— O ramo da magia que diz respeito à invocação, manipulação e extinção do fogo.

As bochechas de Phillip esquentaram. Seu pai não tinha *nada* a ver com Poena.

— Vista-se e me encontre lá fora — mandou ela. — Ao contrário de Éris, eu me recuso a mimá-lo.

Phillip se vestiu mais rápido do que nunca e enxaguou a boca, ainda se recuperando de quão real fora sua expulsão do sonho. Sentia-se tonto, sua cabeça estava confusa, como se estivesse observando o mundo desperto através de um véu de neblina, e um sentimento de culpa estava começando a crescer dentro dele.

Ele e Rosa realmente experimentavam o pior um do outro, encontrando-se apenas quando estavam cansados e desesperados para dormir. Não saber o quanto o outro ouvira era uma espécie particular de pesadelo. Sabiam tudo um sobre o outro.

Só que não... Nunca soube que as tias dela a proibiam de fazer qualquer coisa, mas agora ela estava presa na casa delas. Muito do que ele sabia sobre a garota se baseava em suposições.

E se algumas estivessem erradas? Ele se encolheu com o remorso repentino que o invadiu. Ela agiu de modo tão rápido para tentar ajudá-lo, apesar da briga. Phillip deveria parar de pensar o pior quando ela era sempre a melhor dos dois. Esperava que Rosa não se preocupasse muito com ele após a partida repentina.

Ele pestanejou. Aquilo não era um sonho. Precisava se concentrar. Poderia lidar com quaisquer sentimentos que estivesse tendo sobre seu comportamento em relação a Rosa outra hora.

— A magia do fogo é um ramo da magia da natureza, mas é raro uma pessoa ter afinidade com ambas — explicou Poena no momento em que Phillip se juntou a ela. A fada acendera uma fogueira no centro do acampamento. — No entanto, mesmo que não a domine, você deve ser capaz de se defender contra ela.

Poena apontou para o fogo baixo. O pânico de Phillip pela maldição invasora de Malévola diminuíra de uma vibração constante no peito para um choque ocasional. Quando amanhecesse, teria apenas quatorze dias para dominar a magia.

— Qual é a especialidade de Malévola? — perguntou, atiçando o fogo e tentando ignorar seu nervosismo.

Poena olhou para ele.

— As habilidades de Malévola estão além de definições ou categorias.

É claro que estavam.

— Que maravilha — murmurou Phillip. — Então, o que devo fazer primeiro?

— Começaremos com a manipulação do fogo — disse Poena. — Observe.

O cheiro acre de fumaça obstruiu a garganta dele, apesar do fogo limpo e brilhante, e as chamas saltaram da madeira para as palmas das mãos de Poena. Enrolaram-se como serpentes em torno de seus dedos e passaram por cima de suas roupas sem as chamuscar. Ela lhe estendeu o fogo.

— Chame o fogo para você. — Poena mexeu os dedos. — Essas vocalizações ajudaram antes.

Phillip esticou a mão para o fogo.

— Ei, bonitão. Venha aqui, por favor.

Sequer tremeluziu. Ele passou horas tentando mover o fogo e não conseguiu uma única faísca. Poena perdeu a paciência depois de um tempo, cansada de mostrar como se fazia e de deixá-lo fazer pausas para chupar a ponta dos dedos chamuscados quando ele se inclinava exausto em direção ao fogo. Respirou fundo quando a manga de Phillip pegou fogo e ele bateu o braço no chão para apagar. Poena o deixou sozinho para perguntar a Éris o que fazer, embora ela não tivesse admitido tal coisa. Phillip foi buscar uma bebida como desculpa para escutar.

— ... fazer com o que temos, e só temos mais quatorze dias — dizia Éris. — Você está pegando leve. Ele vai pensar que o treinamento é uma farsa.

Phillip se aproximou um pouco mais e inclinou a orelha contra o vento.

— É claro que estou pegando leve! O que mais devo fazer? Colocá-lo de pé na fogueira como eu costumava fazer? Qualquer fogo que eu invocar vai queimá-lo, a menos que você esteja disposta a protegê-lo magicamente a cada hora de cada dia — sibilou Poena. — Você elaborou este plano, então descubra o que fazer.

A decepção de Phillip tinha gosto de cinzas. Poena estava pegando leve com ele embora tivesse afirmado que não o faria. Ele sabia que era um iniciante, mas queria ter sucesso por seus próprios méritos, não porque ela estivesse se controlando. Estava ansioso para aprender magia do fogo também.

Éris suspirou.

— Tudo bem. Preciso de um instante.

Poena bufou, Phillip correu de volta para seu assento e as duas fadas voltaram juntas para a fogueira. Éris se sentou ao lado dele.

— Phillip — disse ela, mas estava olhando para Poena. — Poderia tentar manipular o fogo uma última vez?

Ele assentiu, não confiando em si mesmo para falar. Estendeu a mão e mexeu os dedos em direção ao fogo. Um tronco estalou e soltou faíscas, fazendo sua manga pegar fogo. Phillip sibilou e apagou as chamas balançando o braço.

— O fogo seria bastante útil contra Barnaby. — Éris agarrou seu pulso e examinou a marca de queimadura em suas roupas. — A Velha

Barnaby foi a maga que roubou a Espada da Verdade de seu pai. Ela é uma pessoa rabugenta hoje em dia, mas uma jardineira bastante obsessiva. É especialista em magia da natureza, especificamente em dar vida a plantas.

— Velha Barnaby? — O nome soava familiar. Trazia à tona a recordação de olhos castanhos, vestes azuis com luas prateadas e o perfume de flores frescas. — Ah! Barny!

Ela se apresentara como Barny quando Phillip era criança, e o apelido pegou.

Joana saiu da barraca bocejando.

— Barny? O que tem ela?

Barny e o rei discordaram sobre muitas coisas relacionadas à maldição, e Phillip estava tão ocupado treinando que raramente interagia com ela. Não ficaria surpreso se Joana soubesse mais sobre a maga do que ele próprio. Provavelmente passava tanto tempo na biblioteca quanto os magos.

Sentando-se a um passo de Phillip, Joana observou o fogo tremeluzir e suspirou antes de pegar seu livro. Equilibrou o tinteiro em um joelho e o livro no outro. Ele conseguiu ler *Histórias não contadas* na primeira página, ao lado de uma dúzia de versos riscados.

— Ela não havia se retirado para um chalé à beira-mar com a esposa? — perguntou Joana.

Phillip assentiu.

— Ela fez isso, mas acho que foi para um farol.

— Ela não fez isso. Foi uma história de fachada — emendou Éris, apressando-se em dizer. — Barnaby fugiu com a espada após um desentendimento com o pai de Phillip.

— Como vou pegar a espada dela? — perguntou Phillip. Não se tocara que Barny era a maga de quem precisava roubar. — Ela é uma das melhores magas deste lado do mundo.

— Roubando, acredito eu. — Éris fez um gesto para que Phillip voltasse a atenção ao fogo. — Infelizmente, parece que você não tem afinidade alguma com a magia do fogo. Isso significa que devemos nos concentrar em ensiná-lo a se defender contra a magia do fogo e a conter a magia da natureza sem ela.

— Tudo bem — disse Phillip, tentando esconder a decepção. — Como vou *roubar* a espada de Barnaby, então?

Éris balançou a cabeça.

— Devo admitir que não tenho certeza. A casa de Barnaby é bem protegida contra observações mágicas e mundanas. Vou observar Barnaby e a esposa, Zohra, pelos próximos dias, e então saberemos o que fazer.

— Você está partindo? — perguntou Phillip, em choque. — Agora?

— Você ainda deve aprender a se defender da magia do fogo e precisa que Poena o ensine e Phrike o cure quando ela ficar excessivamente zelosa. Minha presença não é necessária.

Phillip acenou com a cabeça, com um doloroso vazio no peito, mas ele não conseguia identificar o sentimento. Éris fora a única a reconhecer que Phillip estava fazendo aquilo por si mesmo e nunca se frustrava quando ele não entendia algo de primeira. Ela o ensinara a trapacear com dardos usando a magia do vento na noite anterior, algo totalmente inútil na luta contra Malévola. Ela só fizera isso porque sabia que ele gostava de jogos. Sem Éris, tudo giraria novamente em torno da princesa.

— Você fez um progresso incrível — elogiou a fada, flexionando os dedos —, mas precisamos da espada e do escudo para que possa enfrentar Malévola.

— Enquanto estiver fora, mandarei minha sombra explorar a tumba de Amis — acrescentou Phrike.

— Excelente — disse Éris. Ela encolheu e flutuou para o céu junto ao vento. — Voltarei em breve. Para o seu próprio bem, Phillip, é melhor que seja capaz de se defender da magia do fogo até lá.

Poena não deixou Phillip dormir no dia seguinte. Trabalharam o dia inteiro e depois a noite toda, sua exaustão se transformando em uma energia trêmula e frenética ao amanhecer. Poena estava determinada a ensiná-lo a repelir a magia do fogo caso a usassem para matá-lo.

Ou ela só queria matá-lo. Uma das duas coisas.

Ela começou com bolas de fogo do tamanho da palma da mão e as lançou para ele como pessoas normais arremessam maçãs. O instinto levou Phillip a pegar algumas, mesmo depois de se queimar pela primeira vez. Em seguida, vieram chicotes de fogo dourado, mais quentes do que as bolas, que queimavam a pele de Phillip mesmo quando não o atingiam, e ela o ensinou a prever o tremeluzir do fogo para evitá-lo. Embora a primeira hora tivesse deixado sua pele chamuscada e rosada como um jantar meio cozido, ele finalmente conseguiu se esquivar.

Mas ele poderia ter aprendido o mesmo se ela tivesse jogado outras coisas não letais.

Durante o treinamento, Phillip pensou na última vez que falara com Rosa: as provocações dela enquanto lutavam para encontrar o caminho de saída do labirinto, a confiança dela de que iriam resolver o problema e a péssima pontaria dela de que Poena definitivamente não compartilhava. Pensar na garota e na briga deles o encheu de uma sensação agridoce que ele não reconhecia. Suas falhas na magia do fogo não ajudaram; ele não seria capaz de resolver o labirinto dos sonhos daquela maneira. Esconder a nova magia de Rosa estava impedindo a ambos de fazê-lo.

Joana ajudava ora ou outra, embora ficasse sentada a maior parte do tempo com Phrike e discutisse o que já sabiam sobre Barnaby. A velha maga adorava seu jardim; morava em uma torre à beira-mar com a esposa, que não tinha poderes mágicos dignos de menção; e uma vez, possivelmente, talvez, usara um ladrão como fertilizante depois de pegá-lo invadindo sua casa.

Mas Joana não entendia Phillip. Ela o conhecia bem, mas não tão bem quanto Rosa. Até alguns dias antes, ele não queria falar com Rosa, mas Poena era tão impiedosa e sua magia tão volúvel que seu mundo de sonhos e Rosa eram as únicas constantes que lhe restavam. Ela poderia ser irritadiça e faladora demais, mas pelo menos ele sabia que devia esperar isso dela. Não queria mesmo falar com Rosa sobre o treinamento e a reviravolta em sua vida, mas provavelmente era necessário se quisesse resolver o mistério do labirinto.

Quando Phillip acordou no labirinto após o segundo dia aprendendo magia do fogo, levantou-se pernibambo e semicerrou os olhos para a parede. Uma das vinhas se estendeu para ele e tentou agarrar seu tornozelo. Phillip a chutou para o lado, depois saiu andando pelo caminho para fugir da parte da sebe que o atacara no sonho anterior. A briga dele e de Rosa havia sido canhestra e injusta. Para ambos.

— Rosa? — chamou.

Ela não respondeu. Gemeu e escolheu o caminho da direita do labirinto. Talvez tivesse ficado tão furiosa com ele e tão satisfeita com seu desaparecimento que resolveu o labirinto sem ele, e então Phillip estava preso e Rosa, sozinha no silêncio que ele sempre desejou.

Não, uma vez ela ajudara uma coruja machucada, não importando quantas vezes a ave a bicasse. Se não por bondade, ela era orgulhosa demais para abandoná-lo.

Phillip estremeceu e chutou uma pedra para fora do caminho. Ele esperava que o orgulho dela não fosse a única razão pela qual ela ainda falaria com ele. Melhor não pensar em como aquela conversa fora ruim e concentrar-se no labirinto. Os marcadores que havia deixado ainda estavam lá, mas era um sonho, então não tinha certeza do quanto importavam.

Tentou escutar Rosa. Uma voz familiar ecoou no caminho da direita. Ela estava cantando, algo que ele ouvia com bastante frequência, embora fosse mais nítido ali no labirinto. Quando a ouviu cantar em sua vida desperta, o sonho abafava e distorcia a voz dela, mas, mesmo assim, seu canto era lindo. Ele suspirou, deitando-se no meio do labirinto assim que se aproximou o suficiente. A música, algo sobre pássaros e rosas, era capaz de ser uma criação dela e, por mais cansado que estivesse, era agradável.

Tinha sido terrivelmente injusto, não é, acusando-a de mentir, como ele mentiu para ela várias vezes?

— Você tem uma voz adorável — disse.

Rosa se calou e se aproximou da parede que os separava.

— Phillip? Você está bem? O que aconteceu?

— Fui acordado no mundo real da última vez em que estivemos aqui. — Ele cruzou os braços atrás da cabeça. — Causou uma reação ruim com o labirinto. Uma das vinhas me arrastou para a sebe, mas quando acordei era apenas alguém tocando meu tornozelo. Muito divertido e nada assustador. De qualquer forma, precisamos conversar.

— Precisamos? — indagou Rosa. Houve um murmúrio, como se ela estivesse falando sozinha, e então silêncio.

Ele se lamuriou.

— Você realmente não vai falar comigo?

Por mais irritado que estivesse, não queria voltar ao antigo modo de sonhar. Gostava de conversar com ela.

— Só acho que nós não... — Ela bufou e hesitou, como se Phillip a tivesse pegado conversando com ele quando isso era contra as regras.

— Não temos em que extravasar nossa raiva na vida real e estamos descontando um no outro?

Ela expirou alto pelo nariz.

— É, me sinto péssimo, mas também não quero me desculpar, então vamos parar de procurar rodeios — acrescentou ele, e sorriu quando Rosa riu. — Aqui está a verdade: acho que sei o que causou a mudança dos sonhos.

Ela produziu um som estrangulado e ele gemeu.

— Diga — pediu Phillip.

— Eu sabia que a culpa era sua! — As roupas dela farfalharam na grama. Devia ter se sentado. — Nada acontece na minha vida, então tinha que ser você. Não acredito que está me dizendo a verdade.

Ele riu.

— Não dormi muito, então bote a culpa nesse fator.

— Por que não dormiu? Você está bem?

Mesmo estando bravos um com o outro, ela se preocupava com ele, fazendo Phillip hesitar e então suspirar.

— Estou bem. Tem a ver com o que preciso lhe contar — disse, passando a mão pelo rosto. — Eu domino magia.

— O quê?

— Essa também foi minha resposta no início. Passei a última semana aprendendo magia.

Ela soltou um zumbido anasalado.

— Essa é a coisa importante da vida real que você mencionou?

— Ah, bem… Uma guerra deve acontecer em breve, por isso preciso fazer algumas coisas. — Phillip estremeceu. — Se não aprender magia suficiente, posso morrer.

— "Magia." "Algumas coisas." "Posso morrer." — repetiu Rosa. — Tem certeza de que este não é seu mundo dos sonhos?

— Bem, você não está lá, o que é um sonho que se tornou realidade — respondeu ele. Não foi tão ruim quanto ele pensara que seria. — Tenho treinado e é cansativo. O que quero dizer é que nossos sonhos mudaram na noite seguinte à revelação de minha magia.

— Revelação? Ela se apresentou a você?

— Estrangulando Joana.

Phillip explicou o que acontecera com Joana, o encontro com as três fadas e um pouco de seu treinamento. Não contou sobre Malévola, mas disse que provavelmente precisaria lutar contra uma pessoa perigosa assim que recuperasse as armas.

Se conseguisse.

— Os outros sempre dependeram de mim — disse. — Pensar em falhar, porém, ainda parte meu coração todas as vezes.

— Hum… — Ela respirou fundo e ele conseguiu imaginá-la sentada na grama, com o queixo apoiado nos joelhos e o nariz franzido em concentração. — Não sabia que você tinha um coração.

O som que ele emitiu foi muito embaraçoso e Rosa caiu na gargalhada.

— Ninguém aprende nada perfeitamente em menos de um mês. Acho que você está sendo um pouco duro consigo mesmo — disse ela.

— O que isso significa para você? Já é um cavaleiro.

Certo, ela não fazia ideia de que ele era um príncipe e que tinha ainda mais responsabilidades, como proteger uma princesa de uma fada má.

— Isso significa que tenho mais o que fazer agora, mas também posso ter menos o que fazer no futuro — respondeu Phillip. — Mas é mais complicado do que isso. Sou um príncipe e, se falhar no meu treinamento, meu reino estará condenado. Essa parece ser uma razão boa o suficiente para nossos sonhos estranhos mudarem.

Os espinhos da parede começaram a se contorcer mais furiosamente enquanto ele falava.

— Não ouvi a segunda metade do que você disse por causa das vinhas — falou ela. — Lamento que esteja em perigo, mas pelo menos a magia é emocionante.

— Eu disse que sou um príncipe. Você está falando com Sua Alteza, Príncipe Phillip de Artwyne.

A parede do labirinto se contorceu e rangeu, abafando completamente as palavras, e Rosa ficou calada.

— Só tentei contar uma coisa sobre mim.

Desta vez a parede deve ter permitido, porque Rosa respondeu com um "aham" e acrescentou:

— Curioso. Acho que o labirinto ainda não deseja que saibamos certas coisas um sobre o outro.

— Obviamente. Entretanto, o mais importante, e algo sobre o qual podemos conversar: magia. Peguei o jeito. — Phillip ainda não tivera chance de se gabar. — Não sou ruim nisso também.

— Então, você está realmente tentando dominá-la? — perguntou ela. — Você, que nunca quer tentar nada?

Phillip ficou carrancudo.

— Ah, não dê palpite sobre isso. Como se você sempre fizesse tudo que lhe pedem.

Ela não respondeu nada e ele colocou um braço sobre os olhos.

— Tudo bem, então você faz tudo o que lhe pedem. O restante de nós não consegue ser tão perfeito. — Ele sentia os olhos dela revirando. Mudando de assunto, perguntou: — Nada aconteceu com os espinhos quando fui arrastado para fora do último sonho, certo? Você ficou bem?

— Fiquei. Obrigada. Minhas tias ficaram perguntando por que eu estava tão preocupada e acabei contando que um pássaro ferido escapara antes que eu pudesse pegá-lo e ajudar.

— Ah, sou seu passarinho ferido agora. Nunca fui tão insultado em toda a minha vida, e olha que viajo com uma autoproclamada poeta. — Phillip espiou o céu, lembrando-se da última conversa. — O que aconteceu? Por que não teve permissão para ir à cidade?

Melhor que eles lidassem com tudo naquele momento. Rosa hesitou e então disse calmamente:

— Nada de novo aconteceu de fato. Ao contrário do que você acredita, não fiz nada. Minhas tias simplesmente não me deixam ir à cidade. Elas sorriem e assentem com a cabeça e me dizem para confiar nelas toda vez que falo sobre sair. É para o meu bem, elas repetem sem explicar. É solitário, embora elas estejam aqui comigo.

— Ah, uma situação de adulto-que-sabe-o-que-é-melhor-para-você. Conheço bem — disse Phillip. — Duplamente solitário para alguém tão obcecada por viagens e histórias quanto você.

Era estranho sentir-se mal pela garota. Ele não percebera a solidão dela ao ouvir os eventos de sua vida, e isso parecia um descuido da parte dele. Ao ouvi-la naquela situação, era óbvio o quanto se sentia sozinha. Ambos estavam cercados por pessoas que pensavam saber o que era melhor para eles e os dispensavam toda hora.

— Isso me faz sentir como uma criança — asseverou Rosa, com a voz rouca. Ela limpou a garganta. — Não diga nada. Não quero que tenha pena de mim.

— Ah, essa é a última emoção que eu sentiria por você. — Phillip se sentou e se espreguiçou, tentando parecer o mais indiferente possível.

Houve um silêncio, exceto pela parede de espinhos, e Rosa fungou. Phillip a imaginou endireitando os ombros e enxugando o rosto. Ela sempre fora forte e compenetrada, mas uma pessoa não conseguiria ser assim o tempo todo. Isso a desgastaria por completo.

— Rosa? — chamou baixinho o suficiente para não a assustar e alto o suficiente para ser ouvido. — Você quer se lamentar ou quer uma distração?

No passado, ele não teria perguntado — não que eles tivessem conseguido conversar antes —, mas parecia diferente naqueles dias. Seus sonhos compartilhados sempre foram íntimos e cresceram ainda mais desde que o labirinto aparecera, apesar das implicâncias e das brigas. Estava sendo mais fácil conectar a Rosa dos sonhos de infância a uma pessoa real. Ela não era um sonho; estava bem ali e sofrendo. Apesar do histórico de brigas, tinham apenas um ao outro.

Ela inspirou fundo e disse:

— Uma distração, por favor.

— Zero piedade e uma distração, então — disse ele. — Reflita sobre isso em sua cabeça: eu, Phillip, o Irresponsável, terei que roubar uma maga em breve.

— Ah, eu adoraria conhecer uma maga! — Rosa pigarreou. — Uma de verdade, sabe? Não você.

Voltaram ao normal, então.

Ele abafou a risada com a mão.

— Farei um acordo com você: contarei tudo sobre minhas divertidas e maravilhosas aventuras mágicas assim que chegar ao final do labirinto antes de você.

Pelo menos, esse tipo de aposta não envolvia mortes.

— Você está certo, passarinho — retrucou ela, e saiu correndo. — Tente não ser sequestrado por uma planta desta vez.

Não, eles não estavam de volta ao normal. O relacionamento deles mudara, fora distorcido pelo acaso e pela natureza daqueles sonhos, até se tornarem não muito amigos, mas não muito inimigos. Eram algo novo e crescente, tão mutável quanto a floresta onírica que os apresentara.

E isso não incomodava Phillip tanto quanto poderia ter incomodado no passado.

O sol do meio-dia pairava quente e brilhante lá no alto. Phillip enxugou o suor do rosto, o fedor de cinzas e óleo grudado nele. Poena estava do outro lado da clareira, com chamas agarrando a si mesma como uma capa. Causavam arrepios no ar, queimando qualquer trepadeira que ele atirasse nela e resistindo a qualquer rajada de vento com que ele tentasse extenuá-las.

— Vamos lá, Vossa Alteza. Sei que nós dois estamos prontos para descansar. Podemos ir se você me derrotar.

Mas ele não conseguia encostar nela. Era o sexto dia de treinamento contra o fogo. Phillip viera trabalhando com Poena sem parar nos três dias anteriores, a ponto de não ter sonhado com Rosa nenhuma vez, e estava mais longe da vitória do que nunca. Poena era uma péssima lutadora, atrapalhando-se com todos os tipos de armas e se descontrolando no momento em que um punho ou lâmina avançava em sua direção, mas chegar perto dela era impossível. Na primeira tentativa, ele lhe desferiu um soco e ficou tão escaldado que o deixou cheio de cicatrizes e, no segundo dia, nem conseguiu chegar perto dela sem que seu cabelo pegasse fogo. Ela usava as chamas como escudos, defendendo e ferindo em igual medida. O ar ao seu redor brilhava constantemente com um calor reprimido e ameaçador.

O fogo aumentava com o vento e as plantas, e Phillip não conseguia controlar terra suficiente para enterrá-la. Cada vez que tentava afundá-la, ela o atacava até que ele estivesse ocupado demais para se concentrar. Precisava sufocar as chamas.

— Chuva — disse baixinho para que Poena não ouvisse, e acenou em direção ao céu. Já conjurara tempestades antes, mas nenhuma forte o suficiente para apagar algo maior do que uma fogueirinha.

Uma nuvem de tempestade se formou no alto. Poena olhou para cima, as chamas tremeluzindo e girando em suas mãos. Uma mistura de chuva e neve caiu sobre ela, sibilando ao tocar sua pele, e Poena a sacudiu dos olhos. Um véu de vapor os separou e Phillip deu um passo para trás. Não era o que ele queria, mas tudo bem. Ninguém conseguia acender uma fogueira com lenha úmida. Ele usou o vapor como cobertura.

— Esconder-se não derrotará Malévola — gritou Joana de seu poleiro perto das barracas. Ela estava observando, porque é claro que estava, sem ficar impressionada. — Cada vez que você se queima, escrevo um poema sobre isso e envio uma cópia para todas as cidades por onde passamos.

Phillip se virou para encará-la e berrou de volta:

— Você não ousaria!

Phrike aplaudia como se tudo fosse uma simples peça de teatro.

— Não ouse desviar o olhar de mim! — O grito de Poena assustou Phillip, e ele se virou na direção dela.

O focinho de um grande dragão, com escamas feitas de fogo e olhos incandescentes, emergiu do vapor. Era feito das chamas que envolviam Poena e repousava sobre ela como uma máscara gigante. Uma língua apareceu entre os dentes trêmulos. Fumaça saía de sua boca.

Phillip tropeçou para trás, com bolhas na pele.

— Mais!

A nuvem de tempestade seguiu Poena, mas a chuva e a neve desapareciam antes mesmo de pousar sobre ela.

— Mais? — disse a fada, com a mão apertando o peito. O fogo cobria suas mãos em forma de garras. — Não sou uma vela ou uma fogueirinha boba. As chamas e o poder vêm de dentro de mim. Você nunca será capaz de detê-los.

Agitado, Phillip conjurou uma espada de espinhos. O ar ao redor de Poena estava tão quente que ondulava como água. Ela agarrou a espada e a transformou em cinzas. Phillip tropeçou de novo, o peito apertando e a garganta doendo. Quando o dragão escancarou a boca, ele se jogou na outra direção e caiu de costas, incapaz de falar, respirar ou se mover.

Poena deslizou em direção a ele, suas asas se abrindo em chamas. Ela ergueu um pé da grama fumegante e pressionou-o contra o peito dele. A língua do dragão lambeu sua bochecha. Phillip gritou.

— Lamentável — disse ela, com os cachos ruivos soltos. — Todos esses anos de treinamento para ser um cavaleiro e não consegue nem encostar em mim sem choramingar. Você é uma decepção.

Ele engasgou com o ar ardente. A fumaça saía dos lábios zombeteiros de Poena como serpentes.

Não fazia sentido. Tudo aquilo, sua posição de cavaleiro e seu treinamento mágico, eram inúteis. Não conseguia fazer nada com as chamas sem alimentá-las, e ela tinha a vantagem enquanto seu fogo ardia. Atacá-la seria como socar um tronco em chamas para apagar um incêndio. Era impossível.

Mas ele não socava fogueiras para apagá-las. Ele as abafava.

Ele precisava sufocar Poena, não seu fogo.

A esperança renasceu dentro dele. Sufocar, sufocar, sufocar. Como poderia abafá-la e apagar seu fogo? Não tinha como colocar uma xícara sobre ela, tinha? O que fazia um abafador de vela funcionar?

— Ar! — falou, meio engasgado. Phillip estendeu as mãos para o pescoço de Poena. Não podia encostar nela, mas sua magia precisava saber o que ele queria dizer. Cerrou os dedos como se a estivesse estrangulando. — Ar.

Uma rajada de vento frio varreu por cima dele. Phillip respirou fundo, o preto em sua visão periférica recuando. Poena agarrou o pescoço, lutando para respirar, e sua coroa de fogo desapareceu em uma nuvem de cinzas. Ela desmaiou. Phillip rolou e se pôs de joelhos.

— Você se rende? — perguntou.

Poena, com a pele pálida ficando azulada, assentiu.

— Mal posso esperar para ouvir este seu poema — disse Phillip para Joana enquanto se levantava.

— Também mal posso esperar — comentou uma voz familiar atrás dele. — Muito bem!

Phillip se virou. Éris estava parada lá, batendo palmas tranquilamente, e depois se postou ao lado dele. Aos poucos, o ar voltou ao redor de Poena. Ela tossiu e se pôs de pé, murmurando baixinho. Éris sorriu para Phillip.

— Trabalho maravilhoso — elogiou. — Acho que você está pronto para roubar uma maga.

10

A torre e o cavalo

DEPOIS DE um rápido café da manhã e de um planejamento ainda mais rápido para o dia seguinte, todos se reuniram em volta de Phrike e deixaram que ela jogasse sua sombra sobre eles. Estavam parados na clareira em um momento e cambaleando em um bosque estranho no momento seguinte, Phrike sacudindo sua sombra como uma capa de viagem. A magia das fadas espirrou deles como a água de um pato.

O plano para roubar a Espada da Verdade da Velha Barnaby era simples: Phrike e Poena atrairiam a maga para fora de sua casa, e Phillip e Joana entrariam furtivamente para recuperar a espada enquanto Éris vigiava.

Havia uma cidade perto da torre que pagava proteção à maga anciã. "Extorsão" era como Éris chamava, e eles iriam usar isso a seu favor. Phrike e Poena fingiriam uma emergência, atraindo Barnaby para a cidade, e com alguma sorte conseguiriam mantê-la lá por pelo menos uma hora. Seria fácil evitar a esposa da maga, Zohra, quando Phillip e Joana estivessem na torre. A única questão que restava era como entrariam nela.

— Diga outra vez: qual é o nosso próximo passo? — perguntou Phillip no momento em que Phrike e Poena saíram em uma nuvem de magia de sombra. Ele gostaria de ter pedido a opinião de Rosa sobre o plano deles. Ela lera vários livros e certamente sabia algo útil sobre magos ou roubos.

Éris bufou rindo e o conduziu em direção à torre da Velha Barnaby.

— Entre, roube a espada, saia.

— Essa é a versão curta ou longa? — zombou, e engoliu em seco enquanto saíam da floresta e entravam na sombra de uma torre alta recortada contra o nascer do sol laranja pálido.

— Isso depende da rapidez com que você encontra a espada e sai vivo — disse Éris.

Joana tirou o pequeno diário do bolso do peito e anotou algo. Phillip lhe lançou um olhar fulminante. Ela deu de ombros.

— Você não tem outras coisas com que se preocupar além de mim e da minha escrita? — A escudeira soprou a tinta úmida antes de guardar o livro. — Não nos restam muitos dias. Hoje precisa correr perfeitamente.

Aquela era a única chance de recuperar a Espada da Verdade. Se cometessem um erro, a Velha Barnaby nunca mais tiraria a espada de vista.

— Não precisa me lembrar — resmungou Phillip. — Se conseguirmos fazer isso, finalmente vou poder ler no que você está trabalhando?

— Você poderá ler quando estiver morto — disse Joana.

— Hoje à noite, então? — amolou, e ela fez uma careta.

Phillip voltou a atenção para a torre. Era uma construção estreita de pedra avermelhada que se inclinava sobre a beira de um penhasco acima do mar e tão incrivelmente alta que devia ser sustentada por magia. Uma bandeira azul-escura com uma estrela dourada coroava o topo, e um grande jardim meia-lua circundava o terreno. Trepadeiras grossas cheias de flores roxas claras cresciam ao redor dos espigões de uma cerca de ferro forjado, pontas prateadas brilhando à luz da manhã. Sebes altas e árvores exuberantes mantinham os jardins escondidos de olhares indiscretos.

— Milefólio branco — disse Éris, cutucando um ramo fofo de flores que crescia na parte inferior da cerca. Fumaça subiu de onde a planta a tocou. — A velha é minuciosa. Nessa ela me pegou. Não vou poder mesmo me juntar a vocês, mas não deverão ter problemas com a casa ou com a esposa.

Phillip sabia que havia plantas que mantinham as fadas afastadas — os jardins de Artwyne transbordavam de milefólios, trevos e betônicas —, mas sempre as considerara pouco mais do que uma lenda antiga e algo que só funcionava contra o mal.

— É tão decepcionante que Zohra tenha ficado com Barnaby depois que ela roubou seu pai — sussurrou Joana para Phillip. — Ouvi dizer que a jardinagem dela era tão boa quanto a poesia.

— Você deveria saber que não deve confiar em poetas — disse ele. — Eu jamais confio.

Ela olhou feio para ele de soslaio e Éris suspirou.

— Crianças, concentrem-se. — Éris tocou a varinha no peito de Phillip. A forte explosão de ar invernal que anunciava sua magia girou ao redor deles. Um broche, com o formato de um gato empinado sobre patas de ponta branca, apareceu na túnica dele, e as gemas amarelas dos olhos do felino começaram a brilhar. — Se alguma coisa acontecer, isso me permitirá encontrar vocês.

— Obrigado. — Ele deu palmadinhas no focinho do gato. Queria perguntar como funcionava, mas sabia que não havia tempo. — É tudo, então?

— É tudo — disse Éris. — Deve ser um bom roubo à moda antiga.

Joana fez uma careta para Phillip.

— Não estou familiarizada com esse tipo de moda.

Ela nunca ficara fora um minuto depois do toque de recolher como pajem e não estava nem um pouco contente por roubar a espada. Phillip, no entanto, estava bem feliz com o fato de que seria difícil encontrar muitas rimas para "maga".

— Sua escolha de indumentária está excelente — disse Phillip —, mas você tem certeza de que não podemos simplesmente pedir para Barnaby nos dar a espada?

As lembranças que tinha da maga quando ela trabalhava para seu pai eram poucas e nebulosas, mas se recordava vagamente de ela sendo agressivamente séria na corte e encantando seus tomos para voarem de volta para seus aposentos como pássaros desajeitados no momento em que terminava. Ele não se lembrava dela sendo má.

— Ela roubou a espada do seu pai sabendo que era tudo o que ele tinha para ajudar na luta contra Malévola — lembrou Éris. — Siga o plano.

— Tem razão.

— Phillip — disse Éris, segurando-o pelos ombros. Ela olhou para Joana, que desviou o olhar. — Você consegue fazer isso. Acredito em você.

— Ah. — Phillip engoliu em seco. — Tudo bem.

Ele se sentiu leve e cheio ao mesmo tempo, como se seu peito fosse explodir e desabar sobre si mesmo.

Alguns momentos depois, uma pequena sombra se desprendeu do solo da floresta e se espalmou contra a cerca irregular.

— Barnaby está aqui! — A voz de Phrike soou da sombra. Ela conseguia usar suas sombras para falar com pessoas a longas distâncias, embora não pudessem respondê-la. — Ela se teletransportou! Vão! Vão! Vão!

A sombra desapareceu e Éris deixou os braços penderem.

— Bem, vocês a ouviram. Vão.

— Acho que deveríamos dar a volta e escalar a torre — disse Joana. — Se o penhasco é a defesa daquele lado, pode ser a nossa melhor aposta para entrarmos sem sermos detectados.

— Por favor, não subam o penhasco. É muito perigoso. Vocês podem lutar contra guardas mágicos. Mas não podem lutar contra a gravidade e vencer — argumentou Éris e, com um último olhar penetrante, desapareceu como uma névoa na brisa.

— Vamos primeiro para o jardim e decidiremos assim que soubermos o que estamos enfrentando — disse Phillip, e tocou no milefólio como Éris fizera. Estava macio e fresco, e as vinhas que se enroscavam nas sebes do outro lado da cerca não se moviam. Um estranho conforto, considerando o fungar de animais rondando que eles ouviam por cima das sebes. Ele entrelaçou as mãos para impulsionar Joana por cima da cerca. — Você primeiro.

As amoras partidas e salpicadas na sebe deixavam manchas escuras nas roupas deles. Phillip subiu, assobiando ao perceber quão alta era a torre. Jardins exuberantes cheios de rosas farfalhavam com a brisa do mar, e as abelhas voavam da camomila aos não-me-esqueças. Um riacho corria de uma fonte no sul até o penhasco ao norte, pequenos regatos em espiral ramificando-se para o jardim. Animais de guarda, desde doninhas a leões, andavam pelos caminhos do jardim.

— Eles são de...? — Joana olhou para ele.

Um grande cão de guarda feito de videiras grossas e onduladas e dois cachos de uvas que pareciam orelhas caídas farejava o ar. Não havia nada em seu focinho, exceto uma folha que poderia parecer um focinho se vista de um ângulo diferente. Ele bocejou, expondo a boca cheia de espinhos.

— Sim — respondeu Phillip. — São.

Quase todas as criaturas do jardim eram compostas de plantas. Um leão com margaridas no lugar do pelo estava sentado à beira do riacho, e um gato de alecrim brincava de atacar o próprio rabo. Do outro lado do jardim, um cachorro de dentes-de-leão latia para um esquilo completamente normal. Sentado em uma ameixeira, ele tagarelava com o cachorro.

— Devíamos ter planejado melhor — resmungou Joana.

Phillip negou com a cabeça.

— Temos apenas oito dias para a maldição, e sempre me dei melhor improvisando, de qualquer modo.

— Bem, pelo menos sabemos que eles podem ser distraídos assim como os animais normais. — Com os olhos semicerrados, Joana observou o cachorro mais próximo. — Você já aprendeu a invocar o fogo?

Mesmo que tivesse aprendido, queimar os animais de plantas parecia errado. Eram tão reais e não tinham culpa de que ele precisasse passar por eles.

— Nem mesmo uma faísca. Teremos que nos esgueirar por eles e atravessar o riacho. Isso nos afastará do leão, do gato e do cachorrinho. — Ele acenou com a cabeça para a criatura latindo para o alto de uma árvore. — Os outros podem nos farejar, se forem capazes de sentir cheiro, mas esse é o caminho menos ameaçador.

Joana suspirou.

— Isso parece tão traiçoeiro.

— Olha. — Phillip se sentou ao lado dela. — Sei que essa missão não é tão nobre quanto as dos seus livros, mas a vida real não é como nas histórias. Barnaby roubou a espada do meu pai e fugiu. Precisamos fazer isso.

— Sei disso — retrucou Joana. — E pare de zombar das minhas histórias. O beijo doce do verdadeiro amor é real. A magia é real. Como você pode não ter esperança sabendo disso?

— Fácil para você dizer.

— Eu gostaria de estar em um maldito sono agora — disse Joana, e deu-lhe uma cotovelada. — Como vamos fazer?

Phillip espiou por cima da cerca-viva atrás da qual estavam escondidos e seguiu com os olhos o cão-videira. O animal ignorava as outras criaturas trepadeiras, arranhando a terra com a pata enquanto passava. Phillip respirou fundo e tudo o que conseguiu sentir foi o aroma inebriante de flores desabrochando fora da estação e da terra fria e úmida. Uma ideia surgiu em sua cabeça e Phillip se sentou, de costas para a cerca-viva. O toque familiar de magia encheu o ar, tornando sua respiração visível. Videiras e grama começaram a se unir em volta de seu punho.

— Joana — disse, lentamente —, você gostaria de ser a dianteira ou a traseira de um cavalo?

Ela abriu a boca e balançou a cabeça em negação.

— Você não está sugerindo o que penso que está.

— Ah, estou, sim. Duvido que eles sejam espertos o suficiente para perceber a diferença entre a magia de Barnaby e a minha. Aposto que estão procurando por qualquer coisa que não seja uma planta ou a Velha Barnaby e sua esposa.

Ele dirigiu a atenção de Joana para o esquilo no outro lado do jardim, e ela fechou os olhos com força.

— Tudo bem — aquiesceu ela —, mas eu fico com a dianteira.

— Justo. — Cuidadosamente, Phillip estendeu a mão para direcionar as plantas para que tomassem a forma que ele desejava. — Vamos fazer um cavalo muito bonito.

Ele não poderia criá-las do nada como Éris fazia com as folhas, mas o jardim fornecia muitas plantas para seu uso. Joana se levantou e Phillip se abaixou atrás dela, segurando-a pela túnica com firmeza, com uma das mãos. A grama os alcançou em onda, cobrindo-os no formato de cavalo, como uma fantasia. Deram alguns passos hesitantes.

Demorou alguns minutos, mas acabaram pegando o jeito de se movimentar como um cavalo. Era difícil manter todas as plantas cobrindo-os. Ele estendeu a mão e tocou as vinhas do pescoço do cavalo.

— Floresçam — sussurrou Phillip, e as vinhas explodiram em uma exuberante crina de peônias. Ele cutucou Joana pelas costas. — Você lidera. Estou de olho em nossas pernas para garantir que não fiquem muito humanas.

— Por que você não pode fazer um cavalo para cada um de nós? — resmungou Joana.

— Prefiro não dividir minha magia entre duas construções. Além disso, se alguém deveria estar reclamando, sou eu.

Joana respirou fundo e começou a andar novamente. Seus pés pisavam o caminho de pedras cobertas de musgo imitando a cadência de um cavalo andando a passo. O vento rodopiou sobre eles e Phillip gesticulou novamente para fazer o cavalo balançar as vinhas da cauda. Os cabelos de sua nuca se arrepiaram.

— Leão à esquerda — murmurou Joana. — Está olhando para nós.

Phillip sentiu mais do que ouviu o estrondo do bocejo da fera e estremeceu.

— A menos que ele se mova em nossa direção, continue.

Deram mais alguns passos lentos, passando por um pequeno canteiro de flores e um riacho de irrigação. As plantas ao redor deles estremeceram e Phillip as apertou ainda mais com um gesto rápido. Joana hesitou e ele lhe tocou no ombro.

— Estamos passando por um texugo — sussurrou ela.

De sua posição curvada, Phillip viu as garras espinhosas do animal arranhando a terra e um focinho de flores roxas pálidas farejando os cascos do cavalo. O texugo correu para sua toca.

— Ótimo — disse Phillip. Chegaram ao riacho, os peixinhos ziguezagueando sob a água, e o passo do cavalo diminuiu. Ele engoliu em seco. — Mantenha a calma.

— Estamos perto da porta da frente, mas ela tem uma fechadura — disse Joana. — No entanto, há duas grandes janelas flanqueando-a apenas com venezianas.

— Escolha uma e vá em frente.

A trajetória deles mudou para a esquerda e Joana ficou rígida.

— O cachorro! — A voz abafada de Joana falseou. — O cachorro está vindo em nossa direção.

Phillip colocou a mão nas costas dela e a empurrou.

— Só pare se ele atacar. Os outros nos deixaram passar. Continue.

As pernas do cavalo que Phillip construiu se moviam de modo desajeitado e ele sentiu seus dedos se cravarem tão fundo na palma da mão que romperam a pele. O cachorro-dente-de-leão farejou ao redor deles e caminhou pela pedra. As flores de seu pelo se abriam e fechavam na visão periférica de Phillip. O cavalo virou a cabeça para trás.

Phillip não lhe dissera para fazer isso, mas o movimento fez com que o cachorro se afastasse com um latido de desagrado.

Sentiu Joana relaxar e deu um tapinha nas costas dela.

— Viu? Continue.

Em dado momento, o solo sob os pés deles se avermelhou e foi mudando até que eles passaram a trilhar um caminho de pedras em vez de grama. A brisa fresca e calma que sempre flutuava ao redor de Phillip quando ele usava magia desapareceu. O suor escorria pelo pescoço e as videiras em volta do braço murcharam. O restante das plantas começou a morrer e a secar, fazendo-os parar. Phillip tentou convocar sua magia novamente, mas nada aconteceu. As plantas que ele tecera em volta dos dois continuavam murchando. Olhou para baixo.

Os olhos do broche de gato tinham ficado escuros.

— Phillip? — chamou Joana, o pânico aumentando em sua voz.

— Joana — disse ele. — Prepare-se.

Estavam a uma curta distância das janelas fechadas. O rugido inconfundível de leão ecoou nos ouvidos de Phillip.

O medo o agarrou pelo pescoço.

— Vamos!

Correram para fora das plantas mortas. As patas do leão martelavam o solo, fazendo a terra tremer enquanto os dois fugiam. Joana chegou primeiro à torre e saltou para as venezianas. Ela as escancarou, fazendo-as bater nas pedras, e subiu para atravessar a abertura. Phillip arriscou olhar para trás.

O leão estava a poucos metros de distância e os outros animais estavam alguns passos atrás dele.

Phillip se esforçou para alcançar a abertura da janela. Joana estava ali, equilibrada no parapeito, estendendo as mãos na direção dele, que as agarrou. Ela o ajudou a subir. As garras do leão rasgaram a barra das pernas de sua calça. Phillip se jogou através da janela com Joana.

O leão, apesar do tamanho e da força, não saltou pela janela atrás deles. Um falcão de urze arranhou a janela como se vidro cobrisse a abertura. Phillip pressionou a face no chão de pedra fria.

— Não sei o que aconteceu — disse. — Minha magia parou de funcionar.

Joana chutou o pé dele.

— Em péssima hora.

— Entramos. O que mais você quer de mim? — Ele se levantou e meneou a cabeça.

O salão de entrada da torre estava repleto de todo tipo de coisa interessante — armaduras com inscrições rúnicas, tapeçarias de dragões e campos de batalha, livros encadernados em materiais diversos, desde grandes folhas de carvalho até o que parecia ser escamas de uma serpente. Um móvel baixo ao lado da porta da frente continha três pares de sapatos e havia um lugar vazio para colocar um quarto. No centro do salão, uma escada circular conduzia tanto ao andar superior quanto ao andar de baixo. Phillip acenou com a cabeça para os lances que desciam.

— Vamos começar por baixo.

Phillip esperava algum tipo de armadilha, mas nada os deteve enquanto desciam os degraus. As paredes de pedra estavam frias e secas. Phillip mexeu no broche em seu colarinho, batendo nos olhos escuros, e Joana tocou em seu braço.

— Barnaby deve ter criado uma forma de impedir o uso de magia na casa. Éris não conseguia entrar aqui, então ela não tinha como saber.

— Está bem. Só estou preocupado com o que devemos fazer se precisarmos dela. — Phillip deixou as mãos penderem. — Vamos ver o que há aqui.

No fim da escada, rodeada pela luz bruxuleante de três velas, havia uma grande porta de pedra recoberta com pequenos azulejos. Cada um fora pintado com uma letra do alfabeto. Estavam horrivelmente misturados e dava para notar que eram móveis. No topo da porta havia uma inscrição.

— "Transcendo com os pés na terra. Minha alma é delével e inde-lével em igual medida, embora minha medida nem sempre seja igual. Meu corpo pode virar pó, mas nunca estarei realmente morta, pois sem-pre viverei nos lábios e na ponta dos dedos" — leu Joana e olhou para Phillip. — É um enigma.

— Não diga.

Ela deu um tapa no braço dele.

— Qual é a resposta? — perguntou ele.

Enigmas não eram o forte de Phillip, embora fossem populares na corte. Não que ele não gostasse de enigmas; é que não gostava de não saber a resposta desde o início. Surpresas eram piores ainda.

Joana encolheu os ombros e disse:

— Não tenho certeza. Espere um pouco.

Leram outra vez cada um.

— Deve ter algo a ver com medida, embora eu não tenha ideia do quê — sugeriu Phillip. Aquele tipo de coisa era a cara de Rosa, e ele gostaria de poder perguntar a ela. — Mas o que é delével e indelével? É impossível.

— "... viverei nos lábios..." Ah! — Joana soltou um suspiro ofegante e levou a mão ao coração. — Que lindo.

— O quê? — O que quer que Joana tivesse descoberto, ele não compreendia.

— Seu corpo pode virar pó, mas ela viverá como palavras. Sua métrica nem sempre é igual. Seus versos não serão esquecidos, permanecerão na terra enquanto ela transcende. — Joana sorriu para ele como se essa fosse a resposta. — É poeta. A resposta é poeta.

Phillip gemeu. Claro, a esposa da Velha Barnaby, Zohra.

— Isso é bastante romântico.

Phillip estendeu a mão e colocou as letras necessárias no lugar, e a porta se abriu com um rangido estridente. Phillip deu um passo para trás e sorriu. Rosa teria adorado aquela resposta.

Luzes ganharam vida na sala assim que a porta foi totalmente aberta e Phillip pestanejou. O cofre não era um cofre, e não havia nada na pequena sala, exceto uma estátua de elevada estatura segurando no alto uma espada longa de dois gumes. A espada brilhava, imaculada e intocada pela fina camada de poeira que cobria todo o restante da sala, e as velas iluminavam a lâmina em padrões estranhos e retorcidos. O ar estava carregado de eletricidade com a força de um raio e deixava para trás o sabor das tempestades. Phillip deu um passo hesitante em direção à estátua.

Nada aconteceu.

Continuou em frente e olhou para as mãos da estátua. Elas estavam apertadas em torno da arma como se tivessem sido esculpidas em volta dela, prendendo-a no lugar. Joana caminhava atrás dele.

— Sem quebra-cabeça. Nenhum feitiço. O que fazemos? — Ela bateu no queixo com um dedo. — Talvez haja outro enigma.

Não havia. Não havia indicação de como retirar a espada, o que deixou Joana sem palavras. Phillip tentou soltar a espada das mãos da estátua, apesar de saber que era impossível, e Joana bateu no chão e nas paredes em busca de painéis ou portas secretas. Phillip até recuou para o enigma na porta e reorganizou as letras em palavras relevantes — "espada", "verdade", "abra", "por favor", "solte" — para ver se funcionava. Nada deu certo, e a espada permaneceu firmemente presa.

— É a Espada da Verdade — disse Joana. — Por que achamos que seria fácil?

— Isso não é verdade. Achei que seria... — Phillip olhou para a estátua, perdendo a linha de pensamento. — Verdade.

Verdade: um dos ideais mais importantes, e os dois estavam zombando disso ao tentar roubar a espada.

O príncipe parou diante da estátua e encarou seu rosto inescrutável.

— Olá. — Acenou para ela. — Isso é estranho, eu sei, mas eu poderia, por favor, ficar com a Espada da Verdade? Preciso dela para derrotar Malévola.

A arma fora feita para derrotar fadas, embora fadas diferentes, de tempos longínquos, e era a Espada da Verdade. Certamente apreciava a sinceridade.

Um terrível e estridente ruído ecoou pela sala. A poeira subiu ao redor da estátua enquanto seus dedos se soltavam e os braços abaixavam.

Phillip cobriu o nariz e deu um passo para trás. A estátua lhe estendeu a espada com as duas mãos abertas.

— Eu não sabia que isso iria acontecer. — Phillip pegou a arma, quase ofegante com o equilíbrio e o peso perfeitos dela. — Obrigado?

Devagar, a estátua mudou para uma posição relaxada, pendendo os grossos braços de pedra ao lado do corpo, e, depois que a poeira baixou, parecia não haver se movido em momento algum. Phillip olhou para a espada.

Tinha dado certo! Tinha resolvido o problema! Phillip, sem usar seu treinamento como cavaleiro ou príncipe ou mesmo em magia, conseguira mesmo a Espada da Verdade. Sentiu uma alegria com toques de triunfo, leve e vibrante. Sentia como se fosse flutuar, mesmo com a espada pesada na mão.

— Você não é muito conveniente, sabia? Sem bainha. — Ele agarrou a espada com força em uma das mãos e se virou para a porta. — Muito bela, entretanto, então vou perdoá-la.

Ouviu um toque tão baixo e silencioso que ele não teria escutado se não tivesse passado tanto tempo próximo de magia nos dias anteriores. O toque fez seus dentes vibrarem e ecoou em seus ouvidos. A espada, ao que parecia, não gostava de ser chamada de inconveniente.

— Não acredito que funcionou — disse Joana, rindo. — Suponho que os ladrões normalmente não peçam permissão.

— E somos ladrões excepcionais. — Phillip deu uma cotovelada nela. — Vamos. Temos que sair daqui.

Subiram a escada, mas, quando chegaram ao topo, Joana congelou. Phillip, alguns passos atrás, espiou ao redor dela.

Uma mulher mais velha estava parada diante da porta que dava para os jardins, com os braços cruzados. Era uns quarenta centímetros mais baixa que Phillip, coroada por uma nuvem de cachos pretos brilhantes mosqueado de branco, e balançava a cabeça como se os dois fossem crianças levadas. Seu rosto pareceu familiar no fundo da mente de Phillip, evocando a lembrança daquela mulher dançando com outra, cujo rosto estava obscurecido por um chapéu azul de abas largas e salpicado de estrelas. A esposa de Barnaby, Zohra, olhou para ele com desprezo e disse:

— Trate de descer até lá agora mesmo e devolva isso, se sabe o que é bom para você.

Era uma declaração ousada para uma poeta, duplamente ousada para alguém em desvantagem numérica em relação aos oponentes, sem falar na idade. Zohra parecia bastante severa, mas tinha manchas de tinta preta nos dedos e nenhuma arma para apoiar a ameaça. Phillip tinha quase certeza de que o prendedor de cabelo dela não era um alfinete de verdade, mas uma delicada pena de vidro.

— Nunca soube o que é "bom para mim" — retrucou Phillip, ajustando a pressão de sua mão sobre a Espada da Verdade.

— Não vou lutar contra uma pessoa idosa — sibilou Joana.

— Lutar contra ela? É claro que não vamos lutar contra ela. Nós a mataríamos! — Para Zohra, ele disse: — Seria melhor para todos nós se você nos deixasse passar por aquela porta.

— De jeito nenhum — asseverou a velha. — Vou contar até três.

— Por favor, não faça…

— Um.

Joana gemeu.

— Dois.

— Tudo bem — disse Phillip para Joana. — Meu plano é: vamos passar correndo por ela.

— Três.

Zohra deu um tapa na parede da torre e o tijolo sob a mão dela afundou na parede com um clarão de magia. Um estalo alto sacudiu a torre e uma das armaduras em exibição desceu do pedestal. Metal rangendo contra metal, o som repercutiu nos dentes de Phillip. Joana deu um passo vacilante para trás. Ele a cutucou de lado.

Outra armadura saltou de seu pedestal e arrancou um velho machado da parede. Phillip não conseguia ver nenhum modo de contorná-las.

É claro que a maga que escreveu um enigma mágico em homenagem à amada esposa não a deixaria indefesa.

— Suba a escada — disse ele, e empurrou Joana na direção dela. — Rápido!

Os dois saíram correndo. Phillip olhou para trás apenas uma vez, avistando a maior armadura carregando Zohra para o que ele acreditava ser uma sala segura. Ao seu redor, armaduras saíam das plataformas nas alcovas das escadas e sacudiam a poeira das juntas. Moviam-se com passos vazios, magia preenchendo suas formas ocas, e algumas sacaram espadas das bainhas. Phillip chegou primeiro ao patamar seguinte, com Joana logo atrás. Uma pequena armadura acolchoada atacou Phillip.

Ele se abaixou, tropeçando na parede. Joana passou por ele e agarrou sua camisa. Ela o puxou escada acima.

— Sempre tive pavor de poetas — murmurou ele. — Mas acho que tenho uma ideia.

Atrás deles, uma armadura de escamas galgava os degraus de dois em dois, e quatro armaduras de placas ressoavam na retaguarda. Uma carregava um machado e outra arrancara uma lança monstruosa da parede. Phillip investiu contra a armadura de escamas usando o ombro para empurrá-la. Ela oscilou, pesada, sem uma pessoa em seu interior. Caiu, desabando contra a armadura com lança atrás dela. Ambas se chocaram contra as outras três.

— Viu? — gritou Phillip. — Improvise!

Joana engoliu em seco enquanto corriam.

— Odeio você!

As escadas se abriam em cada curva, revelando aposentos, laboratórios e bibliotecas. Foram subindo andar após andar e, em cada um deles, mais objetos se juntaram à perseguição. Uma raposa empalhada mordeu os calcanhares de Phillip, e uma chaleira com um abafador tricotado em tons de laranja, branco e rosa cuspiu chá de cevada morno em Joana. Phillip chutou a raposa empalhada para longe e, no patamar seguinte, um manto forrado de arminho tomou o lugar dela. O príncipe se desvencilhou das mangas do manto.

— Quantos andares são? — perguntou Joana.

— Apenas continue subindo! — Ele saltou sobre um tapete de pele de urso e prosseguiu para além do décimo patamar. — Encontre um andar sem nada!

Joana gemeu. Os perseguidores formavam uma cacofonia atrás deles, aumentando em número e ganhando terreno a cada passo. Phillip ofegava, com o peito apertado, quando se aproximaram do topo. O andar mais alto era uma pequena sala circular com teto de vidro brilhando com magia, dois telescópios e almofadas no chão. A porta que bloqueava a entrada da escada era de madeira frágil, mas Joana a fechou mesmo assim. Prendeu o longo grampo que tentava esfaqueá-la na fresta entre a porta e a parede para mantê-la trancada. O grampo lutou, mas segurou.

— Você nos deve um resgate, Éris — disse Phillip, batendo os dedos no broche de gato de olhos escuros.

Joana cutucou um dos telescópios com a ponta do pé.

— Teremos que descer pela lateral da torre.

— Eles podem nos atacar de cima. Estaremos vulneráveis agarrados à parede.

A porta atrás deles tremeu, a madeira estilhaçando. Phillip se deslocou para o lado oposto da sala. Havia uma pequena varanda com vista para o penhasco e, muito, muito, muito abaixo deles, o mar batia contra as rochas. Esfregou os olhos com a camisa. O broche de gato brilhava na visão periférica.

— O que há de errado com você? — questionou para o broche.

Atrás de si, na torre, a porta tremeu com tanta força que ele estremeceu. Correu de volta para dentro, com a intenção de buscar Joana, e os olhos do broche tremeluziram.

Deu um passo para a varanda. Os olhos do broche brilharam.

— Vinhas — murmurou, e estendeu a mão. Alguns andares abaixo, uma trepadeira se desenrolou de seu lugar, subiu pela torre e se estendeu na direção dele. Mais vinhas começaram a se mover em torno da primeira.

— Ótimo. Uma rede funciona.

O plano em sua cabeça era incompleto e mortal, cujo único conforto era que, se falhasse, ele não teria que viver sabendo que matara os dois.

— Joana, venha aqui — gritou.

Uma manopla atravessou a porta e Joana se desvencilhou dela, apoiando-se nele. Uma armadura completa pintada com o vermelho e o branco de uma casa nobre havia muito desaparecida ergueu o machado para trás e desferiu um golpe, quase partindo a porta em duas. Uma dúzia de outros objetos encantados mergulharam na abertura, alguns se contorcendo. Joana rebateu um coelhinho de pano com a parte plana da espada.

— Tive uma ideia — disse Phillip —, mas você precisa confiar em mim.

A armadura jogou o machado de lado e agarrou os dois lados da porta quebrada, separando-os. Os dedos das manoplas se flexionaram, a magia aparecendo entre eles como pontos de costura.

— Eu confio em você. Eu confio em você. O que estamos prestes a fazer?

— Vamos pular.

— Esqueça. — Joana chutou uma cadeira para longe deles. — Eles devem cair se forem decapitados, certo?

— Não, eles não vão.

A torre tremia à medida que a armadura dava cada passo, com mais seis armaduras atrás dela. Todas carregavam armas tão afiadas quanto no dia em que foram forjadas. Phillip olhou para o broche — ainda amarelo tremeluzente. Arrastou Joana até a beirada da varanda e passou um braço em volta da cintura dela. Com a outra mão, agarrou a Espada da Verdade.

Esperava que Rosa não estivesse ouvindo aquilo.

Joana assentiu.

— Vá em frente.

Phillip os jogou de costas por cima do parapeito da sacada. Joana gritou, os dedos cravados no braço dele. O príncipe segurou com mais força, o vento passando velozmente por ele, e imaginou as plantas do jardim crescendo ao longo do penhasco e se entrelaçando no ar como uma teia. O poder da magia se adensou ao redor deles, frio e cortante. Phillip se contorceu para olhar.

As vinhas cobriam o vazio abaixo, mas através dos buracos dava para ver as ondas do mar erodindo o penhasco e deixando para trás pedras pontiagudas que pareciam dentes através da neblina. Precisava de mais vinhas e de mais *tempo*. Estavam caindo rápido demais. Ele fechou os olhos com força e segurou a espada o mais longe de Joana que conseguiu. O frio da magia roubou seu fôlego.

E tudo ficou escuro.

11
Você na linda visão

— ERA UMA vez um garoto chamado Phillip, que mergulhou e se esqueceu de dar um salto-mortal para trás. Ele aterrissou em uma rede de cipó... Bem, o que rima com "cipó" que não usamos? Ah! "Bocó." Ele aterrissou em uma rede de cipó que nem um bocó e ninguém mais ouviu falar dele desde então.

A voz cadenciada de Rosa martelou a cabeça dolorida de Phillip. Ele gemeu, a consciência e a dor invadindo. Até os sons abafados do labirinto de espinhos — o ranger das vinhas e o farfalhar das folhas — faziam seus ouvidos latejarem. Phillip tentou se virar e desistiu.

— Eu caí mesmo na rede de cipó? — perguntou, as palavras arranhando sua garganta. — Está parecendo que errei o alvo.

Ela respirou fundo.

— Ah, que pena. Achei que você poderia estar morto.

Tentar determinar quão sarcástica ela estava sendo fez a cabeça de Phillip girar.

— A morte não pode doer tanto assim — disse ele, forçando-se a abrir os olhos.

As sebes que se elevavam de cada lado dele haviam mudado, as vinhas transformando as folhas em pó, como se o bosque e os espinhos estivessem em guerra. Ele levantou a cabeça e encostou o queixo no peito. Tinha dado certo, então talvez não estivesse morto. Levantou as pernas e moveu o torso para a frente outra vez. Devagar, sentou-se e apoiou os cotovelos nas pernas. Estava com as mãos tão machucadas que parecia que ele estava usando luvas.

— Por que meus ferimentos foram transferidos para o sonho?

Geralmente, os sonhos eram um alívio das dores físicas do dia — afinal, Rosa até então não descobrira como dar um soco nele —, mas as regras haviam mudado. Ele flexionou os dedos e sibilou. Do outro lado do labirinto, Rosa fez um som como se estivesse prestes a falar.

— Quanto você ouviu? — indagou ele.

Phillip não conseguia se lembrar do que acontecera depois da queda, e tentar se lembrar de qualquer coisa só trouxe flashes de luz e dor à mente.

— O bastante — respondeu Rosa, e ele podia ouvi-la balançando para frente e para trás, as roupas roçando na grama. — Não posso acreditar que você roubou uma mulher tão legal. Ela lhe deu uma chance de ir embora! Não tenho certeza dos detalhes. Você e Joana ficaram calados durante o roubo, e os guardas que perseguiam vocês faziam um barulho horrível, mas ouvi suas fadas tutoras quando elas pegaram os dois. Você pulou de uma torre, Phillip! Como sobreviveu?

— Magia — disse Phillip. Ele congelou e quase engasgou. — Joana está bem? Ela está segura? Rosa, você...

Esperava que ela prolongasse ou provocasse mais, mas a garota se apressou em dizer:

— Ela está bem, eu acho. Aparentemente, a inconsciência não conta como dormir, porque ainda ouvi Joana falando uma coisa ou outra sobre o que aconteceu no mundo real antes de você se juntar a mim aqui.

Phillip suspirou.

— Obrigado.

— Eu não sou um monstro — zombou ela, bufando. — Não deixaria de lhe contar. Na verdade, gosto de Joana.

— Sim, e se ela lhe perguntasse algo, você responderia. Já eu? Não exatamente.

Rosa riu. Ele se levantou lentamente, satisfeito por ela não ter retrocedido às risadinhas que costumava usar com as tias. Talvez não fosse o único a fingir ser alguém que não era na vida real.

— Bem, podemos deixar para lá a dúvida sobre se algum dia voltaremos a sonhar com a vida um do outro, agora que o labirinto está aqui — observou ela.

Ele esticou os braços.

— Qual foi a primeira coisa que você ouviu?

— O enigma. Muito romântico, pelo que pareceu, assim como todas aquelas histórias com cavaleiros e missões. — Ela riu de novo e, embora fosse à custa dele, Phillip não se importou. *Era* engraçado, uma vez que sabia que ninguém morrera. — Pensei que você fosse uma espécie de cavaleiro. Roubar não vai contra os princípios de um cavaleiro?

— Sou uma espécie de cavaleiro, com certeza. Sabe aquele treinamento que mencionei e a magia? Essa maga roubou uma espada do rei há muito tempo e precisei recuperá-la.

Ela concordou.

— Ah, agora o enigma e os guardas fazem mais sentido.

— Eles nem eram guardas. Eram armaduras mágicas com armas piores do que qualquer coisa que eu consiga usar. O que você sabe sobre cavaleiros? — Phillip perguntou sabendo muito bem que ela passara um ano inteiro aprendendo sobre hierarquia e todos os detalhes relevantes necessários para a etiqueta da corte.

— Tendo conhecido você? Pouco.

Com isso, Phillip se forçou a percorrer o caminho à frente. O labirinto estava inescrutável como sempre, com sebes repletas de folhas e trepadeiras retorcidas cobertas de espinhos. A profunda marca na terra que fizera com o dedo do pé e deixara como marcador durante o último sonho ainda estava lá, mas, como permanecia ao lado de Rosa, não tinha certeza se algum dos dois estava fazendo algum progresso. Ele não estava com vontade de participar da competição naquela noite, no entanto.

— Era uma vez um garoto chamado Phillip... — recomeçou Rosa.

Phillip gemeu.

— Por favor, pare. Não acredito que você seja tão ruim em rimas — resmungou alto o suficiente para que ela ouvisse. — Você é pior do que Joana.

Não foi um grande insulto, porque Joana era muito boa, mesmo que não o deixasse ver seu trabalho mais recente durante todo aquele ano.

Ela fungou e seguiu seu caminho.

— Meus primeiros cinco poemas foram melhores, mas você não estava aqui porque... Ah, o que era mesmo que você estava fazendo? Roubando? Não, *improvisando*! — Ela bateu palmas duas vezes e ele revirou os olhos. — Não acredito que você pensou que pular de uma torre era o melhor plano de fuga.

— Você esqueceu que era a torre de uma maga?

— Como assim?

Phillip praticamente ouvia o coração dela parando com a ideia de estar errada. E o pior: sendo ele a apontar o erro.

— A torre estava enfeitiçada, um fato que até as fadas não perceberam, e minha magia falhou quando estávamos quase na porta. — Ele assobiou, fingindo pensar no acontecimento. — Deu para fazer uma brincadeira divertida com um cavalo e um leão.

— Você viu um leão? — Ela fungou, e sua pergunta tinha um tom totalmente desconhecido. — Um leão de verdade?

— Ah, não. O que vi era feito de flores.

Rosa inspirou fundo. Ruidosamente. Ele conseguia imaginar o olhar curioso dela do outro lado do labirinto, e isso o fez querer continuar. O interesse dela parecia genuíno, e Phillip não sabia por que aquilo o agradava tanto.

— Vou contar tudo mais tarde e descrever com todos os detalhes que você quiser, mas preciso mesmo estar no mundo desperto agora.

— Espere! — Rosa soltou um pequeno som como se tivesse chegado perto demais da parede. — Encontrei um livro sobre o qual preciso conversar com você.

Phillip suspirou.

— Um livro?

— É. De um mago. *Despertando o sonho interior.* Já ouviu falar?

— Você sabe que não. — Ele estava exausto, com dor e sem disposição para as perguntas incisivas dela. — E daí?

— Fala sobre sonhos mágicos! A maior parte é bobagem, mas há um capítulo sobre como a magia às vezes proporciona sonhos como fuga para fadas e outros indivíduos mágicos. É a primeira vez que encontro algo sobre sonhos em um livro!

— O livro menciona se dormir aqui me acordaria no mundo real?

— Talvez — disse Rosa, alheia ao aborrecimento dele. — Posso verificar, mas espero que isso me aponte na direção de outro livro com mais informações. Você começou a ter sonhos antes de mim. Lembra se teve sonhos normais?

— Não, mas ouvi dizer que é muito mais fácil acordar deles — respondeu Phillip, suspirando.

— É tão curioso o jeito como esse mago fala sobre magia. Existem alguns magos mencionados nos livros de história, mas nenhum deles é escrito do ponto de vista do mago. Espera-se que eles sejam todo-poderosos e inteligentes. Quer dizer, um mago precisa memorizar tantos feitiços… — A voz de Rosa ficou mais baixa, mas ainda dava para ouvi-la. — Este fala sobre magia como se ela pensasse e tomasse decisões e…

Phillip apertou a ponte do nariz, uma dor de cabeça se formando logo atrás de seus olhos.

— … nunca estudei magia antes, mas deve ser excepcionalmente difícil. Estou surpresa que você esteja se dedicando. Como foi quando você descobriu?

Phillip mal conseguia pensar além do latejar na cabeça.

— Rosa, me desculpe, mas preciso acordar. Não consigo lidar com isso agora.

Ele a ouviu soltar o ar bruscamente.

— Achei que você estaria pelo menos interessado em descobrir por que durante toda a nossa vida sonhamos um com o outro em uma floresta estranha — disse ela, com um tom de irritação surgindo na voz. — Sei que o que você está fazendo é importante, mas…

— Sou eu, então quão importante isso poderia ser? — retrucou, interrompendo-a. — Sei o que você pensa de mim, mas não estou vagando por alguma floresta fazendo o que quero. Se eu não aprender magia… Não, não apenas aprender: se não *dominar* a magia, pessoas morrerão.

Ela saiu batendo os pés como uma criança que não conseguiu o que queria.

— Eu não estava dizendo que não era importante. Só estou tentando descobrir por que sonhamos um com o outro e por que estamos neste labirinto.

— E depois? Por mais otimistas que estivéssemos, sejamos honestos: não há prêmio para nós no fim disso. Não ganhamos nada por descobrir por que sonhamos um com o outro.

— Eu só estava fazendo perguntas!

A sebe respondeu por ela, os espinhos ficando mais longos e grossos. Eles toldaram o pouco céu visível.

— Ah, por favor! — Ele pressionou o nó do dedo contra o olho para tentar aliviar a dor de cabeça. — Como se suas perguntas fossem inocentes. Você acha que não posso fazer nada.

— Porque você nunca faz! — Ela bufou, andou de um lado para o outro e bateu em uma videira com tanta força que a sebe tremeu. — Você prefere que eu fique quieta? Prefere, não é?

— Você poderia ficar quieta e ainda assim sua presença me sufocaria.

O tom dela saiu mais agudo do que os espinhos entre eles:

— Só você para pensar que o interesse das pessoas em sua vida é como pressionar um travesseiro no rosto. Falou praticamente a mesma coisa para seu pai depois do torneio, antes de jogar sua vida fora. Tem tanto medo de amar as pessoas e decepcioná-las como fez com seu pai que nem mesmo ama a si mesmo, não importa quão egocêntrico você finja ser. É covardia.

A fúria ardeu em Phillip, quente e dolorosa, mais intensa que qualquer outra emoção que já sentira. Ele cobriu um grito com a mão.

— Não sou uma de suas histórias. Sou uma pessoa — disse tão baixinho que não tinha certeza se ela conseguira ouvir. Sentia-se pequeno, como um inseto preso em uma caixa escura. Sua raiva era tão sossegada que o enervava. Não era fogo, mas fumaça. — E daí se eu desistir? E daí se eu não tentar viver de acordo com seus padrões ingênuos e impossíveis? Não importa o que tenha acontecido comigo, nunca seria bom o suficiente para meu pai, e não vou ser criticado por uma garota que fica tagarelando sobre sonhos enquanto coisas importantes estão acontecendo.

As últimas palavras foram as únicas que ele berrou, com um esgar.

— É claro que estou falando sobre sonhos — gritou Rosa de volta. — Eles são a única coisa interessante que já aconteceu comigo!

Phillip hesitou, a cabeça em fúria mal compreendendo o que ela dissera. Aquilo não devia ser verdade. Ela contava histórias e mais histórias aos animais sobre viagens e aventuras e tivera dezenas de tutores enquanto crescia.

— Você não tem ideia de como é — continuou ela. — Estes sonhos são tudo que tenho.

A vida idílica dela sendo comparada à dele, o fato de ela descartar as preocupações de Phillip em favor do sonho e o pânico após a fuga da torre de Barnaby pesaram no peito dele. Phillip se virou e saiu correndo pelo caminho que levava para longe da sebe que eles compartilhavam.

— Desculpe.

E qualquer resposta que ela gritou se perdeu nos estalos das vinhas espinhosas.

Phillip acordou assustado. Ele não se lembrava de ter adormecido no labirinto dos sonhos ou de ter sido arrastado por uma videira. Estava correndo pelos caminhos, rosnando em becos sem saída e evitando Rosa. Com base no som das explosões igualmente raivosas da garota, não importava o caminho que tomassem, os dois permaneciam próximos um do outro, separados por apenas uma parede. Ele odiava aquela situação.

Odiava cada parte daquilo — o labirinto, as palavras dela, a irritação desmedida dele.

— Pronto, pronto — murmurou Éris, dando tapinhas em seu ombro. — Você está seguro. Você está bem. Joana também está bem.

— O quê? — Ele olhou para a fada antes de lembrar que sua briga com Rosa era um sonho de que ela não tinha conhecimento. — Ah, certo. Desculpe. Tive um pesadelo.

— Quem não teria depois de uma queda como aquela?

Phillip estava envolto no que parecia ser o conjunto completo de cobertas que ele e Joana possuíam. A aba da barraca estava aberta e um céu noturno claro brilhava para ele. Éris estava sentada em um de seus banquinhos de folha ao lado dele, com um pano úmido nas mãos, e não havia sinal do saco de dormir de Joana. Éris o viu procurando por ele e gesticulou para fora. O acampamento parecia o mesmo, mas estavam em um local diferente. Um vento boreal o fustigava mesmo através das cobertas.

— Nós nos mudamos enquanto você descansava a fim de não sermos encontrados e decidimos que ir para o norte, mais perto do escudo, era o melhor plano — explicou ela. — Phrike está com Joana enquanto

Poena garante que Barnaby e Zohra não venham atrás de nós. Como você está se sentindo?

— Como se eu tivesse pulado de uma torre alta e fosse aparado por um monte de plantas. — Phillip gemeu e se sentou. — Como estou?

— Pior do que você se sente, espero. Phrike curou a maioria dos ferimentos, embora leve algum tempo para que a dor diminua. — Ela lentamente o ajudou a se sentar de forma adequada, pressionou a boca de um odre contra seus lábios e o ajudou a beber até se fartar. — O que deu em você para fazer aquilo?

— Eu não sabia de que outra forma poderia nos tirar de lá com a espada e não ia deixar todos aqueles objetos encantados matarem Joana. — Phillip ainda conservava toda a amplitude de movimento dos braços, mas os músculos pareciam muito tensos. Flexionou os dedos e percebeu que pequenos desenhos delicados que combinavam com a empunhadura da Espada da Verdade estavam gravados em sua mão, como se fossem pintados em azul da meia-noite e vermelho carmesim. — Minha magia parou de funcionar quando chegamos perto da torre. Só percebi que talvez pudesse usá-la novamente naquela varanda por causa do broche.

— E você confiou na sua magia para apará-los — disse Éris, olhando para ele com grandes olhos azuis. — Beba isto. — Ela lhe entregou uma pequena garrafa que cheirava a mel e tinha gosto das piores e mais amargas flores, mas ele engoliu o conteúdo. — Esse é um nível de fé na magia que eu não esperava que alcançasse tão rapidamente. Ou nunca.

A fúria remanescente de Phillip contra Rosa aguçou seu tom.

— Foi você quem me disse para ter fé. Falou que magia era uma questão de crença e que eu estava indo bem.

— Pare de presumir que estou criticando você — repreendeu Éris enquanto verificava as bandagens em suas mãos. — E se o broche estivesse errado?

A culpa o arrepiou, quente e vergonhosa. Presumira que ela simplesmente duvidava de suas táticas, não que estivesse preocupada consigo e com Joana.

Phillip balançou a cabeça em negação.

— Foi graças a você.

Éris parou. Ela respirou fundo e, com delicadeza, pegou a mão machucada dele.

— Obrigada por confiar tão profundamente em mim, mas, por favor, cuide melhor de si mesmo. Odeio dizer isso, mas gostei de ensiná-lo e sua morte seria um golpe.

— Você é a única pessoa que já disse isso e sei que está falando sério. Todo mundo me quer são e salvo pelo bem da Princesa Aurora, não pelo meu. Sei que está me treinando para que eu seja capaz de derrotar Malévola, mas não fez tudo só por causa dela.

— Bem, deixe-me moderar as coisas implorando para que você não morra até aprender magia da ilusão e recuperar o escudo — disse Éris com uma risada suave. — Duvido que a princesa queira ficar viúva tão rapidamente.

— Eu não saberia dizer — ironizou Phillip, o que soou amargo até para si mesmo. — Estou cansado de odiá-la o tempo todo. Você e as outras apareceram com sua magia e seus planos e, pela primeira vez, não sinto como se estivesse me afogando ou sendo puxado por uma linha de pesca.

Éris se aproximou e ergueu o queixo do príncipe para que não evitasse os olhos dela.

— Phillip, você não pode viver sua vida odiando as coisas simplesmente porque os outros acham que você deveria fazê-las. Maldições e dons acontecem, queiramos ou não. A maldição virá, mas você está no controle de suas reações e das nuances de sua vida. Recusar tudo o que lhe foi oferecido é como cortar fora o seu nariz porque alguém de quem você não gosta disse que era bonito.

Ela sacudiu o nariz dele e Phillip bufou, afastando-se. O comentário pareceu muito com as reprimendas de seu pai.

— Isso faz eu me sentir como uma peça de xadrez.

Phillip esfregou o rosto. Não queria ser controlado de forma alguma, embora o que ela descrevera não fosse realmente controle. Era como traçar um rumo através de uma floresta. Dependia dele o modo como chegaria ao outro lado, mas chegaria lá. Não dava para voltar atrás.

— Somos todos peças de um tabuleiro. Alguns de nós têm mais consciência disso do que outros e sabemos como desempenhar nosso papel — afirmou ela. — A educação, o título de cavaleiro e o noivado que você recebeu foram todos decididos por outra pessoa. Não precisa ser assim. Pode aprender a desempenhar o papel que quiser.

— O papel que eu quiser? — O pavor profundo e doloroso diminuiu um pouco. — Como me casar com outra pessoa?

— O quê? — Éris se assustou. — Como assim? Você conheceu alguém?

Ele hesitou. O vislumbre de cabelos dourados através do labirinto e a imagem de olhos violeta passaram por sua cabeça, e ele estremeceu ao lembrar das últimas palavras furiosas de Rosa.

— Não — respondeu um pouco rápido demais. — Mas isso não significa que eu não queira amar e ser amado.

Éris soltou um som suave e ofegante.

— Você tem ciência de seu noivado desde que era criança. Sempre soube que não se casaria por amor, então, por que deveria amar outra pessoa, que dirá a si mesmo?

Aquilo parecia muito com o que Rosa dissera. *Gritara.*

Ele era tão transparente assim?

— Não amo o Phillip que eu deveria ser nem gosto da pessoa que essas expectativas criaram.

Ele odiou a discussão com Rosa. Não deveria tê-la atacado sendo que sabia que não era culpa dela. As frustrações e as preocupações dele com o mundo desperto não eram desculpa para gritar com ela e precisava compensá-la por aquilo. Ela só estava tentando ajudar.

Ainda estava zangado, triste e desesperado por outra coisa e não queria ser o tipo de pessoa que não chegava a lugar algum e que gritava com garotas em labirintos que podiam ter sido irritantes, mas não tinham culpa.

E, além de tudo isso, não conseguia deixar de pensar em como ele e Rosa eram parecidos. Os dois foram vítimas de circunstâncias fora de seu controle. Talvez teria gostado de Rosa se tivessem se conhecido na vida real. Não queria ficar com raiva tão depressa, e isso dependia dele.

— Fiz besteira — murmurou para si mesmo.

As sobrancelhas de Éris franziram.

— Com o quê?

— É segredo — respondeu Phillip, desviando o olhar. Ele não queria os conselhos do pai desde criança, mas queria o de Éris. Ela saberia o que fazer, ou pelo menos seria franca. — Há um tempo, conheci uma pessoa.

As sobrancelhas de Éris formaram uma única linha fina.

— Não dessa forma — explicou, corando. — Nós nem somos amigos. Em geral, desabafamos um com o outro e tentamos superar o outro em tudo o que estamos fazendo, mas brigamos da última vez que conversamos.

— Ah. — Ela pestanejou rapidamente de surpresa e encostou-se em uma árvore. — E você não ama essa misteriosa não amiga?

Ele bufou.

— Eu mal gosto dela, e ela definitivamente não gosta de mim.

— Você reclama um pouco demais. Você gosta dela o suficiente para que essa briga esteja incomodando você? Quantos amigos você tem?

— Poucos?

Joana e Rosa eram as únicas integrantes da lista.

— Quantos gritaram com você?

— Duas.

— Ser um príncipe é um tipo estranho de isolamento, mas ainda assim é um isolamento, porque você vive em um nível que muitos não vivem — disse Éris. — Você não mataria Joana por contradizê-lo, mas não pode ignorar que está nessa posição. Imagino que as únicas pessoas que discutiram com você foram seu pai, Joana e essa garota.

— Por aí. — Phillip mudou de posição desconfortavelmente. — Meu pai desistiu disso há um tempo.

— Ele não tem ideia do que fazer com você, não é?

Seu pai nunca se esforçava para compreendê-lo e Phillip tinha uma terrível suspeita de que as tias de Rosa eram iguaizinhas.

— Ele sabe exatamente o que deseja fazer comigo. Você já brigou com seus pais?

— Ah, faz muito tempo, mas sim. Tentei tanto ser boa para eles. Fiz tudo o que pediram e sempre me preocupei se era boa o suficiente. Então, conheci minha mentora. — Éris suspirou e sorriu, a inclinação triste de sua boca fez o coração de Phillip doer. Ele queria um professor que lhe trouxesse memórias daquela maneira. — Eu a odiava no começo, mas eventualmente percebi que ela foi a única que nunca desistiu de mim. Entendia exatamente por que eu me sentia daquele jeito. Como eu estava sufocada. Sem esperança. Ela me ofereceu uma fuga e me pressionou com mais força do que jamais fui pressionada, e me tornei a melhor versão possível da Éris que sempre quis ser. Ela me ensinou o poder que eu realmente tinha. — A fada lhe ofereceu a mão, entregou outro tônico e bateu em seu queixo com um dedo. — Queixo erguido. Pare de se jogar para fora do tabuleiro e aprenda a jogar. Descubra quais regras você pode quebrar. Essa foi a melhor lição que minha professora me ensinou, e ela a ensinou direitinho: há sempre uma regra esperando para ser quebrada. Não posso lhe conceder uma varinha e fazer com que todos os seus problemas desapareçam, mas posso lhe ensinar como usar sua magia. Como se tornar o Phillip que você deseja ser. Como encontrar o amor que você deseja. Não vou fazer você se preocupar até a morte tentando ser bom o suficiente para mim.

Phillip escondeu o sorriso com uma inclinação de cabeça. Nunca tivera permissão para cometer erros, discutir ou questionar, mas a permissão de Éris parecia o reconhecimento que sempre quis de seu pai. Ela não o estava dispensando.

Ela *entendia*.

— Depois que tudo isso tiver terminado, o que você fará? — perguntou para Éris.

A pergunta a assustou e fez sua respiração ficar presa na garganta.

— Ah, bem, há tantas coisas em movimento que não cheguei a considerar.

— Sou péssimo no xadrez e precisarei de ajuda para aprender a desempenhar meu novo papel. É provável que eu vá precisar de mais treinamento em magia — disse ele lentamente, e então engoliu o tônico amargo de um só gole. — Isso seria o melhor para os humanos e as fadas.

Ela entenderia o que ele não era capaz de dizer: queria uma mentora como ela.

— Aos nossos papéis e aos movimentos que somos forçados a fazer. — Éris riu e o brindou com um monte de bandagens. — Agora que temos a espada, você estudará a magia da ilusão. Impressione-me e vou lhe ensinar tudo o que sei quando tudo isso acabar.

12

Coração a coração, espinho a espinho

NA MANHÃ seguinte, Phillip acordou muito depois do amanhecer. Sentia-se todo moído mesmo que externamente já não apresentasse sinais disso, graças à cura das fadas, e arrumou-se o mais devagar que pôde. A primeira lição de Phrike certamente não seria tão ruim quanto os ensinamentos de Poena, mas ele parou e deixou sua mente vagar mesmo assim. Precisava se desculpar com Rosa, ainda que não fosse resolver nada. Seria muito mais tranquilo sonhar se nem sempre incluísse uma briga com unhas e dentes. Ele teria muitos confrontos assim com Malévola em seu futuro próximo.

— O fato de eu ser um mago é o suficiente para deixá-la verde de inveja — murmurou Phillip consigo mesmo antes de ir encontrar Phrike. A promessa de Éris o encheu de uma expectativa que não sentia havia anos e ele mal podia esperar para treinar. — Ela está mais para roseira-brava do que flor, na verdade.

— Sobre o que está sussurrando? — perguntou Joana, vindo por trás dele e empurrando-o para fora da barraca. — Vá em frente, Vossa Magiaestade.

Phillip se espreguiçou uma última vez e se juntou a Phrike do lado de fora. Ela tinha muitos talentos e decidiu começar com alguns de seus outros antes de passar para as ilusões. Phrike o testou apenas uma vez antes de determinar que ele tinha pouca habilidade para curar e, ao contrário de Poena, nem precisou colocar fogo nele para tomar uma decisão. Tentou ensiná-lo a fazer desaparecer os hematomas, mas ele não foi capaz. Poena ficou de cara feia o tempo todo.

— A cura é um pouco mais difícil de dominar para a maioria — defendeu Phrike, rindo, e deu-lhe um tapinha na cabeça.

— Não acho que Poena goste de mim — murmurou Phillip para Phrike.

— Não se sinta tão mal, meu garoto. — A rouquidão na voz dela mascarava a ternura. — Ela não gosta da maioria. Você não é especial.

Phillip reprimiu seu impulso habitual de retorquir em favor de pensar em suas palavras seguintes. As peças do tabuleiro não falavam; elas esperavam para fazer um movimento.

— Ela sempre foi assim? Na outra vez que conheci fadas, elas eram bastante…

— Alegres? Inabaláveis? Tão felizes a ponto de você ficar preocupado por elas não estarem levando as coisas a sério? — Phrike deu uma risadinha. — Não saberia dizer. Transitamos em círculos diferentes. Estou aqui apenas por… bem, por mim mesma, suponho. E por você, claro. Éris nos convenceu a ajudá-lo a roubar a espada e o escudo. Ela e Poena nunca se deram bem. Éris é um pouco rebelde para ela. Imprevisível.

Phrike deu outra risadinha, não uma risada de verdade, mas a maior que ele já ouvira dela, e o enxotou para a clareira para começar a próxima aula.

Phillip pediu para aprender os familiares das sombras em seguida, o truque mais interessante de Phrike. Mas, ao contrário dela, Phillip não era adequado para sombras. Passou uma hora tentando separar a sombra do corpo enquanto todas observavam, e só conseguiu uma onda indiferente da sombra na grama. Provavelmente, era melhor assim; Sansão nunca permitiria que ele tivesse mais de um familiar.

— Não há tempo para ensinar ossos, músculos e coisas do gênero, mas há para emoções. São fáceis de influenciar sem saber tudo sobre corpos — disse Phrike, e estalou a língua. — Ah! Sono. Essa é boa. Aqui, lembre-se de como é isso.

A fada se colocou na ponta dos pés e bateu na têmpora dele, e o mundo ficou preto.

Phillip piscou para o céu. Ele estava deitado no chão.

— O que acabou de acontecer?

Não houve nenhum aviso, nenhuma sensação arrepiante de cansaço, nenhum tempo entre ela tocar seu rosto e ele acordar. Era como se ela tivesse entrado na cabeça dele e removido completamente o último minuto sem que ele percebesse.

— O que você notou? — perguntou Phrike.

— Nada. Absolutamente nada.

— Eu segurei você — disse Joana a um passo de distância. — De nada.

— Minha cavaleira de armadura brilhante. — Phillip piscou para ela e ignorou o revirar de olhos da escudeira.

— Crianças! — censurou Poena. — Prestem atenção. Isso tudo é para o seu bem.

Era para o bem de todos, mas Phillip mordeu a língua.

— Dormir é um truque útil — disse Phrike, fazendo sinal para que ele se sentasse. — A cura definitiva requer mais conhecimento do que seríamos capazes de ensinar, mesmo se você tivesse talento. Mas os períodos de sono demoram muito menos. Como está seu conhecimento anatômico?

— Não sou médico, mas posso manter meus humores* em equilíbrio. O que preciso para fazer as pessoas dormirem?

— Fazer dormir é bem simples. — Phrike levou as duas mãos à cabeça de Phillip. Ele teve que se abaixar para deixá-la fazer isso, e sua coluna estalou em protesto. — Você deve encostar na pessoa e depois recordar a sensação do sono, então preste atenção em como ela é. Decida um gesto também, meu garoto. Creio que dizer a alguém para dormir também servirá. Isso não vai doer nem um pouco…

Foi como morrer de frio. Phrike o colocou para dormir com pouco mais de um cutucão umas dez vezes antes de deixá-lo experimentar nela, e ele precisou de mais umas dez para deixá-la sonolenta. Não era um trabalho difícil ou exaustivo, mas não o compreender de imediato fez seu coração disparar e seus ombros ficarem tensos. Quando finalmente fez Phrike roncar, já era tarde da noite e Phillip não queria fazer nada além de dormir. Jantou tarde com Joana e arrastou-se para seu saco de dormir sem sequer um "boa noite". O sono natural o tomou rapidamente.

Phillip acordou no labirinto. Os espinhos e as trepadeiras tinham quase ultrapassado tudo o que restava da velha floresta, emaranhando-se tão firmemente nas sebes verdes que as folhas estavam murchando até adquirirem um tom castanho opaco. O estalo retorcido dos espinhos crescendo e rasgando os galhos da sebe cortava o silêncio a cada poucos segundos, e Phillip prestou atenção para ver se escutava gritos de Rosa. Merecia que ela gritasse um pouco com ele.

---

* Segundo a teoria do Humoralismo, adotada por médicos da Grécia Antiga, o organismo era preenchido por quatro humores, ou substâncias básicas, a saber: bílis negra, bílis amarela, fleuma e sangue. O equilíbrio dos humores indicava um organismo saudável. O excesso ou deficiência de um dos quatro resultava em doenças. (N. T.)

— *Já tivemos esta conversa mil vezes, Rosa.*

Phillip congelou, tentando ouvir de onde vinha a voz. Era uma das tias de Rosa; não fazia ideia de qual, mas, se estava ouvindo-a, isso significava…

— *E vou pedir mais mil vezes* — disse Rosa. — *Deixem-me ir à cidade. Ou com vocês ao mercado. Ou qualquer coisa! Não posso ficar aqui. Sempre fiz o que vocês disseram. Nunca saí da floresta. Nunca briguei com vocês por causa disso, mas estou brigando agora, porque não dá mais para ser desse jeito.*

Ela estava acordada e ele estava ouvindo sua vida real.

Antes do labirinto, quando ele estava sozinho na floresta, era como se Rosa e suas tias estivessem sempre atrás de uma árvore próxima. Suas vozes saíam fracas e distantes. Naquela noite, estavam ainda mais abafadas pelas vinhas retorcidas. Não vinham de nenhum lugar específico. Era como se estivessem simplesmente na esquina seguinte do labirinto, mas não importava quanto Phillip andasse, não conseguia alcançar a fonte. Acomodou-se o mais próximo que conseguiu da parede.

Ele devia ter ouvido mal. A garota saíra da floresta onde morava. Tinha todas aquelas histórias e amigos.

— *Preciso conhecer outras pessoas. Preciso estar perto delas. Só falei com vocês a vida toda e amo muito vocês três, mas preciso de mais. Por favor!*

Ela parecia à beira das lágrimas, mas sua tia apenas bufou. Phillip sentiu como se tivesse sido mergulhado em um lago congelado. De todas as coisas que escutara, nunca ouvira Rosa soar tão derrotada. A profundidade arrepiante do próprio desconforto naquele momento o chocou.

Era incompreensível que ela nunca tivesse saído da floresta onde morava. Será que todas aquelas histórias, todas aquelas aventuras as quais ele tanto invejava, teriam sido mentiras? Mas seriam realmente mentiras considerando que seu público eram apenas os animais e ela mesma?

Era impensável que ela nunca tivesse falado com mais ninguém. Mesmo aqueles que viviam nas fazendas mais rurais ainda se encontravam com outras pessoas de vez em quando. Evitar todo mundo dava trabalho.

— *Entenda, querida, que é para o seu próprio bem. Sabemos o que estamos fazendo!* — disse outra das tias em um tom insultuosamente otimista.

— Por quê? — gritou Phillip enquanto ela fazia a mesma pergunta em um tom de súplica.

O desespero fez a voz da garota vacilar, mas as tias pareceram não notar. Phillip notou. Uma delas riu e respondeu:

— *Ah, querida, você sabe que um dia lhe explicaremos tudo, mas deve confiar em nós.*

— *Sabe que estamos fazendo isso para protegê-la* — disse outra.

— *Qual é o sentido de me proteger se meu coração estiver partido antes de eu estar segura?* — indagou Rosa. — *Tudo que desejo fazer é ir para a cidade.*

E ela parecia estar se afogando, assim como ele.

Phillip tirou a capa e amassou-a contra as vinhas espinhosas para poder encostar-se na sebe. Talvez desse para ouvir a conversa com mais clareza se chegasse mais perto.

— *É muito perigoso!* — Era a terceira tia, a rígida. Phillip sempre a imaginara inclinando a cabeça e olhando com desprezo para quem estava falando. — *Você vai entender um dia.*

— Ela não precisa entender. Precisa que vocês ouçam — protestou Phillip.

Ele esfregou o rosto; teve uma sensação terrível na boca do estômago. Seu pai costumava dizer coisas semelhantes; Phillip deveria ser um cavaleiro heroico, mas o pai tinha todo tipo de regra que ele não podia conhecer por razões que o pai não compartilhava, para mantê-lo seguro.

Phillip sempre quis alguém que o ouvisse e ele gritara com ela. Dissera coisas terríveis. Ele a odiava por ter ouvido.

Fazia todo sentido agora, no entanto. Rosa nunca estivera em lugar nenhum, nem conhecera pessoa alguma. Estava presa e sozinha, não era de admirar que tivesse mil perguntas para ele toda vez que se encontravam. Ele sempre tivera ciúmes das viagens dela, mas seu tempo como cavaleiro viajando por Artwyne deve ter parecido uma liberdade inatingível para a garota. Se estivesse na situação de Rosa, também ficaria perguntando um milhão de coisas. Não era egoísmo ou intromissão.

Conversar com ele era o único meio de fuga que ela tinha.

— *Não quero entender. Por favor, não posso ficar aqui sozinha. Dei-xem-me ir com vocês.*

— *Absolutamente não* — disse uma das tias. — *E estamos conversadas.*

Rosa respirou fundo, chorou e soluçou, e as tias discutiram a melhor forma de consertar seu rosto manchado. Ela engasgou e, aos poucos, as vozes das tias foram ficando cada vez mais baixas, até que a única coisa que ele ouvia eram os passos dela enquanto fugia.

— Sinto muito — disse. Sua decepção por Rosa não se juntar a ele no mundo dos sonhos era tão forte e amarga quanto sua raiva pelas tias dela, mas empurrou esse sentimento para o fundo da cabeça. Ela não adormeceria com facilidade depois da briga e encontraria conforto em seus únicos amigos, os animais, o que pelo menos a faria se sentir melhor.

— Espero poder lhe dizer isso em breve.

***

Phillip se dedicou ao treinamento com Phrike no dia seguinte para não pensar em Rosa. Ele descobriu que as ilusões eram muito mais fáceis do que a magia da natureza ou a defesa contra o fogo. Phillip poderia criar a imagem de uma pedra para se esconder, e ninguém saberia que era falsa até que tentasse tocá-la, ou poderia conjurar um grito atrás de uma pessoa para distraí-la. As ilusões nem sempre saíam exatamente do jeito que ele queria, mas eram boas o suficiente para o primeiro dia real de treinamento.

— Uma distração é uma distração — disse Phrike, aplaudindo enquanto ele fazia uma coruja piar atrás dela. — Manter múltiplas ilusões é difícil, mas você pode sobrepô-las com bastante prática, por meio de imagens, sons, cheiros. Tente copiar seu cervo.

Ela apontou para Sansão, e Joana riu de onde estava sentada, observando tudo para encontrar buracos nas ilusões dele.

— Cavalo, querida — explicou Éris. — Humanos andam a cavalo.

— Tente copiar seu cavalo, então — corrigiu-se Phrike.

Phillip olhou para Sansão. Ele e Taliesin estavam aproveitando o tempo de descanso, pastando e zanzando com poucas interrupções. Phillip ergueu a mão e sussurrou o que queria fazer, e uma imagem gradual de Sansão surgiu. Phillip moveu os dedos como se estivesse modelando argila, e o verdadeiro Sansão bufou. Taliesin olhou para a ilusão, arranhando a terra. Phillip levou a mão à boca e imaginou um talo de aipo. Uma cenoura apareceu na boca da ilusão.

— Quase lá — disse para si, abaixando a mão.

Sansão correu até a cópia e tentou arrancar-lhe a cenoura, resfolegando quando não mordeu nada. Phillip riu e chamou Sansão para ele. Não fazia ideia de como explicar a magia aos cavalos.

Éris riu ruidosamente e Poena olhou para ela.

— Malévola será menos indulgente do que nós — repreendeu, rispidamente. — Você deveria… — Um relincho alto veio da ilusão de Sansão. Poena deu um pulo, apertando o peito, e olhou feio para Éris. — Temos seis dias, e nada do escudo ainda.

— Está tudo bem — disse Éris, contendo o riso.

— Phillip, tente novamente. — Phrike gesticulou para que ele se aproximasse e rodeou a ilusão de Sansão. — Estão faltando detalhes. Não deve deixar nada de fora.

Passaram o restante do dia aperfeiçoando as ilusões de Phillip e os comandos e gestos que usava para conjurá-las. Ele caiu em um sono agitado depois da meia-noite, na esperança de falar com Rosa. Em vez de abrir os olhos para a floresta dos sonhos, acordou com Phrike inclinando-se sobre ele, quase nariz com nariz. Ele gritou.

Queria pedir desculpas para Rosa e ter certeza de que ela estava bem, não acordar com o mau hálito chocante de Phrike em seu rosto, mas devia ser hora do teste.

— Lá fora quando estiver pronto, mas não enrole — disse ela.

A fada abriu a aba da barraca. Joana, com olhos sonolentos, espiou Phillip por baixo da coberta.

— Desculpe — sussurrou ele. — Outro desafio.

— Está tudo bem — disse ela, e sentou-se. A escudeira tirou o livro do bolso. — Estou atrasada de qualquer maneira.

Era um poema, a julgar pelos versos que conseguiu ver, mas não deu para entender o que as palavras diziam. Dezenas e dezenas de linhas haviam sido riscadas e reescritas.

— Joana — disse, delicadamente —, por que você está tão interessada em escrever seja lá o que for?

Ela olhou para ele com os olhos arregalados e inteligentes.

— Não acho que você entenderia.

— Isso nunca impediu você de me explicar coisas antes.

— Nem todo mundo é lembrado, mas você será. A realeza sempre é. — Joana levantou um ombro. — Mitos e lendas e as pessoas que os contam são lembrados. Só quero algo legal ligado ao meu nome quando eu partir.

Ele definitivamente não entendeu. Temia descobrir o que os outros diziam sobre sua pessoa.

— Você não precisava vir comigo. Poderia ter ficado em algum lugar para escrever o que quisesse.

— Não, mesmo se não fosse sua escudeira, gostaria de viajar ao seu lado. Você toma decisões criativamente interessantes.

Então, erros que precisavam ser corrigidos?

— Espero que você espalhe tinta por toda parte — murmurou, sorrindo. — Você está curada, certo?

— Isso mesmo. Sem hematomas, embora ainda doa. Deverá estar tudo bem quando formos buscar o escudo.

— Ótimo.

Ele saiu da barraca balançando a cabeça nervosamente. Era provável que não houvesse uma luta aberta durante o teste de sua magia da ilusão; em vez disso, as fadas o testariam para determinar o que era real e o que era ilusório enquanto mantinha vivas as próprias ilusões. Faltavam poucos dias e ele não se *julgava* preparado, embora se sentisse mais no controle de sua vida. As três fadas esperavam por ele na borda da clareira.

— O Escudo da Virtude está com quem o forjou há dois séculos, mas bem guardado. Temos cinco dias para pegá-lo — disse Éris. — É possível que Malévola tente algo para pegar o escudo. No entanto, a verdadeira ameaça é Amis. Para reivindicar o escudo, você deve derrotar le protetore. Como somos fadas e não podemos empunhar o escudo, este é um teste que você deve enfrentar sozinho.

— Então, você enfrentará o dia de hoje sozinho também — acrescentou Phrike. — Preparado?

— Acho que sim. O que preciso fazer?

Éris sorriu, sua varinha deslizando pela mão.

— Deixe-me incapacitada.

Ela ergueu a varinha e uma rajada de vento tão fria que o impedia de respirar o atirou através da clareira. Phillip caiu de costas, o choque e a dor fazendo seu corpo inteiro tremer. Ele lutou para ficar de pé. Sansão e Taliesin relincharam.

— Não entre em pânico. É apenas um treino — murmurou para si mesmo. Ergueu uma das mãos como se estivesse levantando alguma coisa. — Muro!

Um muro de pedra da altura de seus quadris apareceu diante de si e Phillip se abaixou atrás dele, correndo em direção às árvores. Seu coração batia loucamente. Achava que fosse lutar contra Phrike.

A companheira de laranja era uma perspectiva assustadora, mas Éris não se conteria. Ela sabia que o garoto queria ser o melhor.

— Ah, tenha a mágica paciência — resmungou Éris. — Ficar se escondendo não vai ajudar a vencer Malévola.

Estava protegido pelas árvores antes que ela lidasse com sua ilusão, mas uma brisa fresca ondulava através das folhas. A magia da natureza podia transformar florestas em cemitérios. Precisava sair de lá sem que ela notasse.

Mas Éris era habilidosa. Era muito melhor do que ele com magia, conhecia todas as complexidades da matéria.

Não cairia mesmo no truque que ele usara com Poena.

— O que devo fazer? — sussurrou.

O vento extremamente frio que prenunciava a magia de Éris varreu as árvores, e ele correu para longe, permanecendo na linha das árvores. Galhos e trepadeiras arranhavam suas costas enquanto corria.

— Saia, saia de onde quer que esteja, Vossa Alteza! — chamou Éris.

Phillip ergueu a mão e torceu-a, murmurando:

— Vento.

A rajada empurrou as plantas invasoras para trás. Ele se moveu em um semicírculo ao redor da clareira, permanecendo agachado nos arbustos. Passos soaram atrás dele. Uma respiração bagunçou seu cabelo. Phillip deu uma cotovelada no que quer que estivesse atrás de si e não acertou em nada.

— Acha que pode encostar em mim? Que você é digno disso? — sussurrou uma voz assustadoramente familiar em seu ouvido.

Ele não sentiu nada, mas um rosto se inclinou sobre seu ombro. O nariz era pontudo e delicado, a pele tinha um tom verde pálido e os lábios eram vermelho-sangue.

— Ah, querido — disse Malévola. — Nosso valente príncipe duvida da minha presença? Do meu poder?

Ela não era real. Era um pesadelo conjurado por Phrike ou Éris para assustá-lo e fazê-lo se revelar. Phillip precisava distrair todas as fadas para chegar perto de Éris. Aquela ilusão não era nada para se preocupar.

— Não, obrigado — sussurrou.

Rastejou em direção ao lado da clareira onde Taliesin e Sansão observavam as fadas com os olhos arregalados. Suas orelhas estavam voltadas para trás e Taliesin começou a se deslocar lentamente em direção à barraca onde Joana esperava. Sansão farejou em direção à linha das árvores. Phillip levou um dedo aos lábios.

— Distraia-as para mim — pediu Phillip calmamente quando estava perto o suficiente. Ele gesticulou para Sansão correr. — Vou lhe dar um milhão de cenouras se passar por aquela clareira agora mesmo.

O rangido das plantas deslizando pelo chão da floresta enquanto Éris e Phrike o caçavam ficou mais alto atrás dele, e a ilusão de Malévola ainda pairava em seu campo de visão periférico. Sansão nem sequer bufou.

Precisava era de algo que assustasse, mas não machucasse os cavalos, como quando Rosa jogou aquelas pedras nele. Phillip tateou a grama e encontrou duas pedrinhas. Ele as arremessou contra Sansão e Taliesin.

Uma delas ricocheteou na lateral de Sansão, fazendo-o recuar, e a outra atingiu Taliesin nas costelas. Este saiu galopando pela clareira em direção à barraca. Phrike virou-se para Taliesin, e Phillip correu de volta por entre as árvores. Conjurou uma espada de espinhos e comandou sua magia para formar uma ilusão da Espada da Verdade. Um leve cheiro de fumaça pairava no ar.

Se elas iriam assustá-lo com Malévola, ele iria assustá-las de volta.

Phillip chegou o mais perto que conseguiu de Éris sem ser visto e, quando ela sibilou para Phrike pegar Taliesin, atacou.

Um raio atingiu sua mão. Phillip saltou para trás, com a pele doendo. Phrike desapareceu em uma tremulação de sombras. Fria e rápida, uma pontada de poder percorreu-o e ele esticou os dedos tão sutilmente quanto pôde. Um chicote de grama saiu de seus pés e atingiu a varinha de Éris. Sua magia o rebateu.

— Como se isso pudesse me matar — zombou ela, e sacudiu a mão como se estivesse espantando um inseto. — E era totalmente previsível.

Uma violenta rajada de vento fez Phillip cair para trás e ele rolou até parar.

— Tudo o que você fez poderia ter me matado — disse Phillip, e pôs-se de pé, cambaleando.

— Bem — disse Éris, estreitando os olhos —, o que não mata você e toda essa história...

A fada apontou a varinha na direção dele e a magia disparou da ponta. Phillip se abaixou, o poder roçando seu couro cabeludo. Éris atacou novamente. Ele desviou o tiro com sua espada de espinhos.

A magia colidiu com um olmo grosso e o derrubou.

— Não está indo um pouco longe demais? — indagou Phillip, virando-se lentamente para ela.

Éris girou a varinha e o vento aumentou, cortando a túnica de Phillip com o frio. Ele tropeçou e ergueu os braços para proteger o rosto. Um escudo de grama se entrelaçou diante dele. O golpe da fada de amarelo o amassou.

A força sacudiu Phillip, fazendo-o tropeçar para trás novamente. Phrike, de prontidão, surgiu no fim da clareira. Phillip lançou sua espada de espinhos disfarçada como a Espada da Verdade, e ela gritou. O som atingiu os ouvidos de Phillip como metal riscando uma pederneira. Sentiu cheiro de aço oleado e suor. Tentou conjurar outra espada de espinhos e não encontrou nada na mão. Éris se aproximou devagar.

Phillip não poderia ser uma decepção agora, não quando estava tão perto de dominar a magia e se salvar sem seguir o caminho que seu pai havia traçado para o filho. Estava tão perto de estar no controle.

— O que resta para você? — perguntou a ilusão de Malévola. — O que resta senão o fracasso?

Mas isso impulsionou Phillip em vez de distraí-lo. Ele pensou em Rosa, sozinha na floresta e em sua vida desperta, em si mesmo olhando para as estrelas e esperando o alívio do sono, e em tudo que Malévola havia tirado dele. Aquele momento suave e tranquilo entre estar acordado e dormir consumiu sua mente. Malévola lhe roubara os sonhos e não deixara nada além de pesadelos. Ele fez um gesto para Éris como se estivesse pegando algo na mão.

A magia brilhou na ponta de seus dedos. Phillip fechou os olhos. Sentiu, em vez de ver, Éris lentamente cair na inconsciência. Ela abriu a boca de surpresa e se encolheu, com as pálpebras tremendo. As plantas ao redor de Phillip estagnaram e o ar esquentou. A ilusão de Malévola desapareceu.

— Vossa Alteza? — A voz de Poena estava mais suave do que ele jamais ouvira. — Seria melhor se você abrisse os olhos.

Havia algo diferente naquela magia. Estava mais quente e furiosa, e a boca de Phillip tinha gosto de cinzas.

— A magia me pareceu diferente — disse.

Poena emitiu um estalido.

— *Foi* diferente. — Mas ela não deu mais detalhes.

— Funcionou? — perguntou Phillip, abrindo um olho.

Poena zombou e sacudiu a cabeça. Phrike, ajoelhada ao lado de Éris, batia na bochecha da fada adormecida. Éris estava esparramada no centro da clareira, com a mão da varinha sobre a cabeça e as pálpebras agitadas. Phrike cutucou o rosto dela novamente e Éris acordou de repente.

— Você me fez dormir? — questionou, e estremeceu. — Você me nocauteou!

Phillip sorriu. Poena soltou uma risada rouca e disse:

— E que divertido foi! Bom trabalho.

Era uma boa maneira de incapacitar sem matar, e Phillip estava quase fora de si, tamanha a alegria por realizar aquele feito com sucesso. Respirou fundo em vez de gritar. Éris bocejou e se levantou.

— Isso não vai acabar com alguém como Malévola, mas com certeza vai ser eficaz contra os asseclas dela. — A fada percebeu quando Phillip sorriu maliciosamente. — Você está satisfeito, não é, por não precisar matar os asseclas? — perguntou Éris, estreitando os olhos.

Cavaleiros e príncipes tinham que racionalizar coisas como assassinato quando era "para o bem do reino". Mesmo que a concepção de quem pertencesse ao "reino" mudasse de acordo com os caprichos dos governantes. Phillip sabia que Joana sentia o mesmo em relação a matar, embora também tivesse opiniões inquestionáveis em relação a todas as outras leis. Em parte, era por essa razão que ele a queria como sua escudeira.

— Incrível — continuou Éris. — Você roubou uma maga faz só alguns dias. Sua bússola moral é inescrutável.

Phillip deu de ombros.

— Algumas coisas são piores do que outras.

Mas ele estava apenas ficando cada vez melhor.

13
Raramente são o que parecem

DUZENTOS ANOS antes, quando as fadas e os humanos alcançaram pela primeira vez uma paz hesitante, quando dragões e todo tipo de criaturas mágicas vagavam pelas terras, o Escudo da Virtude foi sepultado junto à pessoa que o criou. A tumba de le grande ferreire Amis ficava no sopé salpicado de abetos das montanhas ao norte de Ald Tor e, embora a localização fosse de conhecimento geral, poucos tentaram roubar o escudo. A caminhada pelas colinas era difícil, os caminhos ladeados por ruínas carcomidas cobertas de musgo e sálvia verde acinzentada. Íris escuras como o crepúsculo cobriam o chão da floresta de forma irregular.

Foi Amis, porém, quem manteve os aventureiros afastados.

— O metal cantava sob seu martelo. Não havia metal que não pudesse trabalhar e nenhuma visão de artista que não pudesse reproduzir, mas quando a guerra chegou à sua cidade, elu ficou para trás. Pegou a armadura dos cavaleiros que já haviam caído defendendo o lugar e criou um escudo tão forte que duraria mil anos — contou Joana, com os olhos brilhando e reverência contagiante. — Elu morreu ajudando as últimas pessoas a saírem da cidade, mas se recusou a permanecer falecide e ficou para impedir que alguém seguisse os sobreviventes. Mesmo agora, na tumba construída no terreno pelo qual elu deu a vida, Amis protege seu escudo daqueles que o usariam para fins egoístas e só permite que os dignos o conquistem.

— Definitivamente não sou eu — murmurou Phillip.

No entanto, Phillip era a pedra angular do plano deles. Uma hora antes, Phrike transportara todos eles para um local ao sul da tumba usando sua sombra. Ela havia explorado a área na noite anterior e não notara nada — uma bênção, já que o arbusto espesso e a névoa os impediam de ver mais do que um braço de distância à frente. O plano deles para o escudo era irritantemente simples e, pior, Phillip enfrentaria Amis sozinho. Tentaria conquistar o escudo de forma justa, passando em qualquer teste que ele aplicasse, e as outras interviriam apenas se isso não funcionasse. Caso desse errado, teriam que roubar o escudo e escapar. Ao contrário de Amis, poderiam se teletransportar.

E, então, só teriam que ficar olhando por cima do ombro para sempre a fim de ver se Amis estava em seu encalço.

— Calma — sussurrou Éris. — Você não sabe disso. Suas razões para precisar do escudo são bastante nobres.

As fadas voavam atrás de Phillip e Joana, totalmente silenciosas enquanto deslizavam pela neblina. O tempo sombrio e sufocante não estava ajudando em nada a melhorar os nervos de Phillip.

— No entanto, o fato de planejarmos roubar Amis se eu não passar não parece nem um pouco honroso — disse ele.

Le ferreire incutira virtude em sua criação final e se dedicara tanto a ajudar os outros que nem mesmo a morte conteve a sua pessoa. Phillip tinha ouvido a história uma dúzia de vezes e adorava recontá-la quando criança, mas tentou parar de pensar nela depois que a cavalaria perdeu seu atrativo. Havia tantas histórias diferentes sobre como Amis decidia o que era digno quanto o número de estrelas no céu. Ninguém sabia o que era verdade.

Phillip passara no teste final das fadas no dia anterior, mas sua confiança ainda servia em parte para manter as aparências. Ajudava, porém, o fato de Éris acreditar que ele conseguiria realizar a missão.

— Ninguém jamais foi capaz de observar qualquer pessoa desafiando Amis — contou Éris. — Os que tentaram, só pudemos testemunhá-los entrando e saindo da tumba, e ninguém nas últimas décadas saiu com o escudo. Parece haver algum tipo de encantamento que impede aqueles que fracassam de falar do julgamento.

— Portanto, não há informações sobre como provar que sou digno do escudo — disse Phillip. — Que ótimo. Bem fácil.

Era assustador. "Virtuoso" não era uma palavra que Phillip usaria para se descrever.

A luz brilhou em algo escondido na neblina e Phillip parou. Ele ergueu a mão.

— Tem alguém ali — sussurrou, abaixando-se. — Phrike, você não disse que não havia ninguém aqui?

— Não havia ninguém antes — respondeu Phrike, torcendo as mãos.

Éris respirou fundo.

— Esse alguém tem um arco. — Phillip analisou a tal pessoa: era corpulenta, estava olhando para o outro lado por ora, seu traje era marrom e simples, mas o arco valia muito dinheiro. Sem dúvida estava examinando a floresta como vigia. O príncipe esperou que o indivíduo se virasse completamente e não viu nenhum brasão em nenhuma parte de suas roupas. — Alguém mais poderia estar tentando pegar o escudo?

O Escudo da Virtude era lendário e não era incomum que cavaleiros de diferentes reinos tentassem provar seu valor. De tantos em tantos anos, Phillip ouvira falar de algum pajem ou cavaleiro de Artwyne que tentava viajar até Ald Tor para pegar o escudo e voltava de mãos abanando. Houve até rumores de que alguns bravos ladrões se uniram para tentar roubá-lo. Não se ouviu falar deles desde então.

O arqueiro se aproximou. Phillip fez sinal para que as companheiras se escondessem. Joana se agachou nos arbustos e as fadas desapareceram de vista.

— Amordace-o — sussurrou Phillip, gesticulando para que uma videira cobrisse a boca do arqueiro. — Primeiro a boca, depois amarre as mãos.

As vinhas deslizaram para longe dele através da vegetação rasteira. Uma disparou e envolveu a boca. O arqueiro se debateu e lutou contra as plantas, mas a magia o arrastou silenciosamente através da vegetação rasteira até Phillip. Ele bateu na têmpora do arqueiro.

— Durma bem — disse, e o arqueiro desmaiou. Phillip vasculhou seus bolsos. — A bolsa dele tem moedas de Ald Tor, mas o brasão que usava foi arrancado da capa recentemente. Quem vocês acham que é?

Phrike virou o rosto velado para Éris, e Éris se inclinou sobre o arqueiro, estudando-o.

— Um mercenário — disse ela, e levantou-se com as mãos cruzadas atrás das costas. — Existem facções que apoiam Malévola. Não podemos ter certeza de que quem está aqui não está trabalhando pela causa dela.

— Podemos ter certeza de que é um grupo e não apenas um ou dois? — perguntou Joana.

— Phrike, vá ver quantos são — disse Éris.

Phrike desapareceu. Phillip olhou para o arqueiro novamente enquanto esperavam. As roupas — uma capa marrom-escura sobre uma armadura acolchoada sem nada de peculiar — não forneceram muitas informações sobre quem era o arqueiro, mas inspiraram um plano. Phrike reapareceu com um suspiro.

— Uns dez deles! — Ela farejou e cutucou o arqueiro com o pé.

Phillip assentiu, menos assustado do que imaginava. Talvez a insistência de Éris para que acreditasse em si mesmo estivesse funcionando.

— Eu deveria me disfarçar para me misturar a eles e tentar chegar à tumba sem ser detectado. Duvido que lutar contra um grupo, mercenário ou não, seja considerado virtuoso.

— Isso o levaria à tumba, desde que ninguém perceba que você não faz parte do grupo — disse Éris, apontando para o arqueiro. Ela inclinou a cabeça de um lado para o outro, por fim concordou. — Ele está certo. Não podemos nem chegar perto da tumba devido às proteções contra as fadas, então, ganhar o escudo de forma leal é nossa melhor chance de consegui-lo.

— Amis sempre foi tão purista — murmurou Poena. — Garantiremos que os mercenários não retornem e entrem na tumba. Podemos afastá-los como fizemos com a Velha Barnaby.

— Seria melhor se não lutássemos contra eles — opinou Joana. — Existem muitos mitos sobre a área ser assombrada e Amis usar magia para manter as pessoas afastadas. Poderíamos assustá-los?

— Esse é um bom plano — disse ele, e bateu no ombro de Joana com o seu. — Vá aterrorizar esses mercenários e poderemos nos reagrupar aqui em uma hora ou se algo der errado.

— Envie uma mensagem se algo acontecer — disse Éris para Phrike. — Vá.

— Você realmente conheceu Amis? — Phillip ouviu Joana perguntar enquanto ela e Poena desapareciam sob a sombra de Phrike. Phillip se ajoelhou ao lado do arqueiro caído e começou a soltar seu cachecol. Éris riu.

— Phillip — disse ela com o tom arrastado de desapontamento de uma professora perplexa. — Pense com sua magia.

— Certo. — Ele estremeceu e fingiu vestir uma túnica. — Crie uma ilusão das roupas dele em mim, por favor.

A magia passou por Phillip e suas roupas assumiram a aparência das do arqueiro. Phillip agarrou o arco e a aljava do arqueiro.

— Excelente. Agora vamos à tumba.

Éris acenou com a cabeça para Phillip se mover e saiu caminhando na frente dele. Era estranho ouvir seus passos, mas voar teria sido muito difícil na densa floresta. Ela arquejou.

Phillip congelou.

— Qual é o problema?

— Trevos. — Ela sacudiu a bainha do vestido amarelo. A planta estava escondida como uma armadilha e, por baixo da saia, a fada estava descalça. Gavinhas de fumaça subiam das solas de seus pés. — Amis é de antes da minha época, quando estávamos em guerra, mas sobrevoamos a floresta observando a tumba. Eu sabia que não conseguiríamos entrar, mas não que as defesas contra nós seriam tão completas. Terei que aguentar, mas minha magia ficará mais fraca à medida que nos aproximarmos.

Phillip ficou perto dela depois disso. A tumba se encontrava entre as ruínas de uma cidade antiga, no topo de uma colina arborizada, e uma grande fogueira ardia no centro das ruínas. Mercenários em roupas sem identificação circulavam ao redor do fogo. Um punhado andava do lado de fora da entrada da tumba.

— Para um grupo de mercenários respeitados, eles estão bem armados — murmurou Phillip. Ele tocou o colarinho, os dedos passando pela ilusão das roupas do arqueiro.

— Não se preocupe com eles — acalmou Éris. — Você entrará na tumba sozinho. Garantirei que ninguém o siga e, assim que tiver o escudo, junte-se a mim. Então, vamos nos reagrupar.

Ela colocou uma mão reconfortante em seu ombro e depois desapareceu de vista como névoa ao vento. Do outro lado do acampamento, uma imagem nebulosa de Joana apareceu atrás de um mercenário e se inclinou perto do ouvido dele. Seja lá o que tenha sussurrado fez o mercenário gritar, e ela desapareceu tão rapidamente quanto apareceu. Outra ilusão fantasmagórica surgiu entre os mercenários e a tumba. Ela foi tropeçando em direção a eles.

Os mercenários entraram em ação. Um apito estridente soou do norte, provocando gritos daqueles que estavam ao redor do fogo. Todos sacaram armas, hesitando quando um deles atacou o fantasma e a espada o atravessou, e a ilusão os conduziu para a floresta, para longe da tumba. Lentamente, a maioria dos mercenários se dispersou enquanto eles tentavam lidar com os fantasmas. Restaram apenas alguns, mas estes se afastaram da tumba e foram para o meio do acampamento, onde o fantasma de Joana havia aparecido.

Phillip acalmou a respiração. Sacudiu os braços e as pernas e se curvou, ficando da mesma altura do arqueiro da melhor maneira possível, sem levantar suspeitas. Começou a caminhar pelo acampamento e tentou imitar a preocupação dos outros. Um dos mercenários no centro levantou a mão para ele. Phillip acenou de volta, apontou para a tumba e bateu no canto do olho. Como cavaleiro, fora assim que lhe ensinaram a demonstrar que estava vigiando, e isso foi tudo que conseguiu pensar em fazer. O outro mercenário assentiu e gesticulou em direção à floresta, para onde os outros haviam fugido.

— Muito bem — disse Éris, ainda invisível, mas sobre o ombro dele com sua magia como o vento do inverno. — Vá para a tumba. Rápido.

Phillip se aproximou da construção. A magia formigou por sua pele à medida que ele se aproximava, carregando o ar até que os pelos de seus braços se arrepiassem. Um cheiro de água do mar escaldante e metal aquecido pairava no ar, e o chão mudou de raízes irregulares para um caminho de terra batida. Os passos de Éris ficaram mais altos.

Ele sabia que a magia da fada seria de pouca utilidade ali, mas ainda assim foi um choque virar-se e vê-la, a magia que a mantinha longe de vista desaparecendo pouco a pouco. Havia uma cicatriz totalmente branca em sua bochecha esquerda que ele nunca reparara, e seu vestido amarelo estava mais claro e manchado de grama. Ele estacou a alguns passos da entrada da tumba, cercada por grades de ferro. Eles estavam fora da vista dos outros.

— Éris? — chamou, desviando o olhar. Ele nunca percebera que ela usava magia para mudar a aparência perto dele, mas a proximidade dos dois em relação à tumba estava visivelmente enfraquecendo as ilusões. Parecia errado olhar para ela daquele jeito. — Você não vai ter problema ficando aqui?

— Posso ficar fora da tumba, embora seja bastante desconfortável. — Apesar de seu tom confiante, ela levou a mão à bochecha com a cicatriz e franziu a testa. — Vou esperar por você. Se precisar de mim, posso entrar na tumba. No entanto, não vou conseguir ficar lá por muito tempo e minha magia vai estar muito fraca.

— Mas não quero que você se machuque.

Ela estremeceu, ficou com o rosto desanimado e balançou a cabeça.

— Alguns sucessos exigem sacrifícios — murmurou, mas parecia que não estava dizendo aquilo para ele. — Você é gentil, mas precisamos do escudo. Você é um príncipe, Phillip. Deve estar preparado para que outros se sacrifiquem por seus objetivos, especialmente por objetivos tão necessários como este.

Esse pensamento o atordoou como uma pedrada.

— Sua mentora lhe disse isso?

Ela confirmou com a cabeça.

— Agora vá.

Ele hesitou e Éris o empurrou para a frente.

Sozinho, Phillip entrou na escuridão da tumba. A entrada ficava em uma parede grossa de pedra sólida. Uma luz pálida tremeluzia no fim do corredor, que se inclinava para baixo. Uma voz abafada surgiu pelas frestas de uma segunda porta e Phillip hesitou do lado de fora. A luz vinha de uma tocha presa à parede e, graças a ela, encontrou impressões digitais no musgo onde a porta havia sido aberta à força. Oferendas de jarras de leite e moedas repousavam no canto externo, a poeira sobre elas imperturbável, apesar das riquezas ali depositadas. Um líquido vazava das rachaduras na parede da tumba.

Phillip o tocou e cheirou os dedos, o cheiro familiar de óleo de linhaça invadiu suas narinas. Ele ficou escutando na porta por um momento.

— ... não é muito nobre atacar fracamente e receber um golpe fraco em resposta — disse alguém em voz baixa. Quem quer que estivesse falando pigarreou e continuou: — Mas não quero morrer daqui a um ano.

Phillip fez uma pausa na conversa unilateral. Aquilo o lembrou de Rosa praticando seus discursos, embora ele esperasse que a garota nunca precisasse se preocupar em ser assassinada. Malévola parecia ser do tipo que mataria alguém por falhar em uma de suas missões. Ele espiou pela porta entreaberta.

Uma jovem diferente de tudo que ele esperava que fosse um assecla de Malévola caminhava pela pequena sala. Ela jogava uma faca de uma mão para outra, murmurando e balançando a cabeça. A luz refletiu em suas cicatrizes de varíola e iluminou seus olhos castanhos quando ela se virou. Tudo o que restava do brasão de sua túnica era o bico de um grande pássaro costurado com linha preta esfiapada. Ela jogou o cabelo trançado para o outro ombro com um suspiro, sem notar Phillip.

— Mas você não deve estar querendo dizer isso tudo literalmente — protestou.

Phillip não tinha certeza do que a moça estava falando, mas deslizou pela abertura da porta e desembainhou a espada silenciosamente. Ela notou o movimento e se virou para ele, ameaçando com a faca. Ele a pegou pelo pulso e apertou. A faca caiu no chão.

O olhar dela baixou para a espada na outra mão de Phillip e ele chutou a faca para o canto atrás dela. Ela tinha a idade de Joana, e olhe lá.

— Não ataque ninguém com uma faca se sua pegada no punho não for boa — disse ele. — A propósito, você já poderia ter me derrubado com um chute.

Ela se mexeu e ele balançou a cabeça.

— Tarde demais. — Phillip apertou ainda mais o pulso da mulher.

Ela se afastou para acertá-lo e então avistou algo por cima do ombro do príncipe. Congelou.

— Elu está acordade de novo.

Lentamente, Phillip se virou.

— Ah — disse, sem fôlego. — Você…

As histórias não faziam justiça a Amis. Tinha uns quarenta centímetros a mais de altura do que Phillip e sua largura era maior do que a do rei, a parte superior de seu elmo raspando no teto de pedra enquanto se movia. O elmo estava sem brilho pela idade e amassado na têmpora devido ao golpe que causara sua morte, mas mantinha o formato de cabeça de lobo. Um único olho verde espiava por entre os dentes à mostra do lobo, e óleo de linhaça pingava deles como sangue, escorrendo das rachaduras das escamas de bronze da armadura de Amis e deixando rastros escuros na pátina verde. A capa sobre as escamas estava encharcada.

E atrás de Amis estava o Escudo da Virtude. Era quase tão alto quanto Phillip, com bordas de metal brilhante e ornado com os mesmos detalhes prateados e azuis da empunhadura da Espada da Verdade.

— Joana vai morrer de inveja — murmurou para si.

Amis inclinou a cabeça para o lado e o tinido de osso contra o metal soou no elmo.

— Joana de Shiraz não tem nada a temer.

— Isso faz sentido — disse Phillip. Joana era virtuosa até os ossos, e as fadas deveriam tê-la enviado em seu lugar. Teria tido uma chance melhor. Ele olhou para a garota. — Qual é o seu nome?

Ela engoliu em seco.

— Quem é você?

— Phillip — respondeu. — Sua vez.

— Brenna — disse, e franziu a testa, olhando por cima do ombro em direção à porta. — Você não pode ficar com o escudo. Cheguei aqui primeiro.

— Não acho que importe qual de nós chegou aqui primeiro. Vou levar o escudo.

— Você não pode simplesmente pegá-lo. — Ela parecia tão ofendida com a perspectiva de ele não saber de algo que se esqueceu de tentar puxar o pulso. — Você deve conquistá-lo. É um jogo de decapitação, mas você não é nada nobre.

— Venho dizendo isso há anos.

Histórias de jogos de decapitação eram populares. O cavaleiro era forçado a desferir um golpe contra um oponente imortal que eventualmente seria devolvido na mesma proporção. Era mais nobre decapitar o oponente e enfrentar sua própria decapitação com graça, ou era melhor causar-lhe um ferimento fraco e depois ser arranhado em troca?

Era mais nobre lutar de verdade e com todo o esforço, desferindo um golpe mortal como seria exigido em um duelo real, do que não lutar bem e apenas ferir o adversário. Os verdadeiramente corajosos e virtuosos encontravam a morte com honra. Ou algo assim. Joana provavelmente entendia e explicava melhor essa história.

Phillip não entendera nada.

Ele largou a mão dela e ergueu a espada.

— Não se mova.

Ela engoliu em seco.

— Tudo bem. Quando você falhar, será minha vez.

Phillip manteve Amis no canto da visão. Parecia errado virar-lhe as costas. Até Phillip sabia que as pessoas não se revezavam em um jogo de decapitação. Uma vez que ele jogasse, ele ficaria preso na partida, e Brenna já estava perdendo por demorar tanto para pensar. Amis, sem dizer nada e deixando óleo de linhaça pingar, observou-o.

— Um duelo espelhado, não é? — perguntou Phillip. — É isso que tenho que fazer para conquistar o escudo?

— Não, esse não é exatamente o seu jogo — disse Amis, a voz soando como uma fechadura enferrujada sendo aberta à força. — Você precisa de um teste diferente, Príncipe Phillip.

Os olhos de Brenna se arregalaram e ela lançou a Phillip um olhar que ele não conseguiu compreender.

— Príncipe Phi… — A voz de Brenna se esvaiu com um gemido estrangulado, e sua cabeça caiu sobre o peito.

Phillip se virou para ela e ergueu a espada, a inquietação tomando conta dele. Os membros de Brenna ficaram moles e depois estremeceram. Amis levantou o braço e moveu os dedos como se estivesse controlando uma marionete. Brenna levantou a cabeça.

— Um jogo digno de um príncipe fantoche — disse ela, mas a voz não era a dela. Era de Amis. — Duele comigo, e qualquer ferimento que desferir em Brenna de Ald Tor, eu lhe devolverei em um ano. Mas é um ferimento que deve conceder, não misericórdia.

O medo arrepiou a pele de Phillip como um raio. Aquilo não era nada parecido com as histórias. Amis deveria ser virtuoso e honrado, mas Brenna não concordara com o que estava sendo feito.

Alguns sucessos exigem sacrifícios.

As palavras de Éris soaram em seus ouvidos, mas Phillip não tinha certeza se conseguiria.

Ele se forçou a desviar o olhar de Amis. Brenna deu três passos para trás e pegou a faca. Ela se movia com a delicadeza de um cervo recém--nascido e segurava a lâmina com uma força que ele tinha certeza de que ela não possuía. Era um estilo antigo de empunhadura, do tipo usado por lutadores que aprenderam a desviar ataques antes que a armadura bastasse para defender um corpo. Ela gesticulou para que ele a atacasse.

Mas seus olhos, antes tão jovens e brilhantes, agora estavam ilumi-nados pelo medo.

— Não — disse Phillip. — Ela não faz parte disso.

— Você é o príncipe que em breve se casará com a princesa dela. — A voz de Amis saiu da boca de Brenna. Não combinava com ela, e ele só conseguia pensar em como a garota era parecida com Rosa, resolvendo problemas em voz alta. — Ela faz parte disso desde que nasceu, pois todos os súditos fazem parte das escolhas de seus governantes.

Brenna o atacou. Ele se esquivou do primeiro golpe, acertando o segundo no braço. A lâmina rasgou a manga, mas não a pele, e ele der-rubou a faca dela com um golpe de espada.

Phillip balançou a cabeça.

— Não é justo.

— Sua ideia de justiça não é da minha conta — retrucou Amis. — Aceite ou vá embora.

— Não. — Phillip recuou e fez uma careta quando Brenna acompanhou seu movimento. — Ela não é você. Não vou machucá-la para conseguir o escudo.

Brenna avançou com a faca apontada para as costelas dele, que se desviou. A faca rasgou o ar onde ele estivera. A lâmina teria escorregado entre seus ossos e atingido seu coração, mas por melhor que fosse a mira, ela era muito lenta. Phillip bateu os dedos na têmpora dela e tentou fazê-la dormir como Phrike lhe ensinara. Brenna sequer bocejou. Phillip se afastou dela. A presença de Amis devia ter bloqueado sua magia como fizera com a de Éris.

— Qualquer que seja o ferimento que você infligir a ela, retribuirei a você em um ano. — Óleo de linhaça vazou dos lábios de Brenna. — Faça a sua escolha.

Brenna golpeou outra vez, sua faca rasgando o ar em direção ao pescoço dele.

— Se matá-la é o modo como pego esse escudo, dane-se ele — disse Phillip.

A faca de Brenna parou a um milímetro de seu pescoço.

— Você está desistindo? Fugindo?

A humilhação queimou em seu estômago. Não conseguir o escudo seria o mesmo que entregá-lo a Malévola se aqueles mercenários estivessem trabalhando para ela. Não era isso que o pai e as tutoras sempre lhe martelavam na cabeça? Governar exigia escolhas difíceis. Se Brenna trabalhava para Malévola, certamente não era uma pessoa muito boa. Ele apertou a espada com mais força ainda.

O que Brenna era diante de reinos inteiros caindo nas mãos de Malévola? Se aquele fosse o teste de Amis, escolher feri-la não seria a resposta honrosa? Se ele optasse por esse caminho, seria digno de toda a responsabilidade que lhe fora concedida. Finalmente estaria agindo como o príncipe que deveria ser.

Brenna pressionou a lâmina contra sua pele, tirando sangue, e ele agarrou seu pulso outra vez.

— Eu feri sua honra, Vossa Alteza?

Phillip a segurou no lugar, horrorizado com a forma como a voz de Amis soava vinda do rosto jovem de Brenna.

— Minha honra não vale uma vida — disse ele.

Então, a ficha caiu.

Phillip presumira que Amis se referia a um ferimento literal, mas as pessoas eram feridas constantemente de todas as maneiras. Quantas vezes o pai de Phillip ferira seu coração com palavras e não com uma lâmina? O rei de Artwyne estava sempre falando sobre o filho errante ter ferido seu orgulho. Uma pequena centelha de esperança ardeu no peito de Phillip.

— Aqui está a sua ferida: você perde, Brenna. — Ele torceu o pulso dela e arrancou a faca de sua mão novamente, depois colocou a garota contra a parede. — Tirarei o escudo debaixo do seu nariz e você não vai ganhar hoje. Você está falhando com quem a enviou aqui. Vai voltar com as mãos tão vazias quanto o coração, está entendendo? Você perdeu.

A lição das histórias sobre esses jogos era sempre enfrentar o destino de cabeça erguida, mas eram contos de moralidade, não histórias verdadeiras. Eles eram feitos para ensinar as pessoas a fazer o que é honroso, e não para serem seguidos sem ponderação. Não havia honra em morrer e deixar seus erros para trás para que outros lidassem com eles. Viver fazia muito mais sentido.

— Seu orgulho vai sarar — disse ele, e recuou. — Talvez mais lentamente que a sua pele.

Amis não respondeu. Phillip hesitou, sua certeza desaparecendo. Amis era uma lenda antiga e talvez tivesse ideias diferentes sobre honra e misericórdia. O silêncio reinou, quebrado apenas pelo gotejamento constante de óleo de linhaça, e Phillip olhou para o corpo estranhamente imóvel de Brenna. Ela nem estava piscando, com os olhos tão vidrados quanto as paredes. Um gemido terrível soou atrás de Phillip.

— Sinto muito, Rosa, por não conseguir me desculpar — sussurrou, arrependendo-se ainda mais de tudo. — Se estiver ouvindo, obrigado por nunca me deixar sozinho.

Phillip se virou para Amis, com o coração na garganta. Então, Amis se ajoelhou com um ruído esmagador de carne úmida contra metal, curvando-se de modo que ficasse com o pescoço à mostra para ele. A pele sob a armadura estava envelhecida como couro desgastado e manchada de verde-claro.

— Um ano — disse elu com a própria voz que saía do corpo delu. Brenna, com as cordas cortadas, caiu contra a parede. — Um ferimento por um ferimento.

Phillip respirou fundo para não rir.

— Obrigado.

Ele tirou o escudo da posição de descanso. Era leve demais para seu tamanho, e o ar ao redor parecia espesso e salgado, como se tivesse sido temperado.

— Vá — asseverou Amis, desviando o olhar. — E tenha cuidado com suas cordas.

14
O plano das fadas

ÉRIS FOI a primeira a encontrá-lo. Ela se materializou, sua aparência ainda estranhamente humana, bem na beirada do ferro que circundava a tumba, e seus olhos se arregalaram quando avistou o que ele carregava. Era impossível esconder o escudo, e Phillip espiou por cima da cerca para ver se algum dos companheiros de Brenna estava por perto. Éris acenou para que ele avançasse.

— Por favor, não me leve a mal, mas não posso acreditar que você esteja segurando o Escudo da Virtude — disse ela. — Conseguimos.

— Conseguimos — repetiu Phillip, confuso com os braços estendidos dela. — Achei que você não conseguisse segurar isso.

— Abaixe isso, venha cá... — Ela gesticulou para que Phillip o largasse e, quando ele o fez, jogou os braços em volta dos ombros dele. — Estou tão orgulhosa de você!

Phillip corou e deu um tapinha nas costas dela.

— Obrigado.

Ele não sabia o que fazer com a jovial alegria que havia dentro de si e, por mais que amasse as palavras de Éris, odiava o quanto elas o deixavam feliz. Não conseguia se lembrar de quando se sentira tão feliz daquele jeito.

Éris se afastou.

— Vamos sair daqui.

Chegaram ao ponto de encontro alguns momentos depois das outras. O fedor de fumaça pairava no ar, aumentando à medida que se aproximavam. Joana estava curvada, com as mãos nos joelhos, e Phrike dava tapinhas em suas costas a cada poucas respirações da garota. A fumaça ainda saía da boca de Poena enquanto ela zombava de Joana.

— Eu disse que cuidaria disso e cuidei — disse Poena. — O "saia do meu caminho" estava implícito.

— Acho que você não sabe o que significa "implícito" — disse Joana, endireitando-se e gemendo. Seu olhar pousou em Phillip. — Não acredito! Ele ergueu o escudo.

— Sua confiança me surpreende.

As duas fadas se viraram e o queixo de Poena caiu.

— Não posso acreditar que o plano funcionou — falou, lambendo as cinzas dos dentes. — Bem, devo pagar pela minha língua, Éris.

— E tenho certeza de que vai ser amarga e picante. — Éris fez uma reverência e gesticulou para Phrike. — Devemos partir antes que alguém venha atrás de nós.

— Duvido que consigam — disse Joana. Ela abraçou Phillip e franziu a testa quando suas mãos voltaram oleosas. — Eles vão ficar apagando aqueles incêndios por muito tempo.

— Ah, não — disse Poena. — Meu fogo não se apaga. Qual seria o sentido disso?

Phillip mudou o escudo de braço para poder ficar ao lado de Joana e Phrike, e comentou:

— Acho que isso conta como uma distração.

— Quanto mais rápido partirmos, mais rápido poderemos comemorar. — Phrike aplaudiu, gargalhou e deu um tapinha forte nas costas de Éris. — Ah, ela ficará tão satisfeita!

Phillip balançou a cabeça, as sobrancelhas franzidas em confusão.

— Eu não fiz isso pela Princesa Aurora.

— Ignore-a — disse Éris, bruscamente. — Phrike, leve-nos de volta.

Retornaram ao acampamento em um tremular de sombra. Durante um jantar cedo, discutiram seus planos para os três dias seguintes. A maldição tomaria conta no quarto.

A celebração foi pequena, embora Poena tenha cedido e deixado Phrike colocar uma dália vermelha atrás de sua orelha. As fadas tinham certeza de que Malévola iria querer provar os frutos de seu trabalho e testemunhar a Princesa Aurora sucumbindo à maldição, mas não tinham ideia exatamente de quando ou como a maldição seria desencadeada. Não havia fusos em Ald Tor e ninguém sabia o paradeiro da princesa. Era provável que a maldição não acontecesse até que ela fosse devolvida aos pais, então a maior parte do plano envolvia esperar que isso acontecesse. Simplesmente vigiariam de perto a princesa e lutariam contra Malévola assim que a maldição entrasse em curso. Não havia muito mais o que fazer, devido à incerteza de tudo.

Depois de algumas horas de conspiração e uma hora inteira de preocupação, Phillip bocejou e Éris o mandou para a cama.

— E se Malévola me parar antes que eu possa derrotá-la? — perguntou Phillip enquanto lutava contra outro bocejo. — O que ela faz com pessoas como eu?

— Pessoas como você? Tortura — disse Éris. — Pessoas que falam tanto quanto você? Morte instantânea.

— Fico ofendido com isso. Sou um homem de poucas palavras.

Sem nenhuma ironia, Éris murmurou:

— Não poucas o bastante.

Ele riu, mas ela fechou a cara.

— A magia é perigosa, Phillip. Malévola é perigosa mesmo se você tiver a espada e o escudo em mãos.

— Eu sei — respondeu, suavemente. — Não sou um inocente desavisado que pensa que pode intervir e salvar o dia.

— Não é isso. Eu não deveria… — Ela respirou fundo e balançou a cabeça. — Tenho medo por você, mas isso pode esperar. Vá dormir. Conversaremos pela manhã.

Phillip se deitou. Precisava descansar, mesmo que um labirinto vazio cheio de espinhos e silêncio fosse tudo o que o aguardava. Sentia falta de Rosa, de conversar com ela, de competir contra ela e da maneira fácil como os dois iniciavam uma conversa, e ainda estava preocupado com a garota e seu terrível isolamento. Não havia como negar a ansiedade que inundava as veias dele. Queria se desculpar de verdade, queria descobrir por que as tias dela agiam de modo tão peculiar sobre ela sair *e* queria conversar com ela.

Rosa provavelmente o mataria por conhecer uma lenda como Amis. A curiosidade a impediria de tentar atá-lo imediatamente e lhes daria uma chance de conversar.

Era o que ele esperava. Não conseguia se lembrar de alguma vez ter desejado tanto conversar com uma pessoa sobre a vida dela e sobre a própria.

Phillip fechou os olhos e a presença leve da floresta dos sonhos assumiu o controle. Naquela vez, havia algo mais sombrio em seu sono, algo que ele não conseguia identificar, que fez seu pescoço arrepiar e seu coração parar. Abriu os olhos para as altas sebes do labirinto.

— Rosa? — gritou, levantando-se e chegando o mais perto que ousou de uma das paredes de espinhos.

Passos se aproximaram do outro lado da parede.

— Phillip?

— Aí está você — disse ele, e suspirou. — Você merece… — começou, mas ela o interrompeu.

— Sinto muito — disse a garota.

Ela ficou quieta e ele riu desconfortavelmente.

— Obrigado. Mas é você quem merece o pedido de desculpas. Sinto muito pelo que aconteceu da última vez. Descontei minha exaustão e minha frustração em você, e isso foi injusto.

— Obrigada — disse Rosa. Ela hesitou. — Ouvi você, em um sonho, se desculpar enquanto estava acordado. Você simplesmente saiu andando por aí falando sozinho, esperando que eu o ouvisse?

— Saí, mas na verdade não estava falando sozinho, porque eu sabia que você poderia estar lá.

E esse era o ponto crucial de tudo: ele não poderia ficar alheio e se esconder atrás de uma máscara de indiferença se ela poderia estar sempre ouvindo. Phillip costumava odiar que ela conhecesse o pior dele, mas era uma bênção. Rosa nunca usara o passado do príncipe contra Phillip até que ele fez isso com ela, e ele considerava sua presença algo natural. Nunca precisou enfrentar seus pesadelos sozinho. Ela sempre esteve com ele.

Ele lhe devia a mesma ajuda e companheirismo.

— Ouvi parte da discussão com suas tias. — Ele se espreguiçou e tentou pensar no que a faria se sentir melhor. — Por que você escondeu de mim que nunca havia saído?

— É claro que você entende, não é? — Ele ouviu Rosa andando de um lado para o outro. — É embaraçoso. Você é um cavaleiro que esteve em todos os lugares e eu nunca saí desta floresta.

Cada palavra soava como se arrancasse outro pedaço de seu coração, e Phillip tentou pensar em uma forma de tornar a terrível situação deles mais igualitária.

— Está tudo bem — continuou ela. — Quer dizer, não está, mas tudo bem você saber.

Não estava tudo bem. Nada entre eles estava. Phillip se deixou afundar, passando os dedos pelos cabelos. Sua vida finalmente estava no caminho que ele queria, mas seus sonhos ainda eram um mistério. Independentemente de todo o resto, ele não queria mais ser rival dela.

— Por que elas não deixam você ir a lugar nenhum?

Ela produziu um som fraco com a garganta.

— Porque é perigoso, aparentemente, e sou uma garota inocente e boba que não sabe de nada.

— E daí se você for inocente? Não dá para ser mais assustador exceto quando se está cuidando de alguém. Você pode ser muitas coisas, mas boba não é uma delas. Elas não deveriam ter dispensado você daquele jeito — defendeu Phillip, levantando-se. — Elas foram suas únicas professoras, então, se você não sabe de nada, a culpa é delas. Nossa briga foi minha culpa, de qualquer maneira. Bati pé e caí fora, e sinto muito pelo que falei. Foi injusto da minha parte.

— Obrigada — sussurrou ela.

— Você quer falar sobre isso? Não precisamos, mas fizemos muitas suposições um sobre o outro. A maior parte do que eu achava que sabia sobre você estava errada.

— Você não estava errado sobre algumas coisas. — Ela respirou fundo como se estivesse prestes a se jogar em águas profundas. — Acho que você nunca percebeu o quanto eu tinha inveja de você.

— Eu… O quê?

Phillip tinha muitas coisas. Sabia disso e sabia que tinha acesso a ainda mais. Mas Rosa nunca expressou interesse pela cavalaria ou qualquer outra coisa típica que acompanhasse a nobreza. Nunca falara dele com inveja, apenas com escárnio.

A menos que ele estivesse completamente enganado.

— Sei que seu pai não é o ideal e você também se sente preso, e sinto muito, mas você tem permissão para fazer tantas coisas — disse ela, e, pelo que pareceu, sentou-se no labirinto. — É claro que falo com os animais, é claro que finjo que todas as histórias são sobre mim, é claro que minto, mesmo que seja só para mim mesma… A verdade é tão monótona e sofrível. Minhas tias me ensinaram a ser adequada e complacente, mas por que devo ser sempre compreensiva? Por que devo ceder e esperar todas as vezes? Qual é o sentido da minha vida se tudo que faço é ler, estudar e olhar para a floresta, me perguntando se há mais além disso? Quero ser significativa, Phillip. Não posso ser tão insignificante por muito mais tempo.

Phillip estremeceu com o profundo desespero no tom dela, a maneira como sua voz vacilou, como se reconhecer sua derrota fosse derrubá-la, e pressionou os nós dos dedos nos olhos para não chorar.

— Você não é insignificante — respondeu. — Minha opinião pode não contar muito, mas você ocupa muito espaço na minha cabeça. Todos aqueles sonhos que compartilhamos, antigos e novos, são algumas das melhores e piores lembranças que guardo. Odeio que você me entenda tão bem, mas quando éramos mais jovens, saber que você poderia estar ouvindo era tudo o que me fazia continuar.

Rosa arquejou enquanto Phillip quase gaguejava, surpreso com as próprias palavras. Nunca as dissera em voz alta. Nunca as admitira para si mesmo até alguns dias antes.

Magoava Phillip o fato de o pai se dar conta de que ele não era o príncipe que desejava, mas a possibilidade de sua misteriosa garota dos sonhos perceber que ele não era perfeito o aterrorizava.

— Sua vida significa alguma coisa — prosseguiu. — Você é *você*: mandona, exigente e tão gentil que se esquece de cuidar de si mesma para ajudar os outros. Certa vez, você fez companhia a um cão raivoso depois que ele já estava doente demais para ser ajudado. Você acredita tanto nas coisas que me faz acreditar nelas, e na metade das vezes nem sei pelo o que está discutindo, apenas que é convincente. Uma vez você disse para um coelho deixar seu jardim em paz, e ele o fez.

Ela riu.

— E sabe a pior parte? — perguntou ele. — Eu tinha tanta inveja de como você planejava seu horário de estudos e como você decidia tudo o que fazia e não tinha ninguém estabelecendo expectativas para você. É fácil sentir inveja de alguém quando você pensa que conhece a vida dela, mas é impossível conhecer de verdade, não é? Estivemos presentes durante grande parte da vida um do outro e veja como acabamos! Eu estava tão errado sobre você.

— Delicadezas não combinam com você — disse ela, mas soltou uma daquelas risadas desenfreadas. — Sei o que você pensava de mim: que eu não poderia me magoar porque não havia ninguém por perto para me magoar e porque minhas tias me amam muito. Mas elas tinham expectativas para mim. Ao contrário do seu pai, elas raramente as expressavam, então eu estava sempre tentando adivinhar o que queriam.

Phillip engoliu em seco, lembrando-se de todas as vezes em que desejou seu pai por perto e conseguiu, mas ficou infeliz. Aquele tipo de isolamento cheio de gente em volta e regras tácitas doía lá no fundo.

— Você me aterroriza — disse ele. — Estamos sozinhos, mas você é muito mais corajosa e realizada do que eu, e nunca mais admitirei isso, então nem pergunte. Quando éramos crianças, achava que você era a pessoa mais corajosa e interessante do mundo, e aí você ouviu o que aconteceu no meu primeiro torneio. Eu estava tão animado para as justas e as lutas e para vencer finalmente…

— Estava mesmo. Mesmo assim, foi fofo. Você tinha onze anos e mal tinha idade para competir. Só de poder ouvir as coisas me deixava apavorada. Foi difícil descobrir o que aconteceu.

Nos velhos tempos, Phillip teria morrido se ela o chamasse de fofo, mas isso o fazia se sentir seguro naquele novo momento. Ele hesitou quando ouviu a respiração constante da garota. Devia estar ao lado de uma parte fina da parede. Phillip se agachou o mais perto que ousou e ouviu o farfalhar dos pés de Rosa contra a grama — toda a prova de que ela era real e que estava ali e que o entendia.

— Foi assustador — disse ele, respirando mais rápido do que queria. Era difícil pensar no evento mesmo anos depois. — Eu estava lutando e era o mais jovem lá. Era só por diversão, sei disso, mas eu ainda era muito menor e já tinha medo daqueles cavaleiros gigantes de armadura completa. Havia praticado antes, mas nunca na frente de tantas pessoas.

Naquela primeira luta, senti meu coração saltando no peito, e a armadura que eu usava era muito sufocante. Era como se tudo estivesse mais alto e maior, e de repente até levantar os braços ficou difícil. Então, o duelo começou — relembrou, lentamente. Phillip nunca falara sobre aquilo. Contá-lo parecia perigoso, como se as palavras fossem sufocá-lo. — Estava chovendo naquela manhã e, quando fui derrubado de Sansão, caí de cara na lama. Um dos cascos dele pousou em mim, não com força, ele se moveu imediatamente, mas a lama entrou na armadura. Não conseguia me levantar e toda vez que respirava, engasgava. Eu estava me afogando.

A impotência de estar muito fraco e abalado a ponto de não conseguir se mover e de ser capaz apenas de se debater enquanto Sansão o pisoteava permaneceu por anos no fundo da cabeça de Phillip. Não havia nada como a inutilidade esperando que sua visão desaparecesse completamente.

Phillip estremeceu e acrescentou:

— Eu os ouvia rindo e falando enquanto ficava cada vez mais difícil respirar, e então meu pai veio e me pegou pela parte de trás da minha armadura. Ele me deixou de joelhos bem ali na frente de todo mundo e me disse para ir embora. Vomitei ainda com o elmo vestido.

— Eu ouvi seu pai — sussurrou ela —, mas não tinha ouvido o resto. Quer dizer, ouvi, mas não me dei conta...

— Não havia como você descobrir exatamente o que aconteceu — defendeu Phillip. A história ainda o fazia sentir gosto de bile e sujeira. Phillip cobriu a boca, a raiva e a tristeza familiares crescendo dentro de si até que ele sentiu que iria explodir. Malévola tinha sido assustadora, mas a percepção de que ele nunca seria capaz de corresponder às expectativas do pai havia sido muito, muito pior. — Um filho dele jamais seria covarde a ponto de desistir depois de ser derrubado do cavalo. Foi o que meu pai falou. Não vi sentido em tentar ser o que ele queria depois disso.

Rosa respirou fundo e alto, o que o fez se sentir muito melhor, porque, se até ela, que se importava com todos, concordava que seu pai era injusto, isso devia ser verdade.

— Você estava com medo de que eu pensasse que você era um covarde — sussurrou ela. — Não penso agora, e não teria pensado naquela época, se isso ajudar.

— É o pior insulto para um cavaleiro. — Phillip encolheu os ombros. — E eu achava que você era uma garota se rebelando contra as regras normais.

— Nunca pensei que você prestava atenção em mim — disse Rosa com brandura. — Sei que você tinha que fazer isso, obviamente, mas nunca pensei que você realmente se importasse o suficiente para lembrar.

— É, bem… — Phillip sentiu seu rosto esquentar e cobriu o sorriso com a mão antes de lembrar que ela, felizmente, não conseguia ver. — Acho que nós dois estamos errados sobre algumas coisas.

O silêncio que cresceu entre eles, quebrado apenas pelas risadas quase inaudíveis dela, era confortável e calmante. Phillip esfregou o peito e tentou localizar a palpitação atrás de suas costelas enquanto a imaginava sentada do outro lado da parede de espinhos. Esperava que ela estivesse sorrindo também.

Contar a história não fora fácil, mas ter certeza de que ela conhecia os detalhes o fez se sentir melhor.

— Pela primeira vez, minha vida está em minhas mãos e você merece a mesma coisa — disse Phillip, levantando-se. — Vamos terminar isso. Outra coisa: magia, destino ou seja lá o que for, algo nos uniu em nossos sonhos, mas merecemos viver em nossos próprios termos: eu fora da sombra de meu pai e você longe da superproteção de suas tias.

A sebe farfalhou e, através dos espinhos, Rosa sussurrou:

— E se você for a única pessoa que conhecerei?

Ele virou à esquerda, mas ainda conseguia ouvi-la. Não havia como fugir da pergunta.

— Então, esse é o meu ganho e a sua perda, mas não acredito que seja o caso.

De repente, uma mão branca e pálida atravessou a parede de espinhos e ele saltou para trás.

— Venha aqui — chamou Rosa.

— Como? — Phillip estendeu a mão, seus dedos roçando, e ele estremeceu. A pele dela era quente como o sol em um dia de primavera. Ele sorriu e traçou as linhas da palma da mão. Uma videira se enrolou no pulso da garota. Ele bateu na mão dela. — Saia daí antes que os espinhos engulam você.

Ela puxou o braço com um silvo.

— Valeu a tentativa.

Os dois caminharam em silêncio por um tempo até que ela suspirou.

— Você não teria me contado essa história há algumas semanas e nunca teria sido tão sentimental — comentou Rosa.

— Você faz parecer que tudo é culpa minha.

Ela riu.

— Não foi com isso que você concordou?

Ah, aí estava: a rivalidade provocante sem o peso da raiva ou dos segredos.

— De jeito nenhum. — Phillip espiou pela esquina do labirinto. — Estou simplesmente distraindo você para poder chegar primeiro ao final do labirinto.

— Até recentemente, eu estava preocupada que você não soubesse o que era um labirinto. É meio divertido. Nunca estive em um antes.

Ele gostaria de poder imaginá-la mais detalhadamente: o rubor em suas bochechas, o brilho de seus olhos na luz da floresta ou os gestos que ela fazia com cada palavra. Era linda a maneira como falava e se importava. Ele não estava tão preocupado com a aparência dela, mas desesperado para ver com os próprios olhos os movimentos e as reações de Rosa. A simples ideia de vê-la o encheu de uma expectativa estimulante.

— Desculpe. Eu preciso saber... — disse, esfregando o rosto, embora ela não tivesse como saber que ele estava corando. — Como é possível que você nunca tenha conhecido mais ninguém? Você não precisa de lenha, comida ou remédios? Nenhuma de vocês se machucou ou ficou doente?

— Machucou? Sim, mas temos maneiras de evitar que fiquemos doentes.

Phillip percebeu a incerteza em seu tom.

— O que você quer dizer? Você nunca teve febre ou espirrou?

— É claro que já espirrei — retrucou ela, mas sua exasperação não tinha a amargura de antes. — Antigamente, as pessoas podiam ficar doentes, mas agora temos maneiras de lidar com isso.

— Temos? — Phillip estreitou os olhos para a parede de espinhos. Aquela foi a coisa mais suspeita que ela já falara, e olha que uma vez ele a ouviu se referir a um urso como um bom amigo. — Você não se lembra de quando fiquei doente há dois anos e fiquei preso na cama?

— Isso foi apenas por um dia — falou Rosa.

Não é de se estranhar que as suposições um sobre o outro tenham levado a falhas de comunicação.

— Duas semanas — disse ele. — Fiquei de cama, doente, por duas semanas.

— O quê? — perguntou ela. — Como isso é possível? Minhas tias sempre fazem eu me sentir melhor rapidinho. Com tônicos, principalmente. Vocês os têm, não?

— Temos tônicos, mas nenhum que funcione com tal velocidade — respondeu Phillip. As tias lhe pareciam cada vez mais estranhas. — Você já se cortou?

— O tempo todo. Por quê? Minhas tias sempre murmuram sobre isso e discutem sobre o que fazer, mas depois fazem a mesma coisa todas as vezes: dão um jeito, e pela manhã está tudo bem.

— Hum. — Ele tentou não parecer tão interessado quanto estava.

Ele praticamente a ouvia estreitando os olhos.

— Não fique muito curioso. Você não vai deixar tudo para trás e tentar me encontrar, não é?

— Não acho que conseguiria fazer isso sem morrer. — Ele riu e balançou a cabeça. — E se pararmos de sonhar um com o outro quando nos encontrarmos no mundo desperto? Esses sonhos são a coisa mais estável da minha vida, além de Sansão e Joana.

Ele virou a esquina seguinte do labirinto. As paredes eram mais finas ali, como se não conseguissem acompanhar a distância que as vinhas tentavam cobrir, e havia lacunas. Elas não eram grandes, mas estavam lá e não fecharam em seu nariz quando ele espiou através dos buracos. Uma videira chicoteou, mais lenta do que o normal. Phillip a rebateu.

Os espinhos também eram menores.

E, então, ele viu: um vislumbre de cabelo, como ouro polido, e um vestido simples e claro.

— Phillip? — chamou Rosa, sem fôlego. — Se você virar à direita, o que você vê?

Phillip dobrou a esquina. O final do labirinto se aproximava. Ele conseguia distinguir o velho bosque dos sonhos além da última sebe, árvores pairando sobre as paredes retorcidas de espinhos que compunham o labirinto. Ele correu, com o coração batendo forte e a mente acelerada pensando no que poderia estar esperando por ele, e derrapou na floresta familiar. À sua direita, uma jovem saiu correndo por outra abertura no labirinto de sebes. Ela abriu a boca de espanto e virou-se para encará-lo.

Rosa parecia mais um salgueiro do que uma flor. Ela era alta e ágil, andando pela grama como se não quisesse esmagá-la. Seu cabelo estava solto e livre, caindo sobre os ombros com o mesmo tom dourado pálido das folhas do fim do outono. A única parte dela tão brilhante quanto pétalas eram seus olhos violeta, com bordas vermelhas.

Phillip tentou falar, mas não encontrou as palavras. Ela era dolorosamente real e linda e, ah, estava tão perto pela primeira vez que ele teve medo de quebrar qualquer magia que os tivesse presenteado com aquele momento.

— Phillip? — perguntou, olhando para ele, e um meio-sorriso enfeitou seus lábios. — Ah. Achei que haveria uma recompensa.

Ela era perfeita.

— Você realmente é tão espinhosa quanto sua xará — disse ele, levando a mão ao peito e deixando-a cair quando percebeu que estava tremendo. — Já está me ferindo.

Ela riu.

— Eu sou uma recompensa muito melhor do que você.

A imaginação de Phillip não fizera justiça a ela, e ele teve que limpar a garganta para evitar que a voz vacilasse.

— Dá pro gasto — disse Phillip. Parecia errado vê-la ali, como se o sonho pudesse desaparecer a qualquer momento ou ela fosse sumir para sempre. Cautelosamente, estendeu uma mão para ela. — Você sabe que estou brincando, certo? Você dá muito mais do que pro gasto.

— Não me elogie demais. — Ela hesitou como ele. — Não saberei o que fazer com você se parar de me provocar.

— Você nunca correrá o risco de eu a elogiar demais — disse ele, curvando-se até que os dois ficassem nariz com nariz e suas mãos quase se tocassem. — Eu não ligo nem um pouco para esse brilho em seus olhos.

Rosa preencheu a lacuna, entrelaçando os dedos nos dele muito de leve, e o coração de Phillip deu um pulo. Ele não conseguia identificar aquela sensação, como se o ar em seus pulmões tivesse sido substituído por algo mais leve e ele estivesse a um passo em falso de flutuar no céu. Ele sabia que não odiava Rosa, mas não percebera havia quanto tempo seus sentimentos por ela eram tão ternos.

E ele não odiava isso.

— Então, você é real — sussurrou, e pressionou a testa contra a dela.

Rosa fechou os olhos e se curvou para mais perto, suas palavras como um sussurro contra os lábios dele.

— Prove.

E, de repente, com um aperto tão afiado quanto as garras de um dragão, ele foi arrancado completamente do sonho e do toque dela.

15

Um dom, amizade rara

— PHILLIP! ~ SUSSURROU Éris ferozmente, os dedos cerrados em volta dos ombros dele.

O príncipe acordou de repente, ofegando como se estivesse se afogando, e ela se afastou dele. A barraca estava escura, e a entrada, fechada. Pássaros noturnos gritavam na clareira. Grilos cantavam ao longe. Joana roncava.

Phillip esfregou a mão que Rosa segurara, a sensação de seus dedos persistindo, e respirou fundo para evitar gritar com Éris. Pela primeira vez em muito tempo, queria permanecer no sonho e passar o máximo de tempo possível com Rosa. Os dois tinham acabado de esclarecer as coisas e de se conhecer. Ele começou a protestar por estar acordado, mas Éris levou um único dedo aos lábios. O medo dela o fez hesitar.

— Éris? — perguntou Phillip, sua voz rouca de sono, enquanto ele lentamente voltava a atenção para a fada à sua frente. — O que foi?

— Sinto muito — sussurrou ela —, mas comecei a gostar muito de você.

— Ah, não?

Phillip se sentou.

— Guarde seu sarcasmo para a próxima parte desta conversa — disse ela, depois olhou para Joana e tocou sua têmpora, colocando-a em um sono muito mais profundo. — Você me lembra de quando eu era mais jovem... Inseguro e ignorado, forçado a um papel que não tinha vontade de assumir e desesperado para que alguém acreditasse em você. Tentei ser boa por tanto tempo, mas nunca fui boa o bastante.

— Até sua mentora aparecer — disse Phillip, calmamente.

— Até minha mentora aparecer, eu pensava que nunca seria boa o bastante para ninguém. — Éris acendeu a ponta da varinha com uma luz pálida, sombreando seu rosto por baixo. Seus olhos refletiam dourados na escuridão. — Para ela, eu era boa o bastante.

— Éris, o que foi? Você está agindo de forma estranha.

— Você deve me ouvir até eu terminar, Phillip — pediu ela, torcendo as mãos e olhando para a aba da barraca. Cada olhar fazia sua pele arrepiar de medo. — Prometa. Não me interrompa. Não duvide de mim. Confie em mim como eu confio em você.

Sua respiração ficou presa e ele assentiu.

— Phrike, Poena e eu somos aprendizes de Malévola. Nós a desapontamos durante a última guerra e estamos fazendo isso para voltar às boas graças dela — revelou de um só fôlego.

Um zumbido como o de mil abelhas encheu os ouvidos de Phillip. Ele não devia ter escutado direito, ou era uma brincadeira de mau gosto. Éris prometeu ensinar-lhe magia. Ela lhe ensinou magia. Malévola nunca iria querer isso.

— Precisávamos de uma forma de roubar a Espada da Verdade e o Escudo da Virtude para que não fossem usados contra Malévola quando o aniversário da Princesa Aurora chegasse, e você foi o nosso caminho. Presumimos que usar você para fazer isso seria uma dádiva para Malévola. Ela acharia muito mais cruel usar você para ferir os reis do que simplesmente usar qualquer outro humano para conseguir os armamentos.

Phillip não conseguiu evitar o riso.

— O quê?

Era uma brincadeira. A pior brincadeira de mau gosto que alguém já fizera.

— Malévola vai matar você — disse Éris. — Mas, se você for embora e eu tiver tempo para convencê-la de sua utilidade, ela não o fará. Afinal, ela me acolheu, mas preciso de tempo. Só conseguiremos isso se você fugir.

— Ela não pode me matar. Tenho a espada, tenho o escudo e tenho magia.

O rosto de Éris assumiu uma expressão que ele não vira ainda, e ela balançou a cabeça.

— Ah, Phillip. Tudo foi uma estratégia que planejei para pegar as armas e distrair você da preparação para a maldição ao lado de seu pai. Você não tem magia. Você nunca teve.

Phillip havia sido esfaqueado antes. Havia ficado inconsciente, por acidente e de propósito. Até ouvira o estalo do osso do braço quando ele o quebrou depois de cair de um cavalo. A dor só apareceu muito depois de cada uma dessas ocorrências. O buraco escuro do terror selvagem sempre o alcançava primeiro.

Não era como pânico ou medo. Era algo mais profundo, como nadar em um lago e olhar para baixo apenas para perceber que não dava para enxergar o fundo. Havia uma nitidez no mundo que o terror e a dor traziam, que lhe permitia seguir em frente e chegar à segurança. Ele sabia naqueles momentos que havia uma fuga para ele, contanto que continuasse.

Phillip se concentrou em uma folha de grama perto de seus pés e a incentivou a crescer e se enrolar em seu tornozelo. Era uma magia tão simples, a primeira coisa que ele conseguira fazer, mas nada aconteceu. Estendeu a mão e a persuadiu a avançar.

Nada.

E o olhar que Éris lhe deu quando percebeu o que ele estava tentando fazer interrompeu as batidas de seu coração.

Não havia escapatória. Não havia como nadar até a margem. O peito de Phillip apertou e ficou difícil de respirar. Aquela situação era como nadar nas profundezas de um lago de águas sujas sem poder enxergar nem sequer a mão diante do rosto ou os predadores que o cercavam. Era um afogamento.

— Desculpe. Lamento ter mentido para você e lhe dado esperança, mas existem maneiras de consertar isso. — Éris respirou fundo pelo nariz e estalou as juntas dos dedos. — É ridículo, de fato, mas Malévola foi contra os próprios princípios para me treinar, e aqui me encontro indo contra os meus para salvar você. Eu estive na sua posição uma vez e Malévola me ofereceu a mão. Eu aceitei.

— Não — sussurrou Phillip, e balançou a cabeça. Ele tentou conjurar uma brisa, mas nada aconteceu. — Não, recuperamos a Espada da Verdade e o Escudo da Virtude para derrotar Malévola.

— Não, você os roubou da maga do Rei Humberto e dos mercenários do Rei Stefan para que eu pudesse entregá-los a Malévola e eles não pudessem ser usados contra ela — corrigiu Éris. — As fadas não podem empunhá-los. Até segurá-los é doloroso. Movê-los com magia é algo que apenas as mais poderosas conseguem fazer, e elas não podem fazer isso mais de uma ou duas vezes. Sobre isso eu não menti.

Uma sensação quente e nervosa tomou a pele de Phillip, cobrindo-lhe as palmas das mãos com suor e cerrando-lhe a mandíbula. Sua língua parecia grossa e inútil. Palavras entulharam sua garganta.

— Você só pode estar brincando. Você tem que estar de brincadeira. Por que alguém gastaria tanto tempo e esforço em um simples roubo?

— Esse era o ponto: não precisávamos apenas que você roubasse a espada e o escudo para nós. Precisávamos enrolar você e mantê-lo longe de seu pai e de Ald Tor até que Malévola retornasse a estas terras e pudéssemos entregá-lo a ela. Não há coisa que Malévola aprecie mais do que provocar o pesar. Mentir para você sobre magia era a maneira mais fácil de chamar e manter sua atenção, e achamos que seria mais divertido para nós.

Um ato cruel, eu sei. Sinto muito, mas você era apenas o príncipe e agora é Phillip — explicou Éris, balançando a cabeça. — Você não só não teve tempo de se preparar para Malévola, mas foi quem roubou a espada e o escudo. Foi você quem foi...

— Enganado. Ludibriado. Iludido.

Tudo não passara de uma simulação destinada a desperdiçar seu tempo e partir seu coração. Rosa era...?

— Malévola nos deixou de lado quando não conseguimos evitar a derrota dela — continuou Éris. — Tínhamos que fazer com que confiasse em nós novamente.

— Mentindo para mim. Alguma coisa disso foi real? As conversas e as promessas? Suas especialidades? O treinamento?

Éris se encolheu.

Ela tinha sido tão gentil com ele. Poena não, mas mesmo assim o ensinara. Phrike o curara. Ela havia...

Phillip levou a mão ao ombro, ainda dolorido pela queda da torre, e cutucou-o, com um arquejo de dor. O hematoma desaparecera, mas ainda doía. Ainda doía porque o hematoma ainda estava lá — porque as fadas más não eram capazes de curar.

— Foi tudo uma ilusão — concluiu. — A cura. O ensinamento. A amizade. As promessas.

A cura deveria ter sido o primeiro sinal, mas ele ficara tão encantado com a magia e a promessa de orientação — a simples ideia de que ele poderia existir fora do que seu pai queria para ele — que nem percebera.

— Você sabia exatamente o que eu queria. — Phillip pressionou o punho contra o peito, o coração batendo insuportavelmente forte, e pensou que poderia estar doente. — Nunca senti minha magia porque não havia nenhuma. Era a sua.

Ele não fora capaz de lidar com a magia do fogo sem se queimar. Precisara dizer a Éris o que seus gestos e comandos significavam antes que pudesse fazer magia. Desenvolvera isso de repente, sem motivo aparente.

Ele não era um mago. Era um bobo da corte.

— Você é tão humano quanto o restante deles — asseverou Éris, e pegou as mãos dele. — Sinto muito por lhe dar essa falsa esperança. Você é talentoso e inteligente, mas não domina magia.

Phillip não era nada mais do que um peão — sempre fora e sempre seria. O futuro cuidadosamente construído que ele imaginara para si desmoronara. Não haveria castigo para o pai, e Phillip não salvaria o dia. Éris elegantemente o colocara no quadro da vida e o removera com a mesma rapidez.

Se ele finalmente encontrara a felicidade ali e tudo era mentira, seus sonhos também eram falsos? Sonhava com Rosa havia mais de uma década, mas poderia tudo aquilo ser falso? Todas as alegrias de sua vida eram mentiras?

— Essas semanas podem ter sido uma conspiração, mas meu aviso agora não é — disse Éris, bruscamente, e segurou-o pelos ombros. — Se você for embora e não voltar, se sua participação nesta trama contra Malévola não der certo, eu posso protegê-lo. Malévola não vai segui-lo se você fugir agora. Deixe os outros lidarem com ela. Ou não. Nunca foi sua luta.

— Você quer que eu vá embora? — questionou, ainda tentando entender toda aquela história.

— Quero! Você seguiu sua jornada com Joana. Estou simplesmente pedindo que faça outra. Para Malévola, você é filho do Rei Humberto e futuro marido da Princesa Aurora, nada mais, e ela vai matá-lo por isso, a menos que faça exatamente o que eu digo. Abandone essa luta contra ela. Salve-se.

— Nada mais — murmurou ele.

— Como eu era. Tão desesperado para fazer o bem e sempre falhando. — Éris encostou na bochecha de Phillip. — Você nunca será bom o bastante para eles, nem como você era e nem como será, não importa o que faça, mas você é perfeito para mim agora.

— Agora… agora não tenho nada. Tenho menos do que nada. Apenas erros.

— Não seja ridículo — repreendeu Éris, afastando-se. — Você ainda me tem e estou dizendo para fugir.

— Eu realmente tenho que ir embora — disse, com a voz suave e distante, como se estivesse caindo para longe, afundando ainda mais no lago escuro de si mesmo. — Não podemos ficar aqui.

Ele olhou para Joana, adormecida e inconsciente, e Éris se sobressaltou.

— Sim, leve-a. — Éris estendeu a mão novamente e mexeu em sua camisa, ajeitando o colarinho e penteando o cabelo dele. — Viaje para longe daqui.

Deixe Malévola vencer, foi o que ela quis dizer.

Ele deveria? Tudo aquilo, nas semanas anteriores, fora em vão. Arruinara os planos de seu pai. Estragara tudo.

Finalmente conseguira imaginar a vida que queria, e era tudo mentira. Todas as coisas que passou a gostar em si mesmo eram mentiras.

— Eu sempre fujo — murmurou. — Achei que estava mudando, me tornando um Phillip melhor. A pessoa que eu queria ser.

Tivera tantas oportunidades de fazer melhor e, quando enfim as aproveitou, tudo dera errado.

— Você é um projeto em andamento — disse Éris. — Viva para ser o produto acabado.

As palavras o atingiram. Alguns minutos antes, ele dissera quase a mesma coisa para Rosa, mas vindo de Éris parecia uma zombaria. Ele realmente mudara muito?

Não importava. Ele não era um produto. Ele era Phillip e não podia fugir — não depois de tudo o que acontecera. Tudo o que acontecesse depois daquela revelação seria culpa dele, gostasse ou não. Tinha que fazer algo para consertar isso.

Ele havia dito para Rosa que tinha as rédeas da própria vida nas mãos e ele manteria sua palavra.

Sem magia, sem escapatória do casamento e nada a fazer quanto a Malévola. Bem, pelo menos ele não era o cavaleiro de armadura brilhante que nunca quis ser. Exceto que tinha a espada e o escudo mais próximos de si do que de Malévola, mesmo que estivessem na barraca com as fadas. Poderia consertar um erro.

— Tire algum tempo para juntar suas coisas e, quando Joana acordar, as outras e eu estaremos dormindo. Vá embora então — sugeriu Éris. — Afaste-se desses problemas.

— Éris, espere. — Phillip agarrou o braço dela. — Rosa é real?

As sobrancelhas da fada de amarelo se juntaram.

— Quem?

Nunca antes uma palavra lhe dera tanta esperança.

— Deixa para lá.

Ela hesitou.

— Você se preocupou comigo certa vez, Phillip. Preocupou-se sinceramente comigo. Estou retribuindo essa preocupação com a minha. Saia esta noite enquanto minhas companheiras e eu dormimos, e fique fora da luta de seu pai.

Ela saiu da barraca e Phillip desabou, soltando um grito abafado entre as mãos.

Phillip não podia falar com Joana ainda. Não com os olhos ardendo e a camisa molhada onde ele enxugara o rosto. Não tinha certeza de como explicaria a ela — ou se conseguiria — que as fadas estavam do lado de Malévola e que Éris as estava traindo. Como ele diria que as semanas anteriores de suas vidas foram não apenas uma perda proposital de tempo, mas também prejudiciais ao sucesso do grupo?

De uma só vez, ele arruinara o plano de todos, exceto o de Malévola. Roubara o pai, com efeito, quando pegou a espada de Barnaby — a quem ele definitivamente devia um pedido de desculpas — e mentira para Amis. Mesmo acreditando que estava roubando o escudo para derrotar Malévola, ele duvidava que lendas virtuosas se importassem muito com detalhes. Presenteara Malévola exatamente com o que ela precisava para vencer a guerra que se avizinhava.

Tinha que pegar a espada e o escudo. A confissão de Éris mudara tudo, mas deixar a espada e o escudo com as fadas era tão indesculpável quanto tudo o mais que ele havia feito. Elas dominavam magia e ele não; fugir seria simples, fácil e razoável.

Mas nunca haviam descrito Phillip como razoável.

Ele calmamente juntou os pertences dele e de Joana, tentando não a acordar, e esperou um pouco. Ainda faltava muito tempo para o amanhecer e Éris certamente voltaria a dormir. A espada e o escudo estavam na barraca das fadas. Poderia pegá-los assim que ela adormecesse.

Elas haviam vencido — ou assim pensavam —, sem dúvida estariam comemorando com uma noite inteira de descanso.

— Preciso de energia para me vangloriar — murmurou, tirando o livro de Joana de debaixo da cabeça dela.

Estava aberto e as primeiras páginas tinham sido dobradas umas sobre as outras. Cuidadosamente, Phillip arrumou as páginas e alisou-as contra o peito. A primeira página estava amassada, mas legível.

Não lendário: deixar de contar não significa ter pouca importância

Nem todos os grandes cavaleiros vivem de histórias, nem todas as grandes histórias são contos verdadeiros de bons cavaleiros. Quem escolhemos esquecer diz tanto sobre nós quanto quem escolhemos lembrar.

Phillip parou de ler, passou o polegar pelo título traçado com a caligrafia excessivamente cuidadosa da escudeira, fechou o livro e colocou-o em uma pequena aba segura dentro da mochila da amiga. Ele nunca considerara Joana alguém que gostaria de escrever histórias, mas muitos dos épicos eram embelezados pela história. Aquilo combinava quase perfeitamente com ela.

E significava que ela não estava escrevendo sobre as desventuras deles dois.

Certo de que Éris já estaria dormindo, Phillip saiu com seus pertences. Tudo estava arrumado, exceto o saco de dormir de Joana. Ela poderia guardá-lo com bastante facilidade. Os cavalos eram a principal preocupação de Phillip, e ele se aproximou lentamente de suas formas adormecidas. Esparramado de lado na grama, Sansão mastigava um pouco da comida dos sonhos enquanto dormia, e Taliesin estava a alguns passos dele. Phillip estalou a língua para ele e o cavalo abriu um olho. Phillip lhe mostrou a mochila.

— Estamos sendo sorrateiros, entendido? — sussurrou Phillip e deixou Taliesin se sacudir antes de se levantar. — Precisamos de uma saída silenciosa e rápida em um minuto.

Taliesin bufou. Phillip deu um tapinha em seu pescoço, prometendo buscar Joana assim que fosse seguro. Taliesin cutucou Sansão com o casco e Phillip silenciou o grande corcel enquanto ele se levantava. Sansão fungou no ombro de Phillip, que retribuiu com um beijo e colocou a mochila e os sapatos ao lado dele.

— Espere aqui — disse, e apontou para Sansão. — Café da manhã assim que estivermos seguros.

Sansão soltou um leve relincho e Phillip se virou para a barraca das fadas.

Sem magia, precisaria se mover lentamente. Se algo desse errado, sua única graça salvadora era que ele poderia empunhar a espada e o escudo contra as fadas e elas não poderiam tocá-los. Como estar perto dos armamentos não as incomodava, dormir perto deles era a maneira mais fácil de protegê-los. Phillip não questionara por que elas queriam proteger as armas se só havia os cinco ali. A confissão de Éris deixara o motivo bastante claro.

Phillip nunca entrara na barraca delas. Mantinham a aba bem fechada, a coisa toda ainda formigando com magia sempre que ele se aproximava dela. Pelo menos, ainda conseguia sentir a magia, mas isso não o ajudou muito. Ele se ajoelhou diante da aba, com a orelha encostada na fresta, e escutou. Os sons abafados de sono — ronco, respiração pesada e agitação de cobertas — chegaram até ele. Aos poucos, foi capaz de discernir três estilos de respiração diferentes. Todas as três fadas pareciam adormecidas.

Ele respirou fundo e abriu a aba da barraca. As fadas realmente adoravam seu sono de beleza: Éris estava deitada de costas sobre um saco de dormir que parecia um travesseiro e tinha um lenço de seda amarrado sobre os olhos; Phrike roncava como uma debandada de cavalos, enrolada em um ninho de cobertas que pareciam ter sido fiados das mais macias nuvens de tempestade; e Poena dormia em uma confortável cama de armar, com fios de fumaça saindo de sua boca a cada expiração. Estavam em lados opostos da barraca, como se não suportassem ficar próximas uma das outras, mesmo dormindo. No centro da barraca, a Espada da Verdade e o Escudo da Virtude jaziam tão firmemente envoltos em cobertas e trapos que ele mal conseguia distinguir suas formas. A única luz na barraca provinha do pedacinho de escudo à mostra.

Phillip engoliu em seco. O silêncio parecia frágil, como se o menor som fosse destruí-lo. Prendeu a respiração e entrou com o corpo todo na barraca. Seus pés descalços rumorejavam nos tapetes estendidos sobre a grama e seu coração batia forte nos ouvidos. Ficou mais perto de Éris, certo de que ela ficaria brava se acordasse, mas não o mataria por não seguir suas instruções. Deu outro passo vacilante em direção ao centro da barraca e as fadas não acordaram. Cuidadosamente, começou a desembaraçar a espada e o escudo.

Eles reluziam no escuro, a luz das estrelas cintilando em suas superfícies prateadas, e ele deslizou o braço pelas tiras do escudo. Estava quente apesar do ar fresco da noite, e o punho da espada parecia moldar-se à sua mão. Phillip se virou para sair.

O tapete sob seus pés enrugou e ele congelou.

Éris se mexeu, levando uma mão ao rosto. Phillip se preparou para correr, mas, antes que pudesse, Phrike engasgou e pigarreou durante o sono. Éris suspirou e jogou o braço sobre os olhos cobertos. Poena nem sequer se mexeu.

Phillip ficou imóvel, seu coração pouco mais do que um nó na garganta. Falhara terrivelmente uma vez. Precisava tirar as armas de lá e consertar tudo.

Ser um cavaleiro inútil era uma coisa; ser a queda da humanidade era outra.

Ele deu um passo dolorosamente lento em direção à aba da barraca e ninguém se moveu. Outro passo. Prendeu a respiração novamente. Uma passada final mais longa. Nada.

Phillip se esgueirou de lado para fora da barraca, com a espada e o escudo em segurança, e correu para os cavalos. Suas mãos tremiam e o medo arranhava sua nuca. Ele prestou atenção para saber se as fadas sairiam em seu encalço.

Não saíram.

Phillip manteve a espada e o escudo consigo quando acordou Joana. Ela aceitou a traição tão mal quanto ele, aproximando-se de Taliesin com uma carranca tão assustadora que o cavalo recuou. Phillip se sentiu vazio ao explicar a situação, cada mentira e cada truque mais evidentes.

— Olha, a coisa mais importante que podemos fazer agora é levar a espada e o escudo para Ald Tor e para longe de Malévola — disse Phillip, desesperado para que a amiga soubesse que ele não estava simplesmente fugindo. Ele enfiou o escudo nos braços dela. — Temos três dias até o aniversário da Princesa Aurora, e levará esse tempo para chegar ao castelo do Rei Stefan. Poena e Phrike, talvez até Éris, virão atrás de nós assim que perceberem que pegamos as armas. Não creio que elas possam nos rastrear, ou teriam nos encontrado imediatamente após o roubo. Será mais seguro se nos separarmos. Aí, se elas nos alcançarem, pelo menos um de nós chegará lá com uma das armas. Ou você vai poder enfim dar um soco na cara de Poena.

O fato de ele não fazer exatamente o que Éris queria era algo com que ele lidaria mais tarde.

— De jeito nenhum — disse Joana. — Eu não vou deixar você sozinho.

— Vai, sim. Não estou pedindo para você fazer isso. Estou mandando. Há duas estradas para Ald Tor daqui: uma contornando a floresta e outra através dela.

Joana respirou fundo e cerrou os dentes. Ela levantou um dedo.

— Tudo bem. Mas eu vou pelo caminho que contorna a floresta. É o caminho mais fácil e mais corriqueiro, e elas esperam que sigamos por ele — resmungou, espetando o peito de Phillip entre cada palavra.

A dupla conduziu seus cavalos para fora do acampamento e esperou até que estivessem longe o bastante antes de montar. Phillip ficou com a espada e Joana passou a carregar o escudo nas costas.

— Você confia em Éris? — perguntou ela. A preocupação em sua voz o matou. — Isso poderia ser outro estratagema?

— Não e não — respondeu Phillip. Toda vez que ele levantara a mão para invocar sua magia, Éris ficara rindo dele? Todas as vezes que ele confidenciara seus medos e objetivos, ela anotara tudo para usar contra ele mais tarde? Phillip engoliu em seco. — Mas descobriremos como ela vai se sentir quando perceber que a espada e o escudo sumiram. Com sorte, isso não acontecerá até o amanhecer e elas não serão capazes de nos encontrar. Phrike nos transporta para lugares em geral. Ela nunca nos transportou magicamente para pessoas. Talvez elas não sejam capazes de rastrear humanos.

Joana respirou fundo e murmurou:

— Espero que sim. Como vamos explicar isso ao seu pai?

— Rápido, sem deixar pausas durante as quais ele possa gritar comigo.

Ele sabia que merecia uma reprimenda, mas se sentia tão vazio que não tinha certeza se isso faria diferença.

— Phillip, pare de brincar — insistiu ela.

— Vamos contar tudo a eles. Isso é mais importante que meu orgulho. Joana abriu a boca, olhou para ele e fechou-a. Sansão bufou.

— Todos vocês podem comentar como é improvável que eu pronuncie essas palavras quando estivermos seguros em Ald Tor — disse Phillip. — Eu nos meti nesta confusão, mas não posso nos deixar nela. Não agora.

Ele queria correr, se esconder e nunca admitir nada daquilo, mas não podia. O Phillip de um mês antes poderia. Mesmo com as mentiras e a traição, Éris estava certa. Só ele poderia controlar como reagia às circunstâncias e assumir o controle delas. Éris o tinha deixado mal-acostumado.

Passara a acreditar em si mesmo.

16
O sonho bonito que eu sonhei

PHILLIP E JOANA chegaram à encruzilhada uma hora antes do amanhecer. Ela pegou a estrada principal que contornava a floresta que cercava Ald Tor e o castelo do Rei Stefan, e Phillip se despediu dela com a promessa de tomar cuidado. Ele se aventurou pelos bosques antigos, as árvores tão densas e escuras quanto seus pensamentos. Passou os três dias seguintes viajando por eles em silêncio quase total.

Não havia mundo em que ele pudesse tolerar o que fizera. Phillip fora enganado e as amaldiçoara com a mesma eficácia de Malévola. Sua única esperança era devolver as armas a Ald Tor. Ele nunca demonstrara interesse em governar — desde que era um garoto ingênuo e otimista —, então não era de estranhar que seu pai nunca lhe tivesse contado sobre a Velha Barnaby e a Espada da Verdade ou os planos do Rei Stefan para obter o Escudo da Virtude. Todas aquelas vezes que Éris e as outras aplaudiram seu progresso não passaram de encenação. Ele não era talentoso em nada.

Se Phillip tivesse prestado atenção, se recusado a aprender magia ou fosse um filho em quem seu pai pudesse confiar, nada daquilo teria acontecido. Em vez disso, passara os três dias anteriores viajando e olhando por cima do ombro com receio de fadas furiosas e assassinas. Era seu último dia na floresta e ele não vira nenhum sinal nem de varinhas nem de asas das fadas. Com sorte, aquela última manhã de viagem seria tão desinteressante quanto as outras.

— Hoje é o aniversário da Princesa Aurora e, ao anoitecer, a maldição de Malévola entrará em vigor. Temos que chegar ao castelo antes disso — falou para Sansão, penteando a crina do cavalo com os dedos. — Essa é minha lição.

Sansão sacudiu as orelhas e balançou a cabeça.

— Não que você precise se preocupar com isso. — Phillip deu um tapinha na lateral de Sansão. — Não há muito que os cavalos possam aprender.

Pelo menos, Phillip sabia viajar com discrição. Ele jogara fora o broche em forma de gato que Éris lhe dera naquele primeiro dia antes de entrar na floresta. Abandonar o objeto parecia estranhamente definitivo.

Percorrer o caminho junto com Sansão aliviou um pouco a tristeza e a raiva, mas ainda estavam emaranhadas dentro dele como um arbusto de amora-preta crescendo em volta de seu coração. As noites foram a pior parte.

Ele não conseguira dormir muito e, nas poucas horas que fora capaz, não sonhara com a floresta, Rosa ou qualquer outra coisa. O medo de que ela fosse outro truque permanecia no fundo de sua mente. Enquanto ele estava deitado no escuro, com ninguém como companhia além de um cavalo roncando e as estrelas, seus pensamentos giravam em torno de todas as diferentes coisas que nunca aconteceriam e todos os momentos em que as pessoas em quem ele confiava estavam na verdade rindo dele. Éris pelo menos gostara dele o suficiente para se voltar contra Poena e Phrike a fim de protegê-lo.

Mas ele aprendera que ela também não era do tipo que dizia a verdade. Se Éris realmente estivesse trabalhando para Malévola o tempo todo, ele não tinha certeza se poderia confiar em algo que a fada dissesse. E havia o fato de que ele usara a confissão dela não apenas para escapar, mas também para fugir *com* a espada e o escudo.

— Não é nem o fato de ela ter acreditado em mim — murmurou Phillip para Sansão. Ele caiu sobre as costas do cavalo e deixou os braços penderem para os lados. — Ela me entendeu tão rapidamente e sabia exatamente o que eu precisava e queria. Por que ninguém, como meu pai, foi capaz de fazer isso?

Se alguém ruim o suficiente para apoiar Malévola era a única pessoa que o conhecia tão bem, isso significa que ele era mau também?

Ela o vira cair de cabeça na lama, pular de uma torre e gritar "videiras" muitas vezes. Ele tinha sido vulnerável com ela como fora com poucas pessoas.

— Rosa me conhece tão bem quanto ela, eu acho — murmurou no pescoço de Sansão. — E ela não é nem um pouco má.

Na pior das hipóteses, teria chamado Rosa de agressivamente gentil. Saber que alguém tão bom quanto a garota poderia vê-lo em seus piores momentos e tolerá-lo — talvez até gostar dele — aliviava um pouco a dor.

Balançando a cabeça, Sansão empurrou Phillip de volta para a sela e bufou.

— Vamos. Só mais algumas horas nesta floresta até que possamos parar por hoje.

No extremo nordeste, a paisagem era de colinas escarpadas salpicadas de densas florestas antigas. Árvores mais velhas do que o tempo os protegiam do sol, e o rio que eles seguiam havia cortado a terra havia tanto tempo que as margens eram lisas e cobertas de musgo e samambaias. A primavera já estava desabrochando ali, as flores se espalhando pela grama que mais parecia um tapete e as abelhas voando de arbusto em arbusto. Os pássaros cantavam nas copas das árvores.

A cena o fazia se lembrar de como era a floresta dos sonhos antes de o labirinto aparecer. Havia uma tranquilidade que o impelia a ficar ali.

A vontade de falar com Rosa era tamanha que doía. Ela o conhecia e entenderia o quanto ele estava magoado e aterrorizado. Precisava saber que ela era real e estava bem.

Phillip fechou os olhos e respirou fundo, inclinando-se novamente sobre as costas de Sansão.

Uma voz familiar ecoou pela floresta. Phillip piscou de sobressalto e se sentou. Ele adormecera outra vez enquanto cavalgava?

— Ouviu, Sansão? — perguntou, e parou o cavalo. — Lindo.

Sansão andou para trás e balançou a cabeça, bufando. Phillip puxou as rédeas para a frente, contorceu-se na sela e ficou de pé, tentando ver onde a cantora estava ou conseguir um ângulo melhor para ouvi-la. Sansão tentou seguir em frente.

— Que será? — Phillip teve que puxar as rédeas para controlar Sansão. — Vamos ver o que é.

Sansão bufou, balançou a cabeça e arrastou-os para o caminho que estavam seguindo.

— Ah, vamos! — Phillip segurou as rédeas com força e tentou virá-lo, mas Sansão se manteve firme. O cavalo deu mais alguns passos. Phillip se inclinou e deu alguns tapinhas em seu pescoço. — Por outro balde d'água? — Phillip quase riu quando a cabeça de Sansão se inclinou com interesse. — Ou então... cenouras? — Sansão assentiu e Phillip voltou a se aprumar na sela. — Então, vamos!

Eles retornaram pelo caminho por onde iam, em direção à voz. Sansão, pelo menos, seria para sempre previsível e subornável. A motivação do cavalo sempre foi clara: comida.

A pessoa que cantava andava pela floresta em ritmo constante, mas dava para perceber que estava do outro lado do rio. Sansão avançou com precisão obstinada e Phillip tentou esmagar a esperança que florescia no peito. Não poderia ser Rosa, por mais que quisesse falar com ela naquele momento.

— É bom não criar expectativas — murmurou para si mesmo, ignorando a decepção que se apoderava dele. Só queria falar com alguém que soubesse o que estava acontecendo e estava obviamente imaginando a voz de Rosa. — Não é ela. Não pode ser ela.

Sansão parou perto de um afloramento rochoso enquanto a voz ecoava ao redor deles e, de repente, partiu, galopando pela vegetação rasteira. Saltou sobre uma árvore caída na margem do rio e um galho atingiu Phillip no peito. Phillip lutou para se segurar na árvore, mas não conseguiu. Caiu em um braço raso do rio.

— Ohh! — gritou, e cuspiu um bocado de folhas e água.

As batidas frenéticas dos cascos de Sansão pararam. Phillip gemeu, sentando-se. Tanto o seu orgulho quanto as suas costas estavam doendo. Sansão abriu caminho através da água até Phillip com salpicos delicados. Ele tirou o chapéu encharcado de Phillip.

O príncipe olhou feio para ele. Os dois haviam participado de torneios e cavalgado por bosques muito mais densos, e já fazia muito tempo desde a última vez que Phillip caíra. Ele bateu a mão no rio e espirrou água em Sansão.

— Adeus, cenouras — zombou, pegando o chapéu. — Veremos sobre a água.

Sansão bufou e o príncipe se levantou, revirando os olhos. Phillip se apoiou em Sansão e saiu da água. Teve sorte de ela ainda não estar congelando.

Phillip tirou a capa úmida e colocou-a sobre um galho para secar. A cantoria havia parado. Sentou-se em uma pedra próxima para se secar e controlar os pensamentos.

Não poderia ser Rosa. Não havia nenhuma forma de as tias a terem mantido tão perto da civilização sendo que achavam que era um lugar muito perigoso. Poderia ser uma armadilha, alguma nova tortura que Malévola orquestrara ao descobrir que ele havia escapado de suas asseclas com a espada e o escudo.

Éris poderia ter mudado de ideia sobre ajudá-lo quando percebeu que as armas haviam desaparecido. Em última análise, a fada estava era atrás delas.

— O que você acha? — perguntou para Sansão.

Sansão bufou e cutucou o pé de Phillip.

— Não vou chegar em casa úmido *e* com más notícias. — Phillip acenou a mão para o sol. — Vou secar em breve e poderemos ir então. Sei que você está animado para voltar para o estábulo, mas não estou feliz em ver meu pai.

Ou os pais da Princesa Aurora.

Ou a Princesa Aurora.

Phillip estava deitado em uma faixa de sol. Mesmo que encontrasse Rosa, ela iria querer falar com alguém tão egocêntrico que caiu nos truques de Malévola? Ao longo dos últimos dias de viagem, sua raiva esfriara e se transformara em uma derrota dolorosa.

— Estou chafurdando — reclamou, olhando para Sansão. — Você me fez chafurdar.

Phillip jogou o chapéu na árvore junto com a capa e rastejou até se sentar nas raízes de uma velha árvore retorcida. Sansão bebia do rio, ignorando-o.

— Sabe, Sansão? — falou enquanto esvaziava a água das botas. — Havia algo de estranho naquela voz. Muito bonita para ser real. Talvez tenha sido algum ser misterioso. Um duende do bosque ou…

Sansão bufou e relinchou alto, olhando para algo atrás de Phillip, que girou. Seria muita sorte dele se…

Dois coelhos fugiram com suas botas e sua capa saiu voando para longe, como se até suas roupas tivessem se cansado dele. Ele cambaleou e se pôs de pé.

— Ei! Parem!

Ele os perseguiu. O chapéu e as botas subiram uma colina íngreme e desapareceram. A capa esvoaçava alto demais para ele alcançar, com penas de uma cauda aparecendo por baixo. Animais normais não roubavam as roupas dos humanos, mas não havia agitação alguma no ar que acompanhava a magia. Sansão galopou atrás de Phillip. Se fosse magia, não afetava os cavalos.

— Que ninguém fique sabendo disso — resmungou Phillip. Ele girou, agarrou a cabeça de Sansão e bateu o nariz no focinho do cavalo. — Não posso ser conhecido como o príncipe que foi roubado por uma coelhada.

Sansão bufou. A cantoria recomeçou, leve e próxima. Vinha do alto da colina em que suas roupas desapareceram.

Phillip rastejou em direção à colina.

— Bruxa do bosque?

Sansão soltou um gemido superficial.

A cantoria parou e alguém balbuciou por trás da vegetação densa. Phillip se esgueirou o mais perto que pôde, escondendo-se em um emaranhado de plantas ao lado de uma árvore. Ele empurrou as folhas para fora do caminho.

Rosa — acordada, real e com a mesma aparência que tinha no final do labirinto — dançava pela floresta e cantava para um pequeno coro de animais que andavam atrás dela com as roupas roubadas de Phillip. Era a voz dela. Era o rosto dela.

E definitivamente era o coelho de orelhas caídas chamado Orelhas pulando em uma das botas.

Seus pés descalços se arrastaram sobre a grama espessa. Enquanto ela se curvava ao ritmo da música, seus claros cabelos dourados se derramavam sobre os ombros e se enrolavam como samambaias nas pontas, contra um vestido simples de linho. O arco de seus braços enquanto dançava era tão autoconfiante quanto suas palavras haviam sido todas aquelas vezes em que sussurraram através da parede, e uma coruja na capa de Phillip se ergueu até atingir a altura da garota. A ave e os outros animais dançavam ao seu redor. As palavras da música perfuraram o coração de Phillip como uma flecha.

— O sonho bonito que eu sonhei — repetiu ele, e bateu no ombro de Sansão. — Ela está cantando sobre mim, certo?

Sansão bufou.

Ah.

Ele não tinha certeza se aquele sentimento silencioso e arrepiante era amizade, mas era algo parecido com isso e que ele não conhecia. Doce e amargo. A admiração dele pelos estudos dela. A fúria anterior por ela ver os momentos mais vulneráveis e embaraçosos dele.

Não havia absolutamente raiva alguma naquele instante.

Ele não gostou dela logo de cara. Passara a apreciá-la na mesma velocidade com que certos cogumelos crescem nas raízes e permitem que ambas as plantas prosperem.

Ah, não. Que metáfora péssima. Teria que pedir uma melhor para Joana.

Rosa girou para longe. Phillip disparou para a frente, aproveitando a chance e as costas de sua capa. Ele gentilmente afastou a coruja e esperou que os passos da dança de Rosa a devolvessem para ele. A garota girou no círculo de seus braços, e Phillip apoiou frouxamente os pulsos dela com as próprias mãos, para não a assustar muito. Era uma antiga dança da corte, que ele não via desde que era criança, mas lembrava-se muito bem dos passos.

Phillip se posicionou um passo atrás dela, interrompendo a canção.

Ela enrijeceu, olhando para a coruja com a capa colocados de escanteio, e abriu a boca de espanto.

— Ah — disse Rosa, afastando-se de Phillip e hesitando.

As sobrancelhas estavam franzidas em confusão, mas ela não sentia medo ou raiva. Fitou os olhos do rapaz como se esperasse algo dele. Lentamente, quase de forma imperceptível, ela ergueu uma sobrancelha.

— Queira perdoar-me — disse ele com tanta sinceridade que ficou claro que não tivera intenção. — Não pretendia assustá-la.

— Ah, não, não foi isso — defendeu-se ela, e baixou o olhar. — Mas é que você é... é...

Ele estreitou os olhos, ignorando a dor provocada pelo fato de ela não o ter reconhecido. Seus sonhos tinham sido apenas isso? Sonhos só seus?

— Um estranho? — completou ele.

Ela confirmou com um "uhum", e ele riu baixinho e acrescentou:

— Mas não se lembra? Nós já nos encontramos.

Phillip precisava que ela o conhecesse. Rosa tinha sido sua companheira constante antes mesmo de eles poderem se comunicar. Amiga ou inimiga, queria conhecê-la na vida real.

— Nós... dois? — indagou ela, ainda pronta para ir embora.

Mas, apesar de sua postura, havia uma peculiaridade em seus lábios e um brilho em seus olhos que o deixou perceber que ela sabia exatamente quem ele era.

Phillip engoliu sua réplica. Não havia mais suposições. Aquela era Rosa, que *nunca* conhecera outra pessoa na vida real. Claro que ela estava nervosa.

— Você mesma disse. — Phillip segurou a mão dela, entrelaçando os dedos como ela fizera quando se encontraram no final do labirinto. Parecia quase a mesma, embora houvesse calos que ele não sentira antes. Algumas manchas escuras, de tinta ou frutas vermelhas, marcavam a pele. Phillip gostou de como tudo aquilo a tornava mais real. Puxou-a levemente, e Rosa deu um passo para mais perto. — Uma vez num sonho!

Os olhos violeta de Rosa se arregalaram. A mão dela apertou a dele. A garota franziu os lábios para não sorrir e se afastou de Phillip, escondendo-se atrás de uma árvore. Mal podendo ser vista, seus dedos se curvaram, chamando-o.

— Foi você... — cantarolou ele.

Phillip contornou a árvore e tocou-lhe a mão. Ela inspirou fundo, com a boca apertada e surpresa. Lentamente, ergueu os olhos para ele, a esperança brilhando dentro deles.

Phillip lhe ofereceu a mão.

Ela abriu um largo sorriso, e verdadeiro, realmente feliz em vê-lo. Pegou a mão dele e os dois começaram a dançar de novo ao redor de um pequeno lago. Apertou os dedos no ombro dele e um rubor tão pálido quanto ao nascer do sol se espalhou pelas bochechas da garota.

— Phillip?

— Ah, ah, ah. — Puxou-a para perto. — Sou o príncipe dos seus sonhos com… Bem, você é quem tem um brilho travesso nos olhos.

— Você é real? Como você está aqui? — perguntou ela, rindo e deslizando a mão por cima do ombro dele.

— "Eu sou real?", pergunta a garota que não reconheceu o garoto com quem ela sonhou durante toda a vida — zombou Phillip, puxando-a para mais perto. — Faz apenas três dias desde a última vez que nos falamos.

Parecia ridículo ter lido malícia nas palavras dela. Atribuiu a ela os sentimentos que ele nutria por si mesmo.

— Ah, silêncio. — Rosa apertou a mão dele enquanto era girada outra vez. — Isso parece excepcionalmente onírico.

Caminharam em direção à beira do penhasco de mãos dadas, deixando passar alguns minutos em silêncio. Ao longe, as altas torres brancas da propriedade do Rei Stefan brilhavam contra um céu lavanda e nebuloso.

— Pareço um sonho, é? — Phillip sorriu. — Muita coisa aconteceu. Estou viajando para Ald Tor para falar com meu pai e o Rei Stefan. Não acredito que você more tão perto do castelo do Rei Stefan. Como você não foi até lá?

— Não posso ir — respondeu, e ele se lembrou de quantas vezes os estudos dela tinham sido sobre obediência, honra e confiança. — De qualquer maneira, minhas tias sempre me encontram primeiro. Você não deveria estar treinando?

Ele estremeceu.

— Isso acabou muito mal, na verdade. Parece que fui enganado.

— O quê?

Em outros tempos, ele teria confundido o tom dela com o de julgamento, mas a expressão em seu rosto deixou claro que ela estava preocupada com ele.

— É uma longa história. Quanto tempo você tem?

— Moro sozinha em um bosque de onde não tenho permissão para sair. — Gesticulou para que ele se sentasse. — Quanto tempo você acha que eu tenho?

— Bem, não vai levar tanto tempo assim. — Ele a ajudou a se sentar e depois se juntou a ela na grama. — Você é esperta. Pode ter um plano melhor do que o meu.

Phillip contou quase tudo para Rosa. Estava com medo de contar todos os seus fracassos, mas ela o olhou com tanta confiança e curiosidade que sua preocupação se transformou em consolo. Ela entenderia melhor do que ninguém como ele se sentia, e isso o fazia se sentir seguro. O encontro deles foi uma trégua no meio do desastre que andava sua vida.

Por baixo do consolo havia outra emoção, uma que ele não reconhecia e não conseguia nomear, que lhe aqueceu o coração e lhe assegurou que não enfrentaria sozinho o seu futuro incerto.

Ele não disse que realmente era um príncipe, com medo de que as aulas dela de etiqueta pudessem assumir o controle das reações a ele. Também não disse que estava noivo. Já estava revelando muito. Não queria complicar demais o primeiro encontro na vida real com cada pequeno detalhe de sua vida. Haveria tempo para essas conversas mais tarde.

E a ideia de contar que estava prometido a outra fez seu coração doer.

— Se alguém me dissesse que poderia me tirar desta floresta, acho que faria qualquer coisa que me pedissem — murmurou ela, olhando sem ver para a copa de folhas. — Lições mágicas, dons e maldições que sempre encontram uma forma de se tornarem realidade, uma pessoa guardiã imortal que o testou e achou digno. Se servir de consolo, sua vida é muito mais interessante do que qualquer uma das minhas histórias.

Ele riu.

— Preferiria ouvi-las.

Rosa explicou mais sobre sua vida com as tias e a solidão da circunstância toda. A discussão mais recente que ela havia tido com as tias fora desencadeada pela insistência delas para que a garota permanecesse em casa no aniversário e que a comemoração ficaria aos cuidados delas. Obviamente guardavam segredos, mas, em vez de admitir, estavam quebrando a confiança dela. Tudo o que ela queria era sinceridade e liberdade.

— Hoje elas me mandaram apanhar flores, mas era uma mentira bem clara — disse a garota, e bufou. — Estou tão cansada de mentiras.

— Poderíamos fugir juntos. Eu tenho um cavalo e você tem uma dúzia de mapas e idiomas aí dentro — sugeriu ele, e deu batidinhas na têmpora dela. — Poderíamos chegar bem longe.

Ela se inclinou para o seu toque, causando-lhe arrepios.

— Receio que esteja ocupada com outra coisa esta noite.

— Você sabe que ouvi suas tias lhe ensinarem isso como uma forma educada de evitar reuniões das quais você não quer participar — retrucou ele, colocando a mão no rosto dela. Phillip desejara conhecer Rosa, mesmo que apenas por curiosidade, antes que seus sonhos os aproximassem. Agora que conseguira isso, havia algo novo queimando sob sua pele. Ele traçou a linha da mandíbula até a curva da orelha. — Nós nos conhecemos há muito tempo e você ainda é tão certinha e honrada. É muito frustrante.

Ela riu baixinho e estendeu a mão para segurar a dele.

— Prometi às minhas tias que passaria a noite com elas, e você tem suas próprias responsabilidades.

— Fuja comigo. Poupe-me de ter que explicar ao meu pai como fui enganado, e pouparei você de ter que fingir alegria com qualquer surpresa que suas tias tenham para você — propôs, e encostou a testa na dela. — Dois coelhos com uma cajadada só e tudo mais.

A ideia de viajar pelo mundo, só os dois, não era de todo desagradável.

— Somos os coelhos? — perguntou ela, seu nariz batendo no dele. — Ou o cajado?

— Acho que somos todos coelhos para Malévola, e ela é muito boa com o cajado. — Ele recuou, acariciando a mão dela com o polegar. — Então, você sonha e dança com homens misteriosos na floresta com frequência?

— Só com os bonitos! — Ela deu uma piscadela e então se levantou e pressionou as costas da mão na testa. — Ah, não posso revelar tais segredos pessoais a um estranho.

Em vez de rejeição, aquilo foi mais como uma promessa de que outro dia eles terminariam de desempenhar seus papéis de estranhos que se encontram novamente em uma floresta.

— Claro, senhorita. Entendo perfeitamente — disse ele, levantando-se também. — No entanto, suponho que, já que não vai fugir comigo, preciso chegar àquele castelo ao pôr do sol, e ver você novamente seria um sonho.

Ela cobriu o riso com a mão e depois parou.

— Pôr do sol?

— É quando o sol se põe no horizonte e a noite começa.

Ela revirou os olhos e resmungou. Os dedos dela entrelaçaram os dele, puxando-o em direção a uma árvore tão parecida com as de seus sonhos. Passou os braços em volta dos ombros dele, apoiando-se em seu peito, e Phillip passou um braço em volta da cintura dela. O outro descansou na nuca dela, que lhe beijou na bochecha.

Phillip precisou de muito autocontrole para não se sobressaltar com o toque, e apertou ainda mais a cintura dela. Mais do que tudo, não queria deixá-la.

E se aquela ocasião fosse apenas mais um sonho?

— Isso é real. Posso sentir que você duvida disso — sussurrou ela, o rumorejo de sua respiração quente contra a pele dele. — Nós nos encontraremos novamente, Phillip.

O calor da garota, seu peso, a consistência dela contra ele cantava em suas veias.

— Bem, preciso ir embora logo ou minhas tias nunca mais me perderão de vista — disse ela, sorrindo e olhando para ele através dos cílios. — Esta pode ser a primeira e única vez que nos encontramos, mas prefiro que não seja a última.

Phillip desejou de repente, desesperadamente, vê-la mais vezes.

— Perdoe-me, desconhecida — disse Phillip, e riu da charada dela. — Quem é você? Qual é o seu nome?

— Hum? — Ela levantou a cabeça. — Ah! Meu nome. Ora, é... é... — Ela ofegou e se afastou, apertando o coração. — Ah, não, não posso.

Ela mergulhou de volta sob o galho e levantou as saias, a imagem do pânico. Seus olhos violeta brilhavam de tanto rir. Ele quase rolou os dele.

Agora que sabia quão solitária ela era, fazia todo o sentido que a garota fizesse aquelas encenações. Era divertido também.

— Adeus! — gritou ela.

Rosa estava sozinha havia muito tempo. Mas, por outro lado, Phillip também estava.

Phillip estendeu a mão para ela, mas não a perseguiu, como um ator no palco.

— Mas quando a verei outra vez?

— Ah, nunca! — Ela ergueu as mãos. — Nunca!

Um sorriso nunca deixara o rosto da garota e Phillip quase gargalhou.

— Nunca? — gritou ele.

Ela saltou de pedra em pedra, descendo a pequena montanha muito mais rápido do que ele, e atravessou o riacho em um salto gracioso da margem para uma pedra e desta para a outra margem. Ele derrapou até parar do outro lado da água, em frente a Rosa.

— Bem — disse ela, e olhou para ele por cima do ombro —, talvez um dia.

— Quando? Amanhã?

Phillip estaria desesperado para escapar e pronto para compartilhar com ela tudo o que aconteceu antes de ter que enfrentar o aniversário da Princesa Aurora, a maldição e o noivado.

— Ah, não. — Ela parou para pegar a capa e a cesta, um rastro de pequenos animais perseguindo-a. — Esta noite.

Bem, pelo menos ela sabia o que queria e estava lhe dando um motivo para escapar das comemorações daquela noite se tudo desse certo e Malévola fosse derrotada rapidamente. Phillip acenou.

— Onde?

A floresta era grande demais para que pudessem contar com um encontro casual novamente.

— No chalé do vale.

Ela olhou para trás mais uma vez, sorriu para ele e desapareceu, embrenhando-se na floresta. Phillip permaneceu ali, com o braço no ar e um impulso incitando-o a segui-la, e tentou acalmar a sensação estranha que flutuava em seu peito. Ele definitivamente não odiava mais a garota dos seus sonhos. Aquele novo sentimento era mais profundo e completo do que um simples afeto.

Significava que ele precisava falar com seu pai sobre Malévola e seu casamento iminente. Éris podia ter mentido para ele, mas tinha razão: era hora de assumir o controle de sua vida. Mesmo sem magia, não precisava se casar com a Princesa Aurora. Poderia ajudar sem o noivado.

Phillip suspirou e deixou cair o braço, sabendo o quanto o pai odiaria a decisão. Sansão foi atrás dele.

— Não me resta mais nada a fazer senão encarar meu pai, não é?

Sansão bufou, farejando o local onde a cesta de Rosa estivera. Uma mancha de sumo de amora manchava a boca do cavalo.

— Seu ladrãozinho — resmungou, e deu tapinhas no pescoço de Sansão. — Tudo bem, nem tudo é terrível. Uma coisa é boa, então vou comemorá-la por um momento.

Phillip gritou e deu um pulo, liberando a alegria pulsante que mantinha contida. Nunca estivera tão feliz e não conseguia se controlar. Ele não quis bancar o doido e sair gritando quando a conheceu, então fez isso naquele momento. Os poucos pássaros que permaneciam ao redor se dispersaram com o grito. Sansão bufou.

— Eu a encontrei! — Ele pulou para aliviar a energia que fluía dentro de si e se curvou, rindo nas próprias mãos. — Foi melhor do que eu pensava, ela não me odeia e conversar com ela foi fantástico. Eu me sinto melhor. Acho que ela se sente melhor. Finalmente, algo deu certo.

Aos poucos, a ansiedade de quão equilibrado ele queria estar diante dela desapareceu, e Phillip sorriu para Sansão.

— Nunca conte para ninguém o que você acabou de ver — disse para o cavalo. — Tudo bem. Ótimo. Estamos bem agora.

Tudo o que ele precisava fazer era confessar ao pai e ao Rei Stefan e lidar com Malévola e a Princesa Aurora, e então poderia retornar para Rosa. Podia não dominar magia, mas, daquele momento em diante, viveria para si mesmo, não para seu pai.

Phillip respirou fundo, agarrando firme a esperança de que o encontro com Rosa lhe trouxesse ânimo, e assentiu.

— Vamos. É hora de ser corajoso e finalmente ser o Príncipe Phillip.

17

O peixe e o tubarão

PHILLIP NÃO visitava o castelo do Rei Stefan havia anos. Enquanto crescia, seu pai queria que ele desenvolvesse um relacionamento com o Rei Stefan e a Rainha Leah, já que eles eventualmente seriam uma família, mas as poucas visitas de Phillip foram assombradas pela lembrança de Malévola e pela opressiva ausência da Princesa Aurora. A pedra branca do castelo estava mais brilhante do que ele se lembrava, ou talvez tivessem encarregado algum criado azarado de limpar cada canto e recanto do lugar antes do retorno da princesa. Phillip permaneceu na longa sombra do castelo o máximo que pôde.

A Espada da Verdade estava abrindo um buraco em sua mochila presa ao dorso de Sansão, e Phillip olhou para o horizonte em busca de Joana. Não vira nenhum sinal dela desde que se separaram.

— Pai! — disse Phillip, cumprimentando uma árvore caída como faria com o rei. — História engraçada: fui abordado por três fadas que alegaram que eu dominava magia e me treinaram para que eu pudesse roubar a Espada da Verdade e o Escudo da Virtude a fim de derrotar Malévola, mas acontece que estavam trabalhando para ela o tempo todo. Felizmente, tenho a espada e o escudo. Nada de magia, no entanto.

Ainda sou apenas o Príncipe Phillip, futuro marido da Princesa Aurora. Entretanto, ando em dúvida quanto à última parte.

Tinha sido fácil ceder ao noivado quando tudo estava fora de seu controle e ir contra a corrente não parecia valer a pena. Porém, Phillip não tinha mais certeza se conseguiria se casar com a Princesa Aurora, que precisava de alguém para mantê-la segura, mesmo que os cavaleiros mantivessem as pessoas seguras havia anos sem precisarem se casar com elas. A maldição era uma história diferente.

Apesar de todas as mentiras, a reação das fadas à ideia que ele e Joana tinham de que a maldição poderia ser evitada parecia genuína. Se a maldição iria acontecer de qualquer jeito, era mais uma razão para não precisar se casar com a Princesa Aurora. Qualquer um poderia protegê-la enquanto estivesse em seu sono amaldiçoado. Ela estaria protegida e outra pessoa poderia tentar encontrar seu verdadeiro amor, quem quer que fosse.

Talvez o pai de Phillip não se importasse com isso.

E talvez Sansão aprendesse a voar.

Conhecer Rosa fez o futuro parecer menos assustador, como se algo no universo estivesse a seu favor, e ele a queria ao seu lado.

Se o Rei Humberto e o Rei Stefan tinham tanta necessidade de unir as famílias, deveriam ter feito isso sozinhos, em vez de colocar a responsabilidade sobre os filhos. Phillip poderia encontrar uma solução diferente para ajudar a Princesa Aurora.

— Quem precisa de casamento quando se tem compreensão e amizade e um cavalo que entende sarcasmo? — perguntou para Sansão, olhando mais uma vez a fim de ver se Joana estava se aproximando pela estrada. A ausência dela o deixou ansioso. — Tudo bem, garoto. Vamos.

Sansão mordiscou a mochila de Phillip, que o empurrou para longe.

— Você ganha cenouras quando meus pés estiverem completamente secos de novo.

Sansão bufou e partiu em direção ao castelo em um trote desconfortável.

As terras em volta do castelo estavam cheias de vida. Os súditos corriam da construção para as fazendas e casas ao redor, com rolos de tecido e cestas de comida embrulhados nos braços. Phillip conduziu Sansão para a fila que esperava para passar pelo primeiro portão da fortaleza e manteve a cabeça baixa. A última coisa que queria era ser reconhecido e assediado em público, e ele também não tinha vontade de revelar sua tolice a todos.

Phillip deixou Sansão em um pequeno beco entre o castelo e os estábulos abarrotados, aplacando-o com um cavalariço excessivamente solícito que com certeza o mimaria. Phillip não conhecia muito bem o castelo, mas suspeitava da possibilidade de que seu pai estaria no salão onde a corte se reunia.

E essa era a direção que cada criado estava tomando com travessas de comida e jarras de vinho, então era uma aposta segura.

Phillip entrou furtivamente com um punhado de convidados e criados. Todo mundo estava fofocando sobre o aniversário e o casamento, apostando quando a Princesa Aurora apareceria e se o Príncipe Phillip havia fugido. Deslizou para uma das alcovas destinadas aos criados de prontidão durante os festejos e abriu a porta. Dentro do salão, seu pai e o Rei Stefan estavam no meio de um jogo de bebida, sem nenhuma preocupação no mundo. Um bobo da corte fazia uma serenata para eles com seu alaúde e surrupiava bebidas bem debaixo de seus narizes. Phillip nem precisava das sombras do pôr do sol para ocultar seu esconderijo.

Deveria ter chegado dias antes. A Princesa Aurora iria encontrar os pais pela primeira vez. Malévola estava a caminho com a intenção de destruir todos eles.

E os dois reis estavam brincando.

— … brindemos o ninho dos noivos! — dizia seu pai. — Onde criarão seus filhos, hum?

Phillip franziu as sobrancelhas. Ninho? Ele nunca se interessara tanto assim pela falcoaria para além da esportiva.

— Bem, quando chegar a hora — aquiesceu o Rei Stefan.

— Claro! À nova mansão!

Phillip espiou pelo canto da alcova enquanto seu pai servia outra rodada, rindo alto. E Phillip era o irresponsável? Se eles nem se davam conta do estado de embriaguez do bobo da corte, como perceberiam a chegada de Malévola?

— Eles não têm ciência da maldição ou dos planos de Malévola — Phillip sussurrou, tentando controlar a fúria que ardia em seu peito. — Não sabem que tudo é terrível demais.

Phillip ficou na ponta dos pés para ver o pergaminho estendido sobre a mesa. Era o projeto de construção de um grande castelo, e as implicações das palavras de seu pai o atingiram. O rei havia construído um lar para o filho e a Princesa Aurora, e fizera isso sem levar em conta a opinião dos dois. Era enorme e extenso, digno da realeza, mas grande e presunçoso demais para Phillip. Havia até uma ala separada para os pais. O coração de Phillip batia com tamanha intensidade em seu peito que as palavras do pai soavam distorcidas em seus ouvidos.

— Nossos filhos podem mudar-se amanhã — explicou o Rei Humberto.

Mudar-se? Eles nunca haviam se falado. Por que a Princesa Aurora iria querer deixar seus pais e seu lar logo depois de conhecê-los?

— Amanhã? — exasperou-se o Rei Stefan, parecendo tão horrorizado com a ideia quanto Phillip. — Mas, Humberto, ainda nem se casaram!

Seu pai riu.

— Se casarão esta noite. Aos noivos!

Phillip se inclinou ainda mais para fora da alcova e ficou pasmo ao perceber que as plantas continham quartos de bebês já com os nomes dos futuros ocupantes. Phillip recuou.

Seu pai era incontrolável da pior maneira possível.

Ali estava um homem que não via a filha desde a infância, desde que a embrulhou e a entregou a três fadas para a segurança da própria pequena, e o pai de Phillip já estava fazendo planos para que ela se mudasse. Sem mencionar a conhecida antipatia de Phillip por seu noivado e seu futuro principesco. No entanto, o Rei Humberto avançava como se as ideias de Phillip não importassem, como se as opiniões da Princesa Aurora não importassem e como se todas aquelas decisões fossem dele, e não deles.

Phillip apertou o punho sob o queixo para não gritar com o pai. Éris o traíra, mas pelo menos acabou sendo franca sobre isso. Reconheceu o punhal que fincara nas costas de Phillip e o tratou como razoabilidade quando ele se ofendeu com a situação.

O Rei Humberto serviu outra taça de vinho ao Rei Stefan, mas este afastou a mão do amigo.

— Calma, Humberto, vamos com calma. Eu ainda nem vi minha filha e você já quer tirá-la de mim?

— Diga a ele — murmurou Phillip.

Nenhum dos reis notou o bobo da corte recolhendo o vinho derramado com a ajuda do alaúde, e Phillip de repente entendeu o desejo de beber vinho derramado dentro de um alaúde. Aquela conversa e aquelas suposições eram insuportáveis.

— Vai ganhar o meu Phillip, não vai? — argumentou o Rei Humberto.

Phillip gemeu. O que ele era? Um prêmio de consolação?

O Rei Stefan suspirou e disse:

— Sim, mas…

— Não quer ver nossos netos? — perguntou o pai de Phillip, e o rapaz nunca desejou tanto ser renegado. O pai atropelou a resposta tímida do Rei Stefan e sacudiu a barba. — Não, não temos tempo! Cada ano mais velhos. Ao casamento!

Ele brindou ao amigo e o príncipe olhou feio da alcova. Phillip sempre pensou que seus sentimentos eram óbvios, mas aparentemente os dois reis não teriam notado a presença ou o desconforto de Phillip se suas vidas dependessem disso.

O Rei Stefan pressionou a mão no ombro do amigo.

— Seja razoável, Humberto. Afinal, Aurora nada sabe sobre isso.

O bobo da corte caiu para trás debaixo da mesa e Phillip desabou ao mesmo tempo, puxando os joelhos até o peito. Esconder-se debaixo de uma mesa era uma ideia tentadora.

— E daí...? — Seu pai não apresentava nenhum sinal de preocupação.

— Ah, é que... — disse o Rei Stefan, tentando consolá-lo preventivamente. — Talvez cause um grande choque.

Isso mostrava o que o Rei Stefan sabia; não havia como acalmar o Rei Humberto de Artwyne uma vez que ele desembestasse.

— Choque? — Seu pai cuspiu o vinho e bateu a taça na mesa. — Meu Phillip, um choque? O que há com meu Phillip?

O garoto assentiu da alcova. Era bom ser defendido, mas o Rei Stefan não estava menosprezando Phillip. Estava usando o bom senso!

— Nada, Humberto. — O outro rei recuou como se não fosse um guerreiro experiente, e Phillip revirou os olhos. — Eu somente pensei que voc...

— Por que sua filha não haveria de gostar do meu filho? — retrucou seu pai, aproximando-se do Rei Stefan.

— Não, não — escusou-se o outro, tentando conter o Rei Humberto.

— Não tenho certeza se meu filho gostaria da sua filha! — O Rei Humberto livrou-se das mãos do Rei Stefan e cutucou-o no peito.

Duro, mas verdadeiro.

O Rei Stefan ajeitou a coroa torta e se endireitou.

— Não insulte...

— Não sei se é sorte meus netinhos terem você como avô!

Phillip balançou a cabeça. Netos de novo!

Era estranhamente agradável ouvir seu pai defendê-lo.

— Seus... Seu irracional, pomposo, bolha d'água de uma figa! — gritou o Rei Stefan.

— Irracional?! Pomposo?! — O pai de Phillip agarrou um peixe da mesa e o brandiu como uma espada. — Em guarda, senhor!

Phillip se levantou, abandonando a tentativa de se esconder, e suspirou ao fato de ainda não terem notado a presença dele.

— Eu lhe aviso, Humberto, isto é guerra!

O Rei Stefan pegou um prato e o brandiu como um escudo, aparando cada bofetada do peixe.

Phillip se virou para ir embora. Os dois reis lutavam com o peixe e o prato e bagunçavam o salão de jantar. Provavelmente, não se preocupariam mesmo que soubessem o que se passara com Phillip. Eles só se preocupavam com berços, a união das famílias e vinho.

Teria que consertar tudo, porque eles estavam pra lá de Bagdá para ajudar. Alegrinhos demais. Ocupados demais com suas taças. Confiantes demais.

Àquela altura, já deveriam que saber que a espada e o escudo haviam sumido se estivessem de olho neles. Será que acreditariam em Phillip quando ele lhes contasse sobre a maldição?

Não, provavelmente não. Phillip fora o príncipe decepcionante durante anos. Eles nunca confiariam nele mais do que nas fadas-madrinhas da princesa.

As risadas ecoavam pelo corredor, e Phillip não conseguia nem olhar para seu pai e para o Rei Stefan.

— O que é isto, afinal, meu amigo? — perguntou o Rei Humberto.

Phillip balançou a cabeça. Por sorte, o pai teria colocado o peixe de volta à mesa.

— Nada, Humberto — respondeu o Rei Stefan, rindo. — Absolutamente nada.

E, assim, voltaram a ser amigos e suas questões foram esquecidas.

— Os dois vão apaixonar-se um pelo outro. — As palavras de seu pai soaram um pouco arrastadas.

— Precisamente — disse o Rei Stefan. Sua fala estava ainda mais enrolada e Phillip ouviu o gorgolejo de mais vinho sendo servido. — E quanto aos nossos netos, eu ordenarei aos carpinteiros que comecem o berço amanhã.

Phillip fechou os olhos, cobriu os ouvidos com as mãos e tentou não gritar.

Ao inferno com tudo: seu dever, o noivado, a maldição. Phillip podia não ter levado seu papel a sério nos últimos anos, mas se resignara a cumpri-lo. Deixara os próprios desejos de lado por um bem maior.

Não mais.

Se ele e a Princesa Aurora, ao que parecia, não fossem dignos de opinar sobre as próprias vidas, então Phillip viveria sua vida em outro lugar.

Trombetas soaram lá fora, ele se assustou e, então, disparou de volta pela pequena porta pela qual havia entrado. A Princesa Aurora finalmente retornara?

— Sua Alteza Real, o Príncipe Phillip! — gritou um arauto na muralha.

Não, não a princesa. O cavalariço deve ter dito a alguém que ele estava lá. Phillip teria que falar com seu pai e se livrar dele o mais rápido possível para poder encontrar Joana. Precisavam se preparar para a maldição por conta própria.

Phillip correu para os estábulos. Sansão estava cercado por um grupo de cavalariços bem-intencionados, todos tentando persuadi-lo a entrar em uma baia. Phillip assobiou e Sansão se animou. O príncipe abriu caminho entre a multidão e subiu na sela. Precisava parecer que estava galopando até o castelo para que seu pai presumisse que as trombetas haviam soado quando ele passou pelo primeiro portão.

Deixara de ser um peão. Estava cansado de vagar pela vida sem assumir o controle. Estava cansado de deixar o pai ditar seu futuro.

E lhe mostraria quão irritante ele poderia ser.

Phillip incentivou Sansão a um galope, abrindo caminho entre a multidão de visita, e avançou para as escadas do castelo. Seu pai trotou instável por elas, resplandecendo no uniforme completo de Rei Humberto de Artwyne.

— Phillip! Phillip! — berrou o rei, levantando os braços em saudação. — Ah, Phillip!

O garoto tentou conter a frustração e controlou a expressão enquanto desmontava de Sansão. Tinha a informação perfeita: o único assunto capaz de despertar a ira do Rei Humberto contra o Rei Stefan.

— Ei, rapaz. Venha. Corra e vá mudar de roupa. Não veja sua futura esposa dessa maneira.

— Mas já a vi, meu pai — disse Phillip, sorrindo o máximo que pôde. Abraçou o pai brevemente e se afastou.

O Rei Humberto bufou.

— Já viu? Mas onde?

— Uma vez num sonho.

Embora estivesse brincando, a ideia era reconfortante. O casamento sempre lhe soara como um desastre inevitável antes, mas a ideia de se casar com Rosa parecia tão agradável quanto a própria garota. Ele ergueu o pai pelas axilas e o girou, cantarolando o tempo todo. Phillip nunca deveria ter aceitado qualquer disparate de um homem que ele era capaz de jogar por cima do ombro.

— Ah, Phillip! Que é isso? Para! Ei! Phillip! Me ponha no chão!

Phillip obedeceu e recuou. Havia duas manchas vermelhas de raiva nas bochechas de seu pai, e o filho sorriu.

— Ora, mas — disse seu pai. — Que tolice é essa de um sonho?

— Não foi sonho, papai. — Phillip suspirou. — Eu já a encontrei.

— A Princesa Aurora? — indagou o Rei Humberto, praticamente salivando. — Ora, graças! Vamos contar ao Stefan.

Phillip precisou se esforçar muito para não revirar os olhos, mas, por cima do ombro de seu pai, Sansão o fez. O rei se aproximou.

— Essa é a maior...

— Eu não disse que foi a Aurora. — Phillip afastou seu pai.

Rosa perdoaria o uso dela neste momento, desde que isso tirasse os dois daquela situação.

— Sim, mas certamente você me disse que…

— Eu disse — afirmou Phillip muito lentamente, e depois enfatizou a parte que seu pai mais odiaria: — Que conheci a moça com quem vou me casar. Não sei quem é. Uma camponesa, eu acho.

A expressão de fúria incrédula no rosto do pai foi a melhor vingança de todas.

— Uma camponesa? — Seu pai engasgou com as palavras. — Você disse que… Você vai se… Ah, Phillip. — Ele riu e pegou Phillip pelos ombros. — Você está brincando.

Sim, uma camponesa. Para o pai, essa era a parte verdadeiramente aterrorizante de toda a provação. Não a fada má que amaldiçoaria a princesa ao pôr do sol. Não a espada e o escudo perdidos. Não a ameaça iminente para a humanidade.

Phillip balançou a cabeça e o Rei Humberto se virou para Sansão.

— Não está, não? — perguntou ele.

O cavalo balançou a cabeça também.

— Não! — Seu pai recuou. — Não faça isso comigo! Largar o trono, o reino, por uma… por uma… ninguém?! — A voz fraquejou e ele ergueu os braços. — Por Harry, eu não deixarei! Você é príncipe e só vai se casar com uma princesa!

A coroa caiu da cabeça do rei, e Phillip disparou para a frente, pegando-a.

— Ah, papai, não viva no passado. Esse é o século XIV. Hoje em dia…

— Hoje em dia, eu sou o rei — berrou o Rei Humberto, interrompendo Phillip. — E eu ordeno que esqueça todos os seus sonhos!

Porque era assim que o juízo funcionava. Phillip se afastou. Seu pai não havia mudado nadinha e ainda só se preocupava com o que queria, não com o que era melhor para todos. Se o Rei Humberto tinha permissão de ser egoísta, Phillip também tinha.

— E me case com quem amo? — perguntou, remontando em Sansão.

Mesmo sabendo que estava mentindo para irritar o pai, suas palavras o fizeram hesitar.

Espere, ele *amava* Rosa? Com certeza o amor deveria ser conquistado com mais dificuldade ou combatido mais furiosamente, mas a palavra surgiu com muita facilidade. Pensou nela tão naturalmente e a disse tão livremente.

Não, aquele era um pensamento tolo.

— Exato!

Seu pai bateu o pé e tirou Phillip de seus pensamentos. O filho sorriu para ele. Como rei, era fácil de irritá-lo.

— Adeus, papai — despediu-se Phillip, desistindo de participar daquela impostura.

— Adeus, papai — repetiu o Rei Humberto. — Casar com uma... Não, não! Phillip! Venha cá! Phillip!

— Preocupe-se com isso se não quer se preocupar com Malévola — avisou Phillip enquanto se afastava, saindo pelo portão e em direção à floresta.

Precisava interceptar Joana e encontrar a casa de Rosa, e estava com tempo de sobra. Se o pai não estava preocupado com a espada e o escudo, a culpa era dele mesmo. Phillip lidaria com Malévola, mas não se casaria com a princesa.

18

A picada em meus polegares

NEM MESMO cinco minutos depois, percorrido já um bom trecho da estrada por onde Joana deveria estar chegando, Phillip começou a se arrepender de ter se separado dela. Havia muitas pessoas viajando pelo caminho, e nenhuma delas era Joana. Tudo em que conseguia pensar era se Éris e as outras a haviam alcançado. Phillip suspirou.

— Com tantos súditos vindo para Ald Tor, ela pode ter sido obrigada a desacelerar o passo.

Phillip esfregou o rosto e tentou descobrir o que fazer.

Ele não se arrependeu de não ter conversado mais francamente com o pai; era impensável que os reis não estivessem mais preocupados, mesmo acreditando que a maldição havia sido evitada. Eles realmente achavam que Malévola iria simplesmente desistir se a maldição falhasse?

— Vamos até Rosa e convencer a ela e suas tias a saírem de lá — disse para Sansão. — Joana já deveria ter chegado ao castelo. Não que meu pai fosse ouvi-la também.

Sansão bufou.

— Tudo bem, sim, talvez eu também queira vê-la novamente — disse Phillip, dando um tapinha no pescoço de Sansão. Estava grato porque os cavalos não sabiam o que significava corar. — Conversar com ela na vida real é mais divertido do que ouvir a vida dela em sonhos. Ela é inteligente. Já sabe o que está acontecendo. Talvez tenha uma ideia sobre o que fazer.

Além disso, provavelmente deveria atualizá-la sobre como ameaçou seu pai de se casar com ela. Phillip se perguntou se, assim como ele, ela não acharia aquela a pior ideia do mundo, mas imaginou que essa seria uma conversa que poderiam guardar para depois de descobrirem como lidar com Malévola.

— A pior parte de tudo isso é que Joana estava certa. Malévola não está apenas ameaçando a Princesa Aurora e Ald Tor. Todos estão em perigo. Temos a espada e o escudo, já é um avanço, então precisamos elaborar um plano.

Se ao menos ele pudesse falar com a Princesa Aurora. Ela era a peça que faltava em tudo aquilo. Deveria ter ficado no castelo e a avisado quando ela chegasse, mas deixou suas emoções o dominarem.

Phillip incitou Sansão em direção à floresta. O sol caiu rapidamente e longas sombras se estendiam pelas árvores. Aninhada no vale da floresta, havia um chalé com telhado de palha e uma roda d'água que rangia. As raízes de uma grande e velha árvore formavam a frente da habitação. Phillip assobiou ao se aproximar para não assustar Rosa ou suas tias. Pequenas pegadas saíam do caminho da floresta bem trilhado passando sobre uma pequena ponte. Phillip desmontou perto da porta.

Como ninguém nunca tropeçara no chalé? Quanto mais ele aprendia sobre as circunstâncias de Rosa, mais estranhas elas pareciam. Era mais uma razão para ajudá-la a escapar.

Ele ajeitou o chapéu e compartilhou um olhar astuto com Sansão, que lhe deu um aceno encorajador. Phillip, brincando, juntou as mãos para dar sorte e bateu na porta. Nenhuma luz brilhava lá dentro.

— Entre — exclamou uma mulher.

Ele abriu a porta para a escuridão. Algo pesado bateu em sua cabeça e uma mordaça foi enfiada em sua boca. Mais coisas agarraram suas pernas e levantaram seus braços. Cordas foram jogadas por cima de seus ombros, e Phillip atacou, fazendo algo voar. Um palavrório encheu seus ouvidos e ele lutou contra o domínio que aquelas pessoas tinham sobre ele. Não era magia, então, não poderiam ser Poena e Phrike. Cuspiu a mordaça.

Estendendo o único braço livre para trás, jogou longe quem quer que estivesse em suas costas. Era um dos capangas de Malévola! Enquanto crescia, Phillip frequentemente vira ilustrações e ouvira descrições de criaturas baixinhas em armaduras improvisadas. Seus chifres, garras e presas agora mordiscavam a pele de Phillip com a mesma força que seus espadins, e outra o amordaçou novamente. Mais cordas foram amarradas em seus braços e peito. Duas das criaturas se agarraram às pernas dele como algemas. O grasnar de um corvo inundou suas veias com gelo.

Phillip lutou contra a imobilização, mas não adiantou. Das sombras surgiu uma figura familiar.

Malévola.

As histórias faziam pouco jus à imagem dela. O cabelo estava preso sob um toucado preto em forma de dois chifres, com um V central sobre a testa destacado por suas sobrancelhas escuras arqueadas. Grandes olhos redondos de um preto brilhante o analisavam sem piscar no escuro, e seus lábios em formato de coração estavam pintados de um vermelho-vivo. As criaturas encantadas o puxaram para cima como uma marionete, e ela sorriu, erguendo uma vela apagada. Quando ela se aproximou dele, a vela acendeu. A chama queimava estranhamente fria.

— Mas... — Ela sorriu e se inclinou perto de seu rosto para estudá-lo. — Tão agradável surpresa.

A pele de Malévola era de um esverdeado pálido que brilhava na penumbra e se destacava nitidamente contra suas vestes pretas e roxas. As criaturas riam aos seus pés.

Alívio permeou o terror de Phillip enquanto ele olhava freneticamente ao redor do chalé: pelo menos Rosa não estava lá, e não parecia ter havido uma luta antes de ele chegar. Rosa e suas tias deviam ter saído antes de a armadilha ser preparada. Elas tinham que estar fora.

Mas onde estava Rosa? Ela poderia ter sido uma ilusão da magia de Malévola? Um truque para levá-lo até lá?

Phillip afastou o pensamento. Rosa não poderia ser um estratagema. Ela era real. Tinha que ser. Ela era real e havia escapado.

— Eu armo a rede para uma camponesa, e olhe! — disse a fada má, batendo seu cajado no chão. — Agarro um príncipe.

Phillip não tinha certeza do que ela queria dizer com a intenção de capturar uma camponesa, mas não planejava ficar ali por tempo suficiente para descobrir.

Malévola gargalhou e, rápido como um raio, seu humor mudou.

— Levem-no daqui — ordenou, apontando para seus asseclas. — Mas gentilmente, com jeito.

Eles cutucaram e arrastaram Phillip em direção à porta, e ele chutou o chapéu caído para fora do caminho, esperando que, se alguém aparecesse mais tarde — Rosa, Joana, Éris —, elas descobririam o que tinha acontecido ou pelo menos saberiam que ele estivera lá. Lutou contra as amarras, mas não adiantou. O corvo pousou na cabeça de Phillip e cravou as garras em seu couro cabeludo. Malévola os seguiu.

— Eu tenho planos para nosso real hóspede.

Do lado de fora, mais criaturas encantadas de Malévola assumiram o controle das rédeas de Sansão, e Phillip tentou se libertar de suas amarras mais uma vez. Um dos capangas lhe bateu com força na nuca.

— Gentilmente — repetiu Malévola. — Pensei que minha querida princesa tivesse encontrado um garoto qualquer, banal como sujeira, para cortejá-la, mas eu me lembro do seu rosto. Curioso. O verdadeiro amor muitas vezes une suas vítimas, mas presumi que minha maldição impediria um encontro casual.

Minha querida princesa? Verdadeiro amor?

Antes que Phillip pudesse pensar mais no que ela dissera, um ponto bruxuleante apareceu acima da cabeça de Sansão. Cresceu à medida que se aproximava deles. De repente, Éris pousou na ponte. Fúria e tristeza se contorceram nas entranhas de Phillip. Ele se segurou.

Não podia deixar Éris vê-lo chorar.

— Senhora — cumprimentou Éris, sem sequer olhar para Phillip. Ela ajoelhou na lama diante de Malévola. — Vejo que encontrou seus presentes.

Malévola arqueou uma sobrancelha.

— Bem, querida, isso depende. Vejo apenas um presente aqui, e fui eu quem o conquistou. Sem mencionar que me lembro claramente de ter banido você da minha vista por toda a eternidade por causa de seus fracassos na primeira guerra.

— Fui mesmo, e não ousei desobedecer e vir até a senhora sem algo para compensar meus fracassos. O Príncipe Phillip esteve conosco nas últimas duas semanas, garoto bobo, e seu segundo presente está aqui. — Éris se levantou e foi até Sansão, depois tirou de sua bolsa o pacote que escondia a Espada da Verdade. Ela não podia segurá-la, então a deixou cair no chão da floresta. — Poena e Phrike estão com o terceiro e último presente: o Escudo da Virtude. Estão a caminho agora.

Phillip respirou fundo, uma nova preocupação tomando conta dele. Elas com certeza haviam pegado Joana, mas a amiga devia estar bem. Tinha que estar.

— Isso são presentes ou subornos, minha pupila de outrora? — Malévola descartou a resposta de Éris. — Não importa. Você o convenceu a entregá-los pessoalmente para mim. Que deliciosamente cruel e fortuito.

— Nunca exigiríamos perdão ou tentaríamos obtê-lo com subornos, e partiremos novamente se a senhora desejar. Basta dizer uma palavra — falou Éris, e finalmente olhou para ele. Enquanto Malévola examinava a Espada da Verdade, Éris meneou a cabeça para Phillip e deixou transparecer desânimo em sua expressão. Não havia arrependimento em seus olhos, apenas decepção. — Recebi bons ensinamentos de minha professora e eu sei que a senhora nunca dá uma segunda chance quando falham consigo ou quando é traída.

Ela engoliu a última palavra como se lhe doesse, e Phillip tremeu de raiva. Então, aquela fada achava que ele a havia traído? Esperava mesmo que ele fugisse e se salvasse, deixando todos os outros morrerem? De alguma forma, essa alternativa era pior, fazendo-o sentir-se pequeno e tolo. Ela pegara as coisas que ele mais desejava — mentoria, um futuro, a confiança de um adulto — e as transformou em zombaria.

Éris se virou e fez uma reverência para Malévola.

— Ah, Éris. Você me surpreende — comentou Malévola, e segurou o queixo de Éris entre o polegar e o indicador. Ela inclinou a cabeça da outra para trás. — Um pouco exagerada demais, creio eu, mas sutileza nunca foi seu forte, e por que deveria ser? O caos combina com você.

— O príncipe é seu e está com o coração partido. — Éris olhava para Malévola, piscando rápido como se a fada má fosse o próprio sol. — A senhora sempre me ensinou que o desespero é melhor quando a esperança é real.

— De fato, ensinei. — Malévola revirou os olhos para Phillip e depois virou a cabeça. A mão dela deslizou do queixo de Éris. — Mas você achou que isso a devolveria às minhas boas graças?

— Eu... — Éris respirou fundo, estremecendo. — Fiz isso pela senhora sem esperança alguma, assim como as outras.

— Adoro a facilidade com que você mente. Elas estão realmente a caminho, meu bem?

Malévola lançou seu corvo para o céu e afundou nas sombras para aguardar as outras fadas, deixando Éris e Phillip sozinhos.

Éris se aproximou de Phillip, seus olhos azuis examinando os ferimentos do príncipe. Suavemente, ela disse:

— Que rude da sua parte aceitar minha oferta e cuspir na minha cara.

Phillip esfregou a bochecha no ombro e conseguiu tirar a mordaça.

— Eu não podia deixar todo mundo morrer! Você disse que acreditava em mim — sibilou.

— Eu acreditava que você era mais inteligente do que isso, mas estava obviamente errada. Eu tentei. O que quer que aconteça agora é por sua conta.

— Por quê? Por que você precisa ajudá-la?

— Eu lhe disse. Amo minha professora. — Ela olhou por cima do ombro dele para as sombras onde Malévola se escondia. Endireitou-se. — Falhamos com ela durante a última guerra e não cometerei esse erro outra vez.

Phillip tentou bater a cabeça na dela e uma das criaturas o agarrou de volta.

Finalmente, ela encontrou o olhar dele, a decepção gravada em cada ruga de sua expressão chocada.

— Eu deveria saber que você me decepcionaria. — Ela balançou a cabeça, riu sozinha e prendeu a mordaça dele. — É a única coisa em que você é bom.

Phillip ficou tenso, seus sentimentos alternando entre fúria e tristeza a cada poucos minutos. Então, um grasnido alto interrompeu seus pensamentos quando o corvo de Malévola retornou da floresta. Pouco depois, uma luz apareceu. Era Poena, com fogo em uma das mãos e Joana amarrada e amordaçada na outra. Ela arrastava Joana pelo braço. Nas costas da garota estava o Escudo da Virtude embalado em um tecido. Ela fechou os olhos quando viu que Phillip também havia sido capturado. Phrike voava sob o crepúsculo atrás delas.

Malévola deslizou para a frente.

— Senhora! — cumprimentou Phrike, pousando e fazendo uma reverência profunda.

Poena fez uma mesura, apagando a chama, mas mantendo o controle de Joana, e falou:

— Senhora.

— Eu não teria acreditado que vocês três fossem capazes de trabalhar juntas, mas aqui estão, bem-sucedidas e ainda vivas — asseverou Malévola. — Talvez tenham aprendido com os erros do passado.

— Qualquer coisa pela senhora — disse Phrike. Ela olhou para Joana. — Coloque aqui.

Joana estreitou os olhos e se inclinou para trás, deixando o escudo escorregar de suas costas. Ele atingiu o chão com um baque ressoante, e o corvo de Malévola pousou na borda. O corvo grasnou e pulou, fumaça subindo de seus pés. Malévola tamborilou os dedos no cajado.

— Sim, sim — murmurou. — Isso servirá.

Ela girou os pulsos e a magia se reuniu em torno da espada e do escudo como uma nuvem tempestuosa. O poder crepitava no ar. O cabelo de Phillip se arrepiou.

— Vão! — disse Malévola, e a espada e o escudo desapareceram.

A nuvem de magia se dissipou lentamente. Phillip desabou.

— Devo lidar com a espada e o escudo e garantir que ninguém mais seja capaz de rastreá-los ou recuperá-los — comentou Malévola. Ela acenou para suas criaturas, e elas correram pela floresta por algum caminho que Phillip não enxergava. — Tragam-no para mim, vivo, quando terminarem, mas façam com ela o que quiserem.

Devagar, Malévola se afastou do chalé. A vela em sua mão se apagou, a escuridão a envolveu por todos os lados, e ela desapareceu na noite como uma sombra. Um último grasnado de seu corvo marcou sua partida.

— Perfeito! — Éris bateu palmas e se virou para Phillip. — Vamos nos divertir, certo?

Uma videira surgiu da floresta e se enrolou na garganta de Phillip, depois o arrastou para ficar ao lado de Joana e Sansão. O cabresto de Sansão estava amarrado à ponte e Phillip esbarrou nele com o pé. Tropeçou, caindo com força de cara. Phrike riu.

— Ele finalmente está rastejando — zombou Poena, jogando a chama de mão em mão. — Prefiro assim.

Phillip ficou de joelhos. O cabresto de Sansão pressionou suas costas e os dedos de Phillip eram muito grossos e desajeitados para trabalhar rapidamente. Joana se arrastou até ficar ao lado dele, com as pernas bloqueando o que ele estava fazendo, e ele se encostou nela. Era a única cartada que tinham, e ele poderia ter chorado por saber que ela reconhecera sua finta. Não conseguia pensar no que aconteceria com eles em breve ou no que estava acontecendo no castelo com a Princesa Aurora. Só conseguia se concentrar no aqui e agora.

Se assim não o fizesse, ele desmoronaria.

— Por que devemos entregá-lo para Malévola? — perguntou Phrike. — Não é justo. Fizemos todo o trabalho!

— Por favor — disse Éris, revirando os olhos. — Diga isso à Senhora do Mal e veja o que acontece.

Phillip rasgou com as unhas a corda que amarrava Sansão à ponte. Se conseguisse libertar Sansão, talvez fosse distração suficiente para escaparem.

— Há tanta coisa que podemos fazer — sugeriu Poena, com uma chama entrelaçando seus dedos. — Ele desperdiçou semanas preciosas de nossas vidas.

— Para sermos justas, esse era o nosso plano — disse Éris.

Poena bufou.

— Quando foi que fomos justas?

Phrike fez um movimento cortante com os dedos e sua sombra se ergueu do chão. Agarrou Joana pelo colarinho e arrastou-a na direção delas.

— Você vai gostar — disse Phrike. — Tive muito tempo para pensar no sofrimento mais *poético* que combinaria com você.

Phillip acabou de desfazer a corda. Bateu no tornozelo de Sansão e o cavalo disparou, correndo entre as quatro. Poena e Éris dispararam para um lado e Phrike puxou Joana para o outro. Phrike gritou e a deixou cair.

— Ela me mordeu! — Phrike ergueu a mão ensanguentada. — A nojentinha me mordeu!

— E eu faria isso de novo — vociferou Joana. — Phillip...

— Corra! — berrou ele. — Vá.

Joana assentiu, com o rosto sério, e agarrou a sela de Sansão com as mãos amarradas. Ela jogou uma perna para cima e disparou em um movimento fluido. A magia explodiu no vale, mas havia árvores demais para que o fogo de Poena ou as vinhas de Éris tivessem chance de agarrar Joana ou Sansão. Phrike envolveu a mão trêmula nas saias de seu vestido laranja enquanto Poena usava sua magia no chalé, incendiando-o. Éris marchou até Phillip.

— Vão capturá-la por qualquer meio necessário — disse Éris para as outras. — Levem-na para a montanha se for preciso. Vou levar nosso príncipe para lá.

As outras duas desapareceram em um piscar de olhos, e Éris puxou Phillip pela orelha a fim de colocá-lo de pé.

— Seu insetinho ingrato! — Ela beliscou com mais força. — Arrisquei tudo por você, e você jogou de volta contra mim como se não significasse nada. Nada!

A magia, um vento gelado, rasgou a meia fina e a túnica dele, gelando-o até os ossos. Éris estalou os dedos da mão livre e houve uma mudança, como se o mundo inteiro, exceto Phillip, tivesse girado em seu eixo. A magia agarrou sua coluna e puxou, e ele se dobrou com um suspiro. Éris o deixou desabar.

Chão. Havia um chão de pedra. Phillip engasgou com a mordaça e se forçou a olhar em volta.

— Bem-vindo — disse Éris, limpando a sujeira de seu vestido. — Tenho certeza de que você apreciará a hospitalidade de minha senhora.

Estavam em um salão de entrada de pedra escura. O chão estava quente, quase queimando suas mãos nuas. O castelo era velho e estava em ruínas, e o mundo natural começara a romper as fendas das pedras. Musgo e raízes se enrolavam nas paredes lascadas, e Éris conduziu Phillip até o outro extremo do corredor, onde uma escada quebrada levava a uma alcova destinada a um trono. As colunas tortas e avariadas balançavam quando eles passaram por elas. O vento abrira buracos na parede e no teto.

Phillip olhou para o céu verde-claro, do mesmo tom da pele de Malévola, e engoliu em seco.

— Ah — disse Éris com um suspiro ofegante. — Malévola não é extraordinária? Eu não consegui movê-los nem cinco centímetros, mas ela os trouxe até aqui.

A Espada da Verdade e o Escudo da Virtude estavam ao pé do trono. Duas das criaturas encantadas da fada má montavam guarda sobre eles, e uma parou de coçar as costas com uma faca para encarar Phillip. Éris enxotou as duas, empurrou Phillip para as armas e afrouxou suas cordas o suficiente para que ele pudesse pegar os objetos embrulhados na coberta. Ele se mexeu e tentou encontrar a empunhadura da espada.

— Não adianta — disse ela. — Não tenho permissão para matar você, mas minha senhora não disse nada sobre mutilar.

Uma brisa fria envolveu seus pulsos e Phillip balançou a cabeça. Ele apontou para a própria boca.

— Ah, não. Você teve sua chance, e não me importo em ouvir que bobagens nobres que você dirá em sua defesa. E pensar que eu... — Ela se interrompeu, levantou a mão e balançou a cabeça. — Não, você não vale a pena. — Ela fez sinal para que ele andasse na frente dela. — As escadas à esquerda.

Era uma escada em espiral que subia tão alto que nuvens bloqueavam as seteiras e penetravam pelas fendas entre as pedras. As pernas de Phillip doíam com o estresse da escalada, mas a espada e o escudo não pesavam nada, apesar da maneira desajeitada como ele foi forçado a carregá-los. Sabia que estava na velha fortaleza no topo da Montanha Proibida, embora não tivesse ideia de como voltar para casa de lá. Um pânico amargo obstruiu sua garganta.

— Coloque-os aqui — mandou Éris quando chegaram ao topo da torre.

A sala da torre era pequena e apertada, cheia até o teto de cajados mágicos, tomos em frangalhos e um móvel repleto do que pareciam ser pequenas estátuas de fadas. Phillip tropeçou ao entrar. Uma mão fria lhe agarrou a nuca.

— Largue as armas. — Éris apertou e Phillip colocou o escudo no chão. Deixou a espada cair de tal forma que o tecido ao redor dela começou a desfiar. — Bom garoto.

Ainda não era desesperador. Joana continuava viva em algum lugar lá fora, seu pai e o Rei Stefan também estavam bem, e o presente do sono amaldiçoado da Princesa Aurora a salvaria da morte. Phillip só tinha que descobrir como escapar.

Éris removeu a mordaça que cobria a boca dele.

— Posso ouvir você conspirando e furioso — observou ela.

Sua resposta se perdeu em uma rajada de ar quente que tinha gosto de metal e óleo. Com um estalo, Poena e Phrike retornaram. Poena pousou com força em cima de um móvel com varinhas e desceu batendo as asas. Phrike apareceu de joelhos diante de Éris e Phillip. Os dedos de Éris se apertaram.

— Joana? — questionou.

Phrike balançou a cabeça.

— Escondida em algum lugar dentro do castelo do Rei Stefan. Não foi possível encontrá-la entre tantas pessoas.

— Você está zangada? — perguntou Poena, deslizando até as duas companheiras. — Ela não é algo com que valha a pena se preocupar. Recuperamos a espada e o escudo. Tudo está indo conforme o planejado e estou cansada de seguir suas ordens.

— Por quê? Você nunca as executa do jeito certo — disse Éris, estalando os ossos de cada dedo, um por um. — Não estou zangada. Estou contando até dez para não estrangular vocês, pois estou indignada com sua mediocridade e total falta de cuidado. Fios soltos podem fazer o tecido todo desfiar. O que não queremos?

— Tecido desfiado — murmuraram Phrike e Poena em uníssono.

— Tecido desfiado. — Éris agarrou Phillip pela túnica e o empurrou para as escadas. — Vão fazer seu trabalho e encontrem-na enquanto acompanho Sua Alteza ao quarto dele.

— Não há necessidade de perseguir Joana — falou Phillip de um rompante. Sua cabeça estava girando rápido demais para que pudesse pensar, mas ele poderia embromar por causa de Joana. Talvez conseguir manter as três lá. — Por que se preocupar em persegui-la quando vocês têm o príncipe bem aqui?

Poena começou a pensar no assunto e Éris sibilou para ela:

— Vá logo. Ele está tentando distrair vocês.

As outras duas desapareceram em uma nuvem de poeira e com um farfalhar de páginas.

— Mexa-se — disse ela, empurrando-o de volta para a escada — e, por favor, pare de tentar me enganar. Você sabe que eu não nasci no século passado.

— Na verdade, não sabia — respondeu ele, andando devagar e guardando na memória os detalhes do caminho que percorriam. — Não sei nada sobre você.

— Não seja ridículo. Sabe que sou mais inteligente que você, sabe que sou linda e sabe meu nome. — Ela riu e o cutucou entre as omoplatas. — Mesmo que você não consiga soletrar ao contrário.

Phillip conteve um gemido, lembrando-se dos ladrões. *Sire.* Claro.

— Sim, se isso me ensinou alguma coisa, é que eu deveria ter sido mais paranoico — murmurou ele. — As outras sabem que você me deixou fugir?

— Você realmente deseja que eu corte a sua língua. — Éris o conduziu através de uma porta de madeira torta por um corredor estreito. Eles penetraram mais fundo na montanha. — Achei que você fosse mais ambicioso, mas recusou nossa primeira oferta de magia. Eu deveria ter percebido.

— Minhas condolências ao seu ego. Deve ser bastante frágil.

— É — falou ela, lentamente. — De nós dois, eu sou a insegura.

As masmorras ficavam nas entranhas do castelo. Phillip mal conseguia acompanhar as voltas e os desvios da estrutura em ruínas, arranhando os cantos com as botas sempre que podia. Quanto mais longe eles iam, mais vazio ele se sentia. A desesperança ficou mais potente depois de vislumbrar um bom final.

— Bem, divirta-se — disse Éris, abrindo uma porta grossa com um aceno de varinha. — Eu diria que foi um prazer, mas foi principalmente entediante.

As cordas que seguravam Phillip ganharam vida própria e o arrastaram para o banco de pedra no canto. Correntes subiram como cobras e se fecharam ao redor de seus pulsos. Outro conjunto de grilhões prendeu seus tornozelos. Phillip desabou no banco enquanto as cordas deslizavam de volta para Éris. Elas se enrolaram em torno de seu braço estendido e ficaram imóveis.

— Por que fazer amizade comigo? — perguntou ele, a meia-voz. — Achou que eu permitiria que Malévola destruísse o meu lar para treinar com vocês?

— Você não se importava com seu pai, sua noiva ou seu reino, então pensei que permitiria, sim. Nunca tive um aluno antes, mas vi algo em você que tocou meu coração. Você era tão inseguro. Tinha tanto medo. — Ela inclinou a cabeça de um lado para o outro, os cachos farfalhando em seus ombros redondos. — Havia tantas opções abertas para você, e você torceu o nariz para todas elas porque não gostava de suas responsabilidades. Eu poderia ter derramado água na terra e dito que lambê-la como um cachorro lhe daria uma maneira de escapar de seu pai, e você teria feito isso e latido. Mas não o fiz. Dei a chance de abraçar a vida que você queria. Não cometerei esse erro novamente.

O estômago de Phillip revirou e protestou, e seus olhos arderam. Ele não notara. Estivera naquela posição o tempo todo, maleável como argila nas mãos dela. Tão desesperado que entregou a vida de todos que amava para Malévola. Para quê? A vida que ele queria?

Ele era um príncipe, gostasse ou não. Que vida não estava ao seu alcance?

Naquele momento, nenhuma vida mais.

— Não chafurde. É impróprio — disse Éris, revirando os olhos. Ela enxugou a lágrima de Phillip com a mão e sacudiu a ponta do nariz dele.

— Você é apenas um garoto sortudo o suficiente para nascer príncipe em um reino rico, sabe disso. Não há nada de especial em você.

Phillip engoliu em seco, lutando para não chorar mais e alimentar o prazer dela por seu sofrimento.

— Vocês ainda não ganharam. Aurora não está morta e seu verdadeiro amor ainda está por aí.

— Ah, Phillip. — Éris estalou a língua para ele. — Não importa. O plano de minha senhora para isso está em andamento, mas vou perdoá-lo por não conseguir enxergar a coisa toda. Aproveite a sua estada, Alteza. Enquanto espera, pense em como você sempre foi um jogador e como se retirou do jogo. Nada disso teria sido possível se tivesse prestado atenção ao seu reino. É bem possível que teria mais informações sobre a Espada da Verdade. Não é engraçado? — Ela riu até sair pela porta e trancou-a atrás de si. — Um príncipe sem poder! O pobre menino precisa crescer para se tornar rei e se casar com uma linda garota. Que trágico.

A voz dela ecoou até que uma terrível gargalhada fosse tudo que ele conseguisse ouvir.

E o pior de tudo é que Phillip sabia que Éris estava certa: ele cavara aquela cova para seu reino e para si mesmo.

19
Bastante desesperado

PHILLIP SE LANÇOU contra a porta, ignorando o aperto das correntes, e caiu no chão. Elas eram firmes e pesadas, arrastando-o lentamente para a parede. O desespero o envolveu como grilhões.

Precisava fugir e consertar tudo.

Passou os dedos pelas correntes, e uma energia frenética trepidou através dele. As algemas eram peças sólidas de metal, sem lugar para chave ou para serem retiradas. Tropeçou em um machado de guerra preso em uma das pedras caídas e prendeu as correntes na lâmina, depois arrastou-as contra ela. A magia brilhou onde a lâmina atingiu as correntes, e o cheiro das folhas úmidas do outono encheu o nariz de Phillip. Seu estômago revirou.

— Volte aqui! — gritou. — Volte que eu vou cuspir na sua cara, sua traidora!

Pegou as correntes e verificou os elos que haviam atingido a lâmina. Estavam inteiros e perfeitos. Phillip teria apostado qualquer coisa que as algemas só poderiam ser removidas com magia. Ele caiu de joelhos.

Não podia desistir. Não podia se deixar afogar por aquele pavor e aquela preocupação.

O castelo de repente tremeu com violência. A poeira saiu de entre as pedras e caiu sobre Phillip. A comoção seguiu em um crescendo e Phillip enterrou o rosto nas mãos. Gritos ecoaram pelas paredes em ruínas e uivos encheram o ar gelado. Lentamente, o tremor diminuiu.

Uma porta rangeu do lado de fora da cela de Phillip. Ele limpou o rosto coberto de poeira e levantou a cabeça. Uma sombra com chifres deslizou pelo chão e Phillip a seguiu com os olhos até alcançar o rosto na janela gradeada da porta. Malévola sorriu.

Ela destrancou a porta da cela e a abriu silenciosamente, o olhar passando das correntes para o rosto dele com uma lentidão enervante, como se ela tivesse todo o tempo do mundo para contemplá-lo.

Como se o plano dela não tivesse mais como ser revertido.

O corvo voou à frente de sua mestra, pousou no cabo do machado e fez uma reverência. Malévola deslizou na direção de Phillip com uma carranca fingida.

— Mas o que há, Príncipe Phillip? Por que tão melancólico? — perguntou Malévola. O estalar das garras do corvo soava como uma risada. — Se há na sua frente um tão lindo futuro?

Ela fez um gesto para ele e depois colocou os braços contra o peito, apertando o cajado e apoiando-se nele. A seda escura de suas vestes pendia de seus ombros como asas de morcego enroladas. Phillip se afastou dela.

— E... seu destino é transformar em realidade um belo conto de fadas — disse ela, saboreando cada palavra.

A confusão rompeu o pânico de Phillip. Ele não estava destinado a fazer nada e não fazia parte de nenhum conto de fadas. Era a Princesa Aurora, amaldiçoada e à espera do verdadeiro amor, quem estava no centro de tudo.

Ah.

Malévola presumira que ele fosse o verdadeiro amor que beijaria a princesa. Que ridículo! Ela nem sabia os detalhes da própria maldição e, por isso, seu plano já estava indo por terra. Ele não era o verdadeiro amor destinado à princesa; era apenas Phillip. Ele sorriu, abrindo a boca para comunicar esse fato a ela, mas ela riu antes que pudesse falar.

Malévola passou a mão sobre a gema verde do cajado. O ar ficou mais tenso ao redor deles, carregado pela invocação de sua magia. Ela era o céu verde que anunciava tornados e tempestades monstruosas, o aperto no peito de Phillip que era seu instinto de fugir. O perigo havia chegado.

— Observe… o castelo do Rei Stefan — disse Malévola, inclinando o cajado na direção dele. A magia crepitante dentro da gema se retorceu como fumaça e se dissipou do centro. Uma imagem apareceu, as torres brancas do castelo do Rei Stefan manchadas de índigo à noite. Uma estranha quietude tomara conta de cada janela e muralha. A imagem se estreitou, como se estivessem olhando através dos olhos de um pássaro flutuando em direção à janela da torre. — E em sua mais alta torre, sonhando com seu amor, a Princesa Aurora.

A imagem oscilou e mudou. Em uma cama de lençóis azuis, com as cortinas abertas para as estrelas bruxuleantes, descansava uma jovem, com o rosto sereno e os dedos apertando frouxamente uma rosa contra o peito. As curvas altas de suas bochechas estavam acentuadas pela lassidão do sono. Seu cabelo, tão familiar, estava preso no arco de uma coroa dourada.

Mesmo que ele nunca a tivesse visto dormindo… mesmo que ele não pudesse ouvir a voz dela… embora suas lembranças fossem de pés descalços dançando na grama alta e cabelos cacheados farfalhando na brisa da floresta, Phillip soube.

— Mas veja a ironia da sorte — disse Malévola. Ela riu como se aquela fosse a piada mais engraçada de todas. — É a mesma camponesa que ontem conquistou o coração do valoroso príncipe.

Rosa — que fora criada por três tias misteriosas que por curiosidade viviam perto do castelo do Rei Stefan, mas nunca foram encontradas, e que nunca teve permissão de sair de casa devido a um perigo misterioso — era a Princesa Aurora.

Sua noiva.

A garota que estava ligada a ele desde a infância.

A garota com quem ele sonhava havia tanto tempo.

Ele estivera envolvido demais em sua própria vida por tanto tempo que não percebera esse fato. Realmente deveria ter ligado os pontos. Parecia óbvio para ele agora.

Se ela já estava adormecida, a primeira apresentação de Rosa ao mundo deve ter sido espetar o dedo em um fuso e sucumbir à maldição. Ele sabia que algo estava por vir, mas não para ela. Ela deveria estar em segurança.

Mas por que Malévola estava mostrando aquilo para *ele*? Era apenas noivo da Princesa Aurora, e Malévola não sabia dos sonhos. Ela devia ter tomado conhecimento do encontro deles no dia anterior, mas isso não os tornava o verdadeiro amor um do outro.

A imagem mudou novamente, focalizando o rosto de Rosa — não, da *Princesa Aurora*, mas esse nome ainda não combinava; nunca tinha sido o dela —, e Phillip cerrou os dentes para não falar. Ele sempre presumira que conhecer Aurora seria terrível e insuportável e que ele a odiaria à primeira vista, mas parecia que, afinal, ele se casaria com a camponesa sobre a qual contara ao pai se eles saíssem daquele embaraço. Infelizmente, não teria a satisfação de irritar seu pai.

O humor em geral o acalmava, mas o pensamento apenas lhe deu arrepios.

O rosto de Rosa ficou mais nítido enquanto Malévola falava:

— Ela tem o brilho do sol nos seus cabelos; lábios rubros como a rosa; e agora em longo sono repousa.

Se Malévola estava confessando seu plano final, Rosa merecia que ela mencionasse mais do que apenas seu lindo rosto. Não era uma princesa que existia apenas para ser linda e amaldiçoada. Rosa tivera uma vida antes de tudo aquilo!

Malévola riu, como se pudesse ler seus pensamentos, e Phillip estremeceu. Ele deixara transparecer sua preocupação. Precisaria ter mais cuidado se quisesse saber o que Malévola havia planejado.

A imagem girou novamente e o rosto de Malévola apareceu diante dele.

— E os anos passam, mas o que são cem anos para quem ama de verdade? E as portas da prisão se abrem... e o nosso príncipe corre a socorrê-la.

Phillip se aproximou da imagem, sem saber ao certo o que estava vendo.

A nova imagem era de Phillip, velho e curvado, com o Escudo da Virtude no braço e um Sansão cansado carregando-o através dos portões do castelo de Malévola. Cem anos mais velho, ele deveria estar naquele futuro de Malévola. Vivo e saudável o suficiente para montar um cavalo.

Phillip desviou o olhar, incapaz de testemunhar mais. O plano de Malévola não fazia sentido: deixar Rosa em um sono amaldiçoado por cem anos até que todos que ela amava estivessem mortos ou velhos e depois mandá-lo acordá-la com o beijo doce de um verdadeiro amor. Em cem anos, a menos que ela usasse magia para mantê-lo vivo, ele provavelmente estaria morto haveria muito tempo, e Sansão também. Mas o mais ridículo, o mais bizarro — porque como Malévola poderia ter errado na própria maldição? — foi a ideia de que Phillip era o verdadeiro amor da princesa.

Malévola estava exagerando. Phillip não negaria que tinha sentimentos por Rosa, sentimentos que eram muito mais ternos do que ele poderia esperar ter por ela ou por qualquer outra pessoa, mas ele não estava apaixonado. Claro, ela era mais inteligente, bondosa e competitiva do que qualquer pessoa que ele já conhecera, e ele gostava do jeito que a garota sempre o mantinha alerta, e...

Phillip se afastou do cristal de Malévola, não querendo que ela visse os pensamentos que ele tinha certeza de que estavam transparecendo em seu rosto.

Malévola amaldiçoara a Princesa Aurora. Uma das fadas-madrinhas havia decretado que Aurora seria despertada pelo beijo doce de um verdadeiro amor. Elas partiram antes que alguém perguntasse quem era esse verdadeiro amor, e agora Malévola tinha certeza suficiente para basear todo o seu plano no fato de que era Phillip. Ela estava apenas brincando com o conto de fadas. Não significava nada.

Mas foi isso o que Malévola quisera dizer no chalé quando mencionou o verdadeiro amor unindo suas vítimas e sua maldição? Essa não poderia ser a razão da floresta dos sonhos e do muro de espinhos.

Mesmo que Rosa e ele estivessem sonhando um com o outro fazia anos, mesmo que ele estivesse morrendo de vontade de falar com ela outra vez, ainda que apenas por um breve momento, e mesmo que Malévola acreditasse que aquela história era verdade, não havia jeito algum de Rosa amá-lo.

— E ele vai cavalgando, o final do valente, alvo e atraente. E vai acordar seu bem, com um beijo doce e casto. E provar que o verdadeiro amor tudo conquista.

Phillip se forçou a olhar a imagem final, mas não havia nenhuma. Malévola se aproximou. Ele tentou se lançar sobre a fada má, suas correntes puxando-o para trás.

— Venha, meu bem. Deixemos nosso nobre príncipe com seus pensamentos — zombou Malévola, estendendo os dedos para o corvo. — Que dia agradável.

Phillip tentou ir atrás dela, mas as correntes resistiram e a porta se fechou com um clique definitivo e horrível. Malévola riu de novo.

— Pela primeira vez em dezesseis anos, eu dormirei bem!

Ele não conseguia respirar. Não importava que Malévola estivesse errada e que ele não fosse o verdadeiro amor de Rosa. Ele não podia deixá-la à mercê para sofrer a maldição.

A cabeça de Phillip girava com o plano de Malévola. Ela iria para a guerra contra os reis e a humanidade enquanto Rosa dormia e Phillip definhava acorrentado, partindo os corações do Rei Humberto e do Rei Stefan.

E todo o plano dependia de Phillip não ser capaz de escapar enquanto Rosa dormia.

Ah.

Um sono amaldiçoado ainda era sono.

Sozinho, mas reconfortado e mais desesperado do que nunca para visitar a floresta, Phillip se enrolou em sua cela e tentou descansar.

Quando Phillip abriu os olhos, ele não estava na masmorra, mas na velha floresta dos seus sonhos. Salpicado de sombras e de folhas caídas, Phillip se sentou. Os braços não doíam e os ferimentos da luta contra os asseclas de Malévola haviam desaparecido. Ele respirou fundo e se deleitou com o cheiro forte de grama fresca e árvores antigas.

A maldição de Malévola nem deveria ter atingido Rosa. Não havia fusos em sua casa, e as fadas que fingiam ser suas tias quase certamente não os permitiam chegar perto dela. A garota esteve sã e salva no chalé até o anoitecer, então, mesmo que a maldição estivesse destinada a se tornar realidade, como aquilo acontecera?

Com certeza suas tias não a arrastaram para o castelo ao pôr do sol e jogaram tudo nela de uma vez, não é?

— Eu poderia ter picado meu dedo para escapar disso — resmungou para si. — Tudo bem, Phillip. Você estragou tudo. Você precisa se levantar, enfrentar a situação e consertá-la.

Rosa estaria ali. Tinha que estar. Eles teriam o tempo que precisassem para descobrir uma forma de sair da teia de Malévola, já que ela fora amaldiçoada e ele, capturado.

Ou ela ficaria tão furiosa com ele e com seus erros que, pela primeira vez, sonhar se tornaria muito pior do que sua vida real.

Phillip subiu em uma árvore. A floresta parecia diferente, mais clara e brilhante, apesar de as copas das árvores estarem tão espessas como sempre. As folhas pareciam mais reais entre seus dedos, e a casca grossa não se desfazia de velhice. Phillip caminhou entre as árvores, deixando seus dedos percorrerem cada uma delas, e franziu a testa ao passar por uma grande pedra coberta de musgo. Fora ali onde ele se sentara antes de o muro de espinhos se tornar um labirinto de sebes, o que significava que o muro deveria estar próximo.

Mas os espinhos, o muro e o labirinto de sebes haviam desaparecido por completo pela primeira vez.

— Rosa? — chamou, gritando.

— Phillip? — A voz dela estava mais suave do que ele jamais ouvira, rouca de sono, mas ele não sabia de onde vinha. Ela não estava à vista.

— Ah, que bom. Eu esperava que isso acontecesse.

— Esperava? — Ele se virou e abriu caminho através de um trecho cerrado. — Onde você está?

— Sinceramente, não sei. Mas tenho uma pergunta melhor: onde você está no mundo desperto?

Ele suspirou e seguiu o som da voz dela.

— No castelo de Malévola.

— Isso torna meu plano menos útil — lamentou Rosa. — Como você chegou lá?

— Foi Malévola. — Ele hesitou, sem saber o quanto ela sabia. — Bem, ela estava me esperando em sua casa, porque você é... Bem, eu deveria ser...

— Porque eu sou a Princesa Aurora e ela pensa que você é meu verdadeiro amor? Você não precisa ficar cheio de rodeios, *Príncipe* Phillip. Saber quem eu era, de quem estava noiva e por quem fui amaldiçoada fazia parte da minha surpresa de aniversário — disse Rosa com uma risada. — Imagine minha surpresa, Príncipe Phillip, quando me disseram que estava prometida a um príncipe, cujo nome me escapa, e agora imagine meu horror por causa da minha tristeza enorme, Príncipe Phillip, depois de ser prometida sem saber a esse príncipe. Ah, eu também, surpresa!, tenho um verdadeiro amor que deveria me acordar desta maldição com um beijo doce. Imagine só, Vossa Alteza.

Ele estremeceu e seguiu a voz dela ao redor de um afloramento de rochas.

— Sinto muito. Tínhamos acabado de nos conhecer e eu não queria acrescentar "príncipe comprometido" à lista de coisas sobre mim que poderiam complicar... — Sua voz sumiu quando ele a avistou.

Rosa *parecia* a Princesa Aurora daquela vez. A coroa que ele a vira usar na imagem de Malévola havia sido transportada para o sonho, e mechas de cabelo dourado cuidadosamente enroladas a mantinham no lugar. A saia azul de seu vestido estava espalhada ao redor dela, a seda como água derramando-se pela grama, e havia uma tensão em seus ombros que não existia na floresta. Era como se ela estivesse com medo de respirar e bagunçar a obra de arte que havia sido feita dela. Rosa piscou para ele com olhos cansados.

Aquela expressão, de exasperação e carinho ao vê-lo, era a mesma de quando se conheceram na floresta e muito mais bonita do que qualquer seda ou joia.

— Estou com sono, mesmo aqui — comentou Rosa com um bocejo.

— O que está acontecendo no mundo real?

— Desculpe. Não sei muito. Malévola me encontrou quando fui até o chalé no vale para ver você.

Rosa gemeu.

— Minhas tias me fizeram ir embora. Elas deram a notícia sobre quem eu sou e em seguida me arrastaram para o castelo. E, então, depois de saber da maldição e chorar com a notícia do meu iminente casamento com o Príncipe Phillip, pensei em você. Quantos nobres existem em Artwyne e Ald Tor chamados Phillip? Quantos você acha que podem ser alvo de um trio de fadas más?

Ela gesticulou de si mesma para ele, e Phillip estremeceu.

— É, desculpe por isso. Gostava que você não soubesse que eu era um príncipe e não estava entusiasmado com o noivado. Esperava que isso se resolvesse por si só.

Ela bufou.

— Bem, que bom que funcionou como você queria.

— Considerar isso resolvido é muito otimista da sua parte. — Phillip ignorou a agitação em seu peito... Ela ainda não pedira para romper o noivado. Sentou-se ao lado da garota. — Sinto muito por deixar tudo de fora.

— As coisas fazem mais sentido. Eu realmente não posso culpar você por querer manter algumas coisas privadas quando nossas vidas aparentemente são de conhecimento público desde o nascimento. Você sabe, durante anos perguntei o que aconteceu com meus pais, e minhas tias apenas diziam que precisei ser criada por elas. Então, de repente, virei uma princesa, prometida e amaldiçoada. Eu me senti tão mal por odiar isso, mas odiei.

— Você é aquela cujo mundo virou de cabeça para baixo e é a única amaldiçoada entre nós.

— Exatamente! — Ela esticou as pernas, os dedos dos pés descalços aparecendo por baixo do vestido. As sapatilhas de pano dourado descartadas a poucos passos de distância o fizeram sorrir. — Eu não deveria me sentir nem um pouco mal, porque minhas tias nunca me prepararam para turbulências emocionais... apenas para organizar os assentos para jantares na corte e tocar harpa.

— Você sabe tocar harpa?

— Phillip, por favor — falou ela, lentamente. — Estamos noivos. Você deveria me conhecer melhor agora.

Ele corou, encolhendo-se com a rapidez com que suas bochechas esquentaram, e agitou a camisa no peito para se refrescar. Ela agarrou a mão dele.

— Relaxe. — Ela apertou a mão dele. — Não vou exigir que você se case se não quiser.

— É muita gentileza da sua parte — disse ele, com o coração mortificado com a ideia de que ela pudesse querer desfazer o compromisso de casamento. Engoliu em seco. Não podia presumir coisas sobre ela novamente. Tinha que ser sensato. — Antes, para evitar o noivado com a Princesa Aurora, eu disse ao meu pai que me casaria com uma camponesa que conheci hoje na floresta.

— Ah, outro casamento que eu desconhecia. — Ela o fulminou com os olhos, mas Phillip vislumbrou uma sombra de sorriso em seus lábios. — Não me lembro de você pedir minha mão.

O constrangimento inundou Phillip, mas ele respirou fundo e continuou tentando determinar o que ela sentia por ele.

— Simplesmente contar ao meu pai que estava me apaixonando por uma camponesa misteriosa não me liberaria do noivado, então tive que exagerar.

Rosa olhou para Phillip com o rosto totalmente ilegível e afirmou:

— Malévola falou que você era o meu verdadeiro amor.

Phillip engoliu em seco.

— Falou.

Rosa continuou olhando, como se estivesse esperando por alguma coisa, mas Phillip não fazia ideia do que poderia ser. O pânico e a humilhação queimavam dentro dele.

— Bem, eu só disse ao meu pai que planejava me casar com uma camponesa porque sabia que isso o enfureceria — apressou-se em dizer Phillip. Observou a expressão de Rosa com atenção, mas ela não revelou nada. — Quando cheguei a Ald Tor, nossos pais estavam bebendo, cantando e jogando. — Ele estalou a língua e encolheu os ombros. — E pior do que eles não se prepararem para o seu retorno ou para o de Malévola, eles planejaram toda a nossa vida. Meu pai mandou construir um castelo para morarmos, com bastante espaço para muitas crianças. A maneira como falaram sobre nós me deixou com raiva.

— Ótimo. Eu queria outro motivo para ficar furiosa — resmungou ela, e deixou cair o rosto no ombro dele. Ele desejou que tivesse ficado com as bochechas rosadas pelo toque. — Casar para espicaçar é melhor do que casar porque nossos pais assim o exigem.

O que ela disse lhe deu esperança, mas ele não tinha certeza do que fazer.

— Concordo. — Phillip encostou o nariz no cabelo dela. — Nunca gostei tanto de você.

— Você nunca gostou de mim.

— Exatamente. Minha opinião sobre você está aumentando eternamente. — Um sorriso bobo se espalhou pelo rosto dele.

— Tenho algumas preocupações maiores sobre a natureza dos dons e do destino e devo admitir que nossos pais são extremamente preocupantes. — Ela suspirou. — Mas sabe com o que estou mais preocupada? A maldição que nem foi minha culpa tomou conta de nossas vidas.

— E de Malévola também, para ser franco. Ela está planejando prolongar isso por mais de um século.

Rosa olhou para Phillip, piscando lentamente, e ele afastou uma mecha de cabelo de sua face, incapaz de se conter.

— O que foi? — perguntou Phillip.

— O plano de Malévola é tão confuso. Ela está tão decidida a me perturbar. Meus pais nem vão estar por perto para me ver com o coração partido daqui a cem anos.

— Mas como a maldição se concretizou? — Ele tirou o braço da cintura dela. — Sei que não havia como detê-la, mas onde você encontrou um fuso?

— Ah, eu piquei o meu dedo de propósito.

Phillip abriu a boca, o choque lhe roubando a voz, e ela deu risada.

— Malévola me encontrou no castelo e fez algo comigo com magia. Isso me fez entrar em uma sala estranha com uma roca. Poderia ter lutado contra aquela tentação, eu acho. Senti que poderia, mas você me disse que as maldições sempre se tornam realidade, então não lutei contra ela — contou Rosa como se fosse a coisa mais simples do mundo. — Não adiantava: se as maldições sempre se concretizam, eu tinha que deixar acontecer. Melhor que seja nos meus próprios termos do que nos dela, e eu sabia que cairia em um sono amaldiçoado. Estava esperançosa de que isso significaria que eu acordaria aqui e poderia falar com você ou pelo menos acabar ouvindo-o. Dessa forma, podemos bolar um plano. Ela acha que está ganhando. Talvez nos subestime.

— Ela definitivamente acha que está ganhando. Ela embarcou em um solilóquio adorável sobre como vai deixar você dormir por cem anos antes de me permitir ir embora e tentar salvá-la.

— Muito otimista em relação à sua expectativa de vida — disse Rosa. Ela riu e apertou a mão dele novamente. — Bem, o que vamos fazer?

— Fazer? — perguntou Phillip. — Você está dormindo amaldiçoada e eu estou trancado na masmorra de Malévola.

— E? Então vamos deixá-la vencer? Acabei de finalmente deixar a floresta. — Rosa se levantou de um salto e bateu palmas, depois apontou para ele. Ela começou a andar. — Todos aqueles anos em que eu poderia ter estado com minha família, todos aqueles anos em que poderia ter aprendido sobre minha maldição e o que fazer, e todos aqueles anos em que eu poderia ter conhecido você no mundo real, em vez disso, eu estava presa em uma floresta, aprendendo a governar um reino com uma história fortemente editada para que eu não descobrisse ou suspeitasse nada relacionado a Malévola. Conheço todas as maneiras possíveis de cumprimentar alguém de todos os níveis, mas não sabia quem eu era até hoje!

Seu tom mostrava que ela estava com tanta raiva que não conseguia pensar em mais nada, e Phillip adorou a semelhança com a expressão dela. Sempre soube que ela caminhava enquanto falava.

— Como é justo que meus pais me isolem de tudo e de todos para o meu próprio bem e depois esperem que eu seja a filha perfeita e solícita? — Ela se virou para ele, estendeu a mão e quase se curvou com a veemência de suas palavras.

— Não é justo — disse Phillip, levantando-se de seu lugar e acompanhando-a. Ela estava sozinha e ficaria assim por tanto tempo que ele não podia deixá-la sozinha daquela vez. — Mas para eles você é a filha deles, não uma pessoa.

Foi a única maneira pela qual conseguiu racionalizar as opiniões de seu pai sobre ele. Phillip sempre seria primeiro filho de seu pai, e seu pai sempre pensaria nele assim. Ele não era uma pessoa com as próprias esperanças e sonhos, forças e desafios. Ele era filho do Rei Humberto.

— Eles não estão pensando em você como Rosa, a jovem que é filha deles — continuou Phillip. — Eles estão pensando em você como a Princesa Aurora, a filha da qual abriram mão, e tudo o que fizeram tem que ser para melhor, porque, se não for, de que adiantou?

— Então eles cometeram um erro! — Ela agarrou o pulso de Phillip e o arrastou consigo. — Mesmo que suas intenções fossem boas, por que eles pensariam que eu não seria eu agora?

Phillip a seguiu com prazer.

— Porque eles querem a filha deles.

— Eu não. — Ela parou, largando a mão dele e impedindo-o de segui-la. — Se pudesse, eu me arrancaria deste sonho e abandonaria meus pais em uma floresta por anos sem dizer uma palavra exceto uma vida inteira de mentiras para ver se eles gostariam disso. Você sabe o quanto isso *dói*? Sabendo que, se eu tiver a oportunidade de conhecê-los, nunca serei capaz de fazê-los entender que me proteger como eles fizeram foi um desserviço? Eu precisava de proteção, mas também precisava deles!

Ela varreu as lágrimas do rosto e balançou a cabeça. Phillip odiava a raiva e a dor na voz da garota, mas ouvira tanto da vida dela que sabia que Rosa merecia ficar com raiva naquele momento.

— Isso era tudo de que eu precisava — sussurrou ela. — Família. Amigos. Outras pessoas que me conhecessem. Eu precisava da verdade! Eles tiraram meu nome de mim. Tiraram minha vida de mim. Eles me tiraram de mim.

Ela flexionou os dedos e respirou fundo três vezes.

— Você quer deixá-los cortar um dobrado por um ou dois anos? — indagou Phillip, aproximando-se. — Posso resistir na masmorra por um tempo. Não me importo.

Rosa balançou a cabeça e depois mordeu o lábio.

— É tentador.

— É só dizer, e eu farei isso. Vou sentar e não fazer nada até que você me dê um sinal de positivo — disse ele, agarrando os ombros dela.

Ela mexeu no botão da gola dele.

— Você adora não fazer nada.

— Bem, eu nunca disse que não faria nada *só* por você. — Ele estendeu a mão, desembaraçou a coroa do cabelo dela e jogou-a de lado. — No entanto, não fazer nada tem suas vantagens: Malévola ou Éris terão que me alimentar, espero, e eu posso roubar algumas informações delas para que possamos realmente planejar. A menos que suas fadas-madrinhas tivessem um plano para quando você fosse amaldiçoada?

— Se elas têm um plano, não o compartilharam comigo. Ajudaria se eu pudesse ouvir as coisas acontecendo no mundo real como antes. Caso contrário, sou inútil.

— Balela. Cá entre nós, você é a inteligente. Assim que soubermos mais e eu descobrir como escapar, poderemos bolar um plano mais sólido. Você nunca foi inútil e não é agora que vai começar a ser. Esse é o meu trabalho.

Ele beijou o topo da cabeça dela, depois entrou em pânico, com medo de que tivesse ultrapassado um limite. Fez um movimento para se afastar, mas ela o segurou com força.

— Você também nunca foi inútil — sussurrou ela, um lindo rubor colorindo suas bochechas e fazendo o coração de Phillip pular no peito. — Mesmo que seu pai pense isso de você, Phillip, você sempre esteve lá para mim.

Uma brisa ondulou sobre a floresta. As árvores estavam borradas, como se uma névoa estivesse se espalhando pelas copas. Ele piscou e não melhorou.

— Ah, parece que você está acordando — disse ela, depressa. — Descubra o que puder, pensarei em maneiras de sair dessa, e nós nos salvaremos. Se minhas tias, as fadas, forem atrás de você, confie nelas. Duvido que nos deixem morrer.

— O que você quiser — aquiesceu ele, e de repente sentiu como se estivesse debaixo d'água. Olhou para ela, com a visão ainda mais turva. — Sempre estarei lá por você. Assim que sair daquela cela, vou encontrar seu verdadeiro amor e ajudá-la a acordar.

— Sua voz está sumindo, como acontece quando você acorda, então este é o fim por enquanto. — Ela lhe beijou na bochecha e o bosque do sonho escureceu. — E, Phillip? Antes de sair em busca do meu verdadeiro amor, por que você não me beija?

20

Não há rosa sem espinhos

PHILLIP ACORDOU SOZINHO, o teto da masmorra desmoronando acima dele e o banco de pedra quebrado apunhalando suas costas. Pela quase imperceptível dobra da manga marcada em seu braço, ele concluiu que não dormira por muito tempo. O fantasma do toque de Rosa ainda permanecia em sua mão e ele esfregou os dedos. Se Malévola quisesse Phillip vivo por cem anos, alguém precisaria visitá-lo novamente. Ele poderia descobrir como escapar.

E Rosa estava certa: eles poderiam sair daquela situação se tentassem.

Mas por que ela teve que pedir a ele que a beijasse? Ela tinha um verdadeiro amor que provavelmente era tão cavaleiro e brilhante a ponto de ser repugnante, e Phillip não conseguia cogitar a ideia de que pudesse ser ele. Sabia que não devia esperar nada, e o fato de Rosa conhecer seu verdadeiro amor logo depois de perceber que gostava dela era exatamente o tipo de decepção que o mundo gostava de lançar sobre ele. Havia tanta coisa acontecendo — para os dois — que não tinham tempo para lidar com as consequências que isso causaria. Melhor acreditar que não era ele.

Não era ele. Se pensasse assim bastante, então, quando não fosse ele, não ficaria aborrecido.

Com sorte.

Exceto que Rosa sabia que ela tinha um verdadeiro amor. Ela sabia que havia alguém por aí que a complementaria perfeitamente e não parecia ansiosa para que Phillip encontrasse tal pessoa. Ela disse a Phillip para beijá-la antes.

Ela não achava que Phillip poderia acordá-la, não é?

Phillip se sentou e puxou o cabelo. O pedido só poderia significar que ela gostava dele o suficiente para escolhê-lo em vez de seu verdadeiro amor ou acreditava que ele poderia ser esse verdadeiro amor, e o pensamento o fez sentir como se cada costela de seu peito estivesse enrolando em torno de seu coração. Ele queria ser essa pessoa.

Não tinha certeza se poderia ser.

Mas nada disso importava se ele não conseguisse sair de lá.

Suas algemas não tinham fechadura, mas as paredes estavam desmoronando. Ele poderia usar isso. E as três fadas-madrinhas ainda estavam por aí.

— Flora, Fauna e Primavera, não sei se vocês podem me ouvir — sussurrou, caso Rosa estivesse ouvindo-o do mundo dos sonhos —, mas...

— Shhh! — disse alguém do lado de fora de sua porta.

Phillip parou. Não era Malévola.

— Mas como vamos ajudar? — perguntou outra pessoa.

Quem havia feito "shhh!" pediu silêncio novamente e uma terceira pessoa suspirou.

— Vocês não conseguem sentir? — indagou a terceira pessoa. — A Espada da Verdade e o Escudo da Virtude estão próximos e, embora eu não saiba por que, não estou olhando os dentes desse presente em particular.

— Cavalo, querida.

— Que cavalo?

Phillip conhecia aquelas vozes. Ele crescera ouvindo-as em sonhos. Rindo, deixou cair o rosto nas mãos. Quantas vezes escutara as tias de Rosa brigando sobre ela?

Três pontinhos, como reflexos de luz, atravessaram a janela gradeada da porta. A magia os precedeu, perfumando o ar com maçãs e lembrando-o da primavera. Ele levantou a cabeça enquanto elas aumentavam suas formas de fadas, e as três começaram a trabalhar imediatamente. Cada uma usava uma cor diferente, embora parecesse que a Montanha Proibida houvesse minado o brilho delas. A mais alta segurou os pulsos amarrados de Phillip.

— Shhh! — disse a fada. — Depois eu explico.

A fada tivera mais de quinze anos para explicar, mas Phillip preferiu não comentar. Enquanto ela libertava seus pulsos, a de verde usou sua magia para queimar as algemas nos tornozelos dele e a de azul destruiu lentamente a fechadura da porta. Os poderes das três eram mais chamativos que os de Éris, brilhando como estrelas na cela escura. As correntes caíram e ele deu um passo à frente para se libertar por completo. Precisava chegar a Rosa o mais rápido possível.

— Espere, Príncipe Phillip — disse aquela de vermelho fosco. Ela gesticulou para que ele recuasse. — A estrada do amor verdadeiro esconde muitos perigos que você sozinho terá de enfrentar. E, assim, arme-se com este encantado Escudo da Virtude.

Ela acenou com a varinha e houve um tilintar de sininhos. O Escudo da Virtude apareceu em seu braço com um lampejo de magia. Phillip recuou, surpreso, e então gemeu. Éris dissera que, para conjurar o escudo e a Espada da Verdade, bastavam boas intenções, praticamente confessando sua aliança com Malévola. Ele estivera envolvido demais nos próprios problemas para perceber.

A fada continuou sem explicação:

— E com esta Espada da Verdade.

A espada surgiu, tão afiada e pronta como quando ele a carregara pela última vez, e a empunhadura estava até quente em sua mão. Ele testou o peso para garantir que Éris não tivesse feito nada com a espada.

— Com as armas da justiça, você triunfará sobre o mal — afirmou ela. Antes que ele pudesse perguntar como triunfar, ela acrescentou: — Venha agora. Apressemo-nos.

As fadas o conduziram para fora da cela. Lá fora, o corvo de Malévola planou pela escada em espiral, grasnando com raiva quando os avistou. Voou degraus acima, e as fadas ergueram suas varinhas, mas não fizeram nada. Ele grasnou e subiu as escadas ao norte, e Phillip conduziu as fadas para o sul. Quando estavam na metade da escada, o barulho de cascos e garras contra as pedras ecoou. Uma onda de criaturas encantadas de Malévola desceu correndo até eles, com o corvo na liderança. Phillip deu meia-volta.

— Para baixo, para baixo, para baixo — exclamou. — Não conheço outro caminho.

Havia uma grande janela, vazia e pairando em uma parede quebrada, e ele correu até ela. As fadas se contorceram em suas pequenas formas que eram pouco mais do que partículas de luz. Ele chegou primeiro à janela. Uma queda íngreme da montanha era a única coisa que conseguia distinguir. A primeira das criaturas se aproximou.

Ele cortou o ar com a espada. Com isso, derrubou o porrete de uma criatura, fazendo com que ela também fosse ao chão. Outras mais tombaram umas sobre as outras, pontas de lanças e facas quebradas voando pelo ar no encalço das fadas, e ele bloqueou tantas quanto pôde. Phillip nem sentia o peso do escudo em seu braço enquanto o levantava para aparar o golpe de uma maça. As fadas passaram pela janela sem serem atingidas e Phillip saltou. Elas teriam lhe dito se a queda fosse abrupta.

Ele aterrissou na borda de uma velha muralha e pulou para uma parede próxima em ruínas, depois escorregou dela e deslizou por uma pilha de pedras quebradas. Um cavalo relinchou com medo e Phillip rolou e se pôs de pé em um pátio.

— Sansão! — disse, ofegando. Uma corrente prendia Sansão a uma pedra pesada do outro lado do pátio. — Como você chegou aqui, garoto?

— Malévola deve tê-lo capturado — disse a fada de verde. — Estou triste por nos encontrarmos em circunstâncias tão terríveis, mas é bom conhecer você, Phillip. Meu nome é Fauna. As outras são Flora e Primavera. — Ela gesticulou para as fadas de vermelho e de azul.

— Minha amiga, uma cavaleira... Ela escapou quando Malévola me capturou e foi avisar as pessoas montada em Sansão. Vocês a viram? Podem protegê-la como fizeram com as armas?

Fauna torceu as mãos.

— Ah, céus. Não. Conjurar pessoas é muito mais difícil, e a velha magia que vive nesta montanha nos impede de tentar.

O medo congelou as mãos dele e Phillip respirou fundo para se acalmar antes de ir para o pátio.

— Phillip! — gritou uma das fadas. — Cuidado!

Sansão relinchou novamente e Phillip ergueu o braço do escudo para se cobrir o máximo que pôde. Pedras caíram da parede acima e magia disparou na direção delas. Com o toque de sininhos, as pedras se transformaram em bolhas e estouraram. Phillip baixou o escudo.

Correu em direção a Sansão. Precisava descobrir o que havia acontecido com Joana e ter certeza de que ela estava bem. Se ela tivesse ido atrás dele ou sido capturada, isso significava que o pai dele ainda poderia não saber o que estava se passando. E uma ajuda extra podia não estar a caminho.

Cordas de arcos estalaram em uníssono, vibrando nos ouvidos de Phillip, e ele girou com o escudo levantado. Flora brilhou em um tom rosa suave e apontou a varinha no ar. As flechas brotaram e floresceram. Flores caíram com força débil contra o escudo.

— Talvez deva guardar sua magia para Malévola — sugeriu Phillip. Ele se sentia tão em conflito: elas estavam ajudando, mas se era só disso que eram capazes, por que não treinaram Rosa, ele ou qualquer outra pessoa para lutar por conta própria? Por que todos os subterfúgios? Era irritante e confuso. — Flechas desse tipo não teriam perfurado este escudo.

Flora se irritou. Um grito ecoou pelo pátio. A voz de Joana e o choque de aço contra pedra chegaram até ele, e Phillip disparou na direção do som. Em um pequeno jardim em ruínas acima de um muro do pátio, Joana, com a espada desembainhada e uma trilha de capangas abatidos em seu rastro, estava com o olhar fixo em Éris, Phrike e Poena. As fadas, do outro lado do jardim, pareciam furiosas, com fumaça saindo do sorriso de desdém de Poena e o vento chicoteando violentamente ao redor de Éris. Joana devia ter lutado bastante para chegar à Montanha Proibida. Phillip assobiou.

— Nem tudo está indo conforme o planejado? — gritou, e ergueu a Espada da Verdade.

— Seu pedacinho de… — rosnou Phrike.

Joana usou a distração para atacar. Ela dividiu o trio, separando Phrike das outras. Phrike se jogou para trás, a ponta da lâmina de Joana rasgando ao lado da fada, e desapareceu em uma ondulação de sombras. Ressurgiu contra uma parede e agarrou o corte no braço. Éris riu, mas Poena levantou a mão.

Uma fita de fogo branca de tão incandescente desprendeu-se de sua varinha, enrolou-se na espada de Joana e escorreu pela lâmina, derretendo-a. Joana uivou, e Phillip começou a pular o muro para se juntar à amiga. Flora o segurou.

— Precisamos ir. Agora.

— Não vou deixar Joana lidar com elas sozinha — disse Phillip. Era impossível para Joana enfrentar as três fadas, por mais habilidosa que fosse. Joana poderia saber como elas lutavam, mas ainda eram seres

mágicos poderosos com décadas de prática. Phillip quase a matara aci-
dentalmente, sem sequer tentar. Ele teria que...

— Vocês não podem matá-la! — Phillip riu e se inclinou sobre
o jardim. — Nenhuma de vocês pode machucá-la! Maldições, dons e
acordos... Não podem quebrar uma promessa, lembram? Não podem
ferir Joana.

O sorriso de Éris desapareceu e ela revirou os olhos para encará-lo.

— Destruam as armas dela o quanto quiserem, mas vocês não podem
machucá-la — reiterou Phillip.

Éris ergueu a mão para ele.

— E quanto a você?

Um vento gelado atingiu as costas de Phillip, que teria caído de
cabeça no jardim se as três boas fadas não o tivessem agarrado. Elas eram
muito mais fortes do que ele podia imaginar. Com uma bufada indignada,
Primavera disparou na frente de Phillip e apontou a varinha na direção
de Éris. O que parecia uma bolha de sabão foi crescendo cada vez mais
até envolver completamente todo o jardim em uma cúpula brilhante. Éris
fez cara feia e brandiu a própria varinha. A bolha se esticou em direção
a Phillip, mas não estourou. Ele nem sentiu o arrepio provocado pela
magia dela.

Éris ergueu os braços, mas o que quer que tenha gritado ficou preso
na bolha com ela.

— Não podemos deixar Joana aqui — disse Phillip, tentando não
parecer ingrato.

— Se elas realmente prometeram não machucar sua amiga, ela estará
perfeitamente segura — disse Flora, franzindo a testa para Éris. — Mas
realmente precisamos ir agora.

Dentro da bolha, Joana acenou para ele e encarou as fadas. Ela abriu
os braços para as três e disse algo que Phillip não conseguiu ouvir. Éris
lançou outra explosão de magia contra a bolha e gritou em fúria quando
ela não se rompeu. Phillip se virou.

— Tudo bem. Acho que é mais como se elas estivessem presas lá com Joana.

— Como você conheceu Éris? — perguntou Flora.

— Eu deveria saber que ela iria meter o nariz nisso — resmungou Primavera.

Phillip correu até Sansão para evitar responder. Primavera libertou Sansão dos grilhões e Phillip montou. As fadas voaram com os dois logo acima de seus ombros.

— Aconteça o que acontecer, não pare — disse Phillip para Sansão, pegando as rédeas com a mão que segurava o escudo. — Apenas nos tire daqui.

As criaturas encantadas se amontoaram no topo de uma porta do castelo e o corvo grasnou acima. Devagar, as criaturas derrubaram grandes caldeirões de óleo fervente. Flora os protegeu invocando um arco-íris que fez o óleo deslizar inutilmente para os lados e borbulhar no chão.

O portão do castelo foi ficando cada vez mais próximo e o rastrilho começou a baixar. Phillip instou Sansão a ir mais rápido. A grade bateu no chão um segundo após eles passarem. Lá fora, a ponte levadiça começou a subir e as fadas ultrapassaram a borda. Phillip agarrou as rédeas com força.

— Cuidado, Phillip! — berrou Fauna.

Sansão saltou, a magia sustentando-os no ar por um momento, e aterrissou com força no lado oposto. A rocha desmoronou sob seus cascos, mas ele conseguiu pisar em terra firme. Desceram a montanha correndo, com uma luz brilhante os perseguindo. Phillip olhou para trás.

Malévola subira até a mais alta de suas torres.

— Cuidado! — disse Flora.

Nuvens verdes giravam no céu acima de Malévola, e ela ergueu seu cajado. Um trovão ribombou e um raio atingiu o arco de pedra acima do caminho da montanha. A rocha se partiu e desabou. Phillip rebateu os escombros com o escudo.

Um raio rompeu o caminho rochoso diante deles. Eles caíram pela encosta da montanha. Sansão saltou de uma saliência para outra, lutando para se firmar. Os ossos de Phillip doeram com a aterrissagem. Sansão venceu o abismo final com um relincho selvagem.

Phillip respirou fundo quando eles deixaram a terra irregular da Montanha Proibida e o castelo do Rei Stefan apareceu no horizonte. Haviam escapado — por ora.

Nuvens de tempestade escuras como a noite se estendiam pelo céu e cercavam as torres brancas. Reuniam-se em uma neblina cada vez mais profunda, lançando sombras sobre todo o campo. Raios dividiam o mundo.

Phillip arriscou outro olhar para trás, e Malévola — uma sombra sorridente e com chifres contra o céu esverdeado — postou-se no centro das nuvens.

Sansão choramingou. Phillip puxou as rédeas, virando-se. Uma floresta interminável de espinhos, longos como as pernas de Phillip, brotou do chão, partindo a terra com a facilidade com que se quebra um ovo. Eles se enrolavam e se contorciam, e um grande emaranhado cobriu a estrada. Sansão parou bem a tempo, afastando-se dos espinhos semelhantes a lanças. Phillip o incentivou com vagar.

— Como o muro de espinhos dos sonhos — lembrou Phillip, cortando uma videira espinhosa e ignorando o pavor em suas entranhas. — Mas de alguma forma pior.

Phillip rompeu os espinhos com a espada. Não seria parado por eles. Nunca mais.

— Por que vocês acharam que a maldição de Malévola não aconteceria? — perguntou para as fadas, cortando os espinhos. — Maldições sempre se realizam.

As fadas o sobrevoaram e Flora fungou.

— O poder de Malévola foi bastante reduzido depois que ela foi banida — explicou. — Uma vez que o presente de Primavera alterou a maldição e nós estaríamos ajudando, tínhamos esperança de que não fosse definitivo.

— Embora seja verdade que as maldições sempre se tornam realidade, como nossos presentes, os detalhes de como isso acontece podem ser manipulados para serem mais benéficos — acrescentou Fauna. Ela pairou sobre o ombro de Phillip. — Não sabíamos que você estudou maldições e magia das fadas, Vossa Alteza.

— Eu não estudei — respondeu ele, enquanto Sansão continuava avançando.

Phillip cortou mais espinhos com a espada, e ele e Sansão saltaram sobre um afloramento em direção à estrada de pedra. Os espinhos ficaram mais grossos ali, tentando bloquear completamente o acesso ao castelo. Era exatamente como os do sonho, que cobriam tudo em seu caminho.

Phillip incitou Sansão a subir na ponte sobre o rio e olhou para as fadas.

— Onde estão todos? Eles estão seguros?

— Dormindo, para serem acordados quando a Princesa Aurora acordar — disse Flora. — Eles estão perfeitamente seguros.

— Dormindo? — perguntou Phillip, incrédulo. — Como isso pode ser seguro? Eles estão prestes a entrar em um campo de batalha. Não podem estar em segurança se estiverem dormindo, e agora precisamos nos preocupar em protegê-los e manter a luta contida.

— Tudo vai dar certo — encorajou Flora, mas ficou tensa ao ver os espinhos serpenteando pela estrada à frente deles.

Phillip virou a cabeça para ela.

— Será? Rosa não vai agradecer por colocar a vida dela acima da de todos os outros.

— Bem… — Ela hesitou. — O que você quer dizer com "Rosa"?

— *Não!* — O grito de Malévola ecoou pela terra, interrompendo a resposta de Phillip, e o céu ficou dolorosamente claro. — Não pode ser!

Um nó retorcido de magia roxa e dourada irrompeu no alto, bateu na ponte de pedra diante de Phillip e espalhou-se pelas pedras como fogo líquido. Sansão empinou e Phillip se esforçou para acalmá-lo. Malévola devia ter descoberto que Phillip havia roubado a espada e o escudo. Ela apareceu, envolta em chamas verdes e fumaça preta.

— Agora se verá comigo, ó príncipe — disse ela, erguendo o cajado —, e com todos os poderes do mal!

Phillip segurou as rédeas de Sansão com força. O fogo ardeu com mais intensidade e violência, e a fumaça cobriu a ponte. A forma de Malévola se distorceu, ossos e magia crepitando como fogo, e o horrível fedor de enxofre encheu as narinas de Phillip. A fada má se esticou até as nuvens que circulavam lá no alto, e das nuvens emergiu a boca cheia de dentes de um dragão enorme. As terríveis asas se abriram no céu e bloquearam a pouca luz solar que restava. Chamas verdes emanaram de sua boca grasnante.

O medo congelou Phillip. Ele não conseguiria lidar com aquilo. Não era um herói; para começo de conversa, fora ele quem colocara todos naquela confusão. Era uma demonstração de poder tão espantosa que a simples visão quase fez seu coração parar. Como a derrotaria? Ele não estava...

A cauda do dragão se agitou, batendo contra uma torre do castelo, e as pedras balançaram como se fossem cair. A imagem de Rosa, amaldiçoada e adormecida, surgiu em sua cabeça, e Phillip estremeceu. A garota estava isolada do mundo havia muito tempo e ficaria presa dormindo naquela torre para sempre se ele não vencesse. Não podia deixar isso acontecer. Faria qualquer coisa para garantir que ela conhecesse o mundo.

Phillip incitou Sansão apesar do terror palpitando dentro de si e do estrondo dos passos de Malévola repercutindo em seus ossos e olhou para a torre por entre os espinhos.

Por que você não me beija?

A pergunta de Rosa passou pela sua cabeça repetidas vezes.

Talvez ela pensasse que ele era seu verdadeiro amor porque *aquele* sentimento — a mistura inebriante de alegria e terror e o desejo inabalável de continuar até que ela estivesse livre para viver a vida que sempre quis — só poderia ser amor.

Phillip a amava.

Ele a amava e precisava lidar com aquela situação. Ninguém mais poderia.

Se Rosa, que o conhecia melhor do que ninguém, o amava o suficiente para pensar que ele poderia ser seu verdadeiro amor, então ele não era tão covarde ou tão banal quanto pensava. Ela acreditava nele e, pela primeira vez, Phillip também acreditava em si mesmo.

— Só eu e você, garotão — murmurou para Sansão, e pressionou o cavalo para correr. — Vai dar certo.

Sansão disparou, galopando pelas pedras em direção às patas de Malévola, e ela recuou, com fumaça saindo de suas narinas. Phillip ergueu o escudo para bloquear o jorro de chamas, mas a força delas o derrubou de Sansão. Caiu de costas, o calor do poder de Malévola queimando suas roupas. O braço do escudo, porém, estava bem. Nem esquentara.

Phillip ficou de pé; Malévola cuspiu mais chamas através da ponte, forçando-o a se afastar dela. As pedras derreteram sob seus pés.

Tinha que chegar até o ventre do monstro, onde as escamas pretas entrelaçadas desbotavam até um roxo quase translúcido. Todas as criaturas tinham um coração e todos os corações podiam partir-se. Só precisava encontrar o dela.

Ele se levantou, com os olhos fixos nos do dragão, e postou-se na beira da ponte em ruínas. Ela o golpeou com fogo novamente, forçando-o a recuar. O escudo permaneceu frio e firme em seu braço. Sansão relinchou atrás dele.

Os espinhos estavam nas costas de Phillip e ele mergulhou neles. Os anos que passara na floresta dos sonhos haviam abrandado seu medo. Uma picada de espinho ou de um fuso não era nada diante do que precisava ser feito. Phillip esperou atrás de uma videira grossa.

Malévola enfiou o rosto por entre os espinhos, o fogo queimando qualquer um que chegasse perto dela. Ela esticou mais o pescoço, o queixo bem acima do chão, e Phillip avançou, baixando a Espada da Verdade em cima de seu focinho. Seu rosto bateu na terra. As escamas sob a lâmina dobraram, mas não quebraram. Ela afastou o rosto dele.

Phillip investiu contra seus olhos, e ela se virou, atacando-o. Suas presas rasgaram o ar onde ele estivera, e o príncipe se voltou para os olhos dela novamente. Ela se ergueu sobre as patas traseiras e saiu do alcance dele. Phillip disparou de volta para os espinhos, o medo correndo em seu peito.

Malévola atravessou os espinhos com fogo, espalhando chamas por toda a terra. Os espinhos subiram em uma fumaça escura e acre que sufocou os pulmões de Phillip. Ele cortou e abriu caminho entre os espinhos. Derrapou em um penhasco íngreme, a pedra erguendo-se diante dele e as chamas aproximando-se por atrás.

— Suba! — gritou uma das fadas. — Suba por aqui!

Agarrando a espada com a mão que usava o escudo, começou a escalar com a outra. Os passos de Malévola trovejaram atrás dele, e a floresta de espinhos se despedaçava sob o peso do dragão. O calor escaldante se aproximava cada vez mais de Phillip.

— O fogo está se espalhando! — gritou para Flora, lutando para escalar o penhasco. — Os súditos acordarão se estiverem em perigo?

A fada torceu as mãos e não respondeu. Phillip gemeu, subindo o mais rápido que conseguia. Precisava terminar aquela situação naquele momento.

Ele se içou até o topo do penhasco e o escudo puxou seu braço. Os dentes de Malévola bateram no lugar onde seu braço estivera. Ele a atacou com a espada, que silvou no ar e roçou o queixo do dragão. Malévola o atacou novamente. Ele se esquivou e balançou. O fogo ardia mais alto abaixo.

Malévola subiu o penhasco, enrolando o corpo sobre as pedras e forçando-o a recuar mais uma vez. A espada era pouco mais longa que os dentes do dragão, e ele não conseguiu acertar. Nem sequer arranhou as escamas.

O sentimento familiar de desamparo tomou conta dele, que mal conseguiu pular para fora do caminho das mandíbulas do dragão.

A beirada do penhasco desmoronou sob os pés de Phillip. Ele balançou os braços para se equilibrar, jogando o escudo subitamente pesado para frente. Isso o endireitou, mas a peça escorregou por seu braço. Malévola lhe cuspiu outra onda de chamas.

O escudo suportou o impacto, mas a força da magia derrubou Phillip e arrancou o escudo de seu braço. Ele caiu pela borda do penhasco e despencou naquele inferno. A risada de Malévola cortou Phillip como uma faca. Ele engoliu em seco e ergueu a espada.

Se não conseguisse vencê-la, talvez pudesse distraí-la por tempo suficiente para que as fadas levassem todos para um lugar seguro. Phillip abriu a boca para gritar, e uma magia quente e brilhante tomou conta dele. As três boas fadas voaram até ele e pairaram sobre seu ombro.

— Espada da Verdade, voe certa ao destino — entoou Flora. — Que o mal caia e o bem triunfe!

Voar?

Elas queriam que ele atirasse sua única arma!

Phillip apertou ainda mais a espada. As espadas não eram feitas para serem lançadas, mágicas ou não. E o que as fadas sabiam sobre luta? Ele poderia esperar. Poderia atrair Malévola para a frente e esperar que o penhasco desmoronasse. Aí, ele poderia atingir seu coração.

Mas a voz de Rosa ecoou em sua cabeça.

Confie nelas, pedira a garota.

Malévola atacou Phillip. Ele respirou fundo, ajustou o aperto à empunhadura da espada e atirou a última arma que tinha na direção da forma monstruosa de Malévola.

21

Beijo doce do verdadeiro amor

A ESPADA VOOU CERTEIRA. Atingiu Malévola no peito e o sangue escorreu por sua barriga ametista. Ela uivou e recuou. Phillip se preparou, encarando os olhos dela. A cabeça de dragão balançou para trás.

O terror de Phillip aguçou seus reflexos naquele milésimo de segundo, e ele saltou sobre as mandíbulas que tentaram abocanhá-lo. O penhasco desmoronou sob eles e Phillip saltou para trás. Seus dedos aranharam a rocha, mal alcançando a borda. Ele se agarrou com toda a força que tinha, em pânico, mantendo as mãos no lugar, apesar da dor. Malévola se espatifou no fundo do abismo.

Uma fumaça preta e oleosa tomou o ar e os gritos da fada má morreram. Phillip rastejou até o topo do que restava do penhasco. A fumaça trancou sua garganta e interrompeu um grito. Ele enxugou o rosto e olhou por cima da borda. Tudo o que restara de Malévola era uma mancha escura presa à terra pela Espada da Verdade.

Phillip quase riu. Estava feito.

O lento bater de cascos contra pedra subiu o penhasco atrás de Phillip, e ele sorriu para a forma ilesa de Sansão. O corcel bufou suavemente e

Phillip agarrou as rédeas. As fadas permaneciam esvoaçando na altura do ombro de Phillip.

— Você está bem, Sansão? — perguntou Phillip, concentrando-se no cavalo para não ter que pensar em tudo o que havia acontecido e no que ainda tinha que fazer. — Cenouras sem fim. Cenouras infinitas. Tantas quanto você puder comer sem morrer.

Sansão relinchou e apoiou a cabeça no ombro de Phillip, deixando o príncipe remover alguns pedaços de madeira chamuscada da crina. Ainda havia muito o que fazer, apesar da exaustão que lhe atormentava os ossos, e Phillip se sentou até poder ver as torres do castelo à distância. Ele tinha que acordar Rosa primeiro e lhe contar o que se passara.

E descobrir de vez se ele era seu verdadeiro amor. A simples ideia de ela não acordar revirou seu estômago. Ou talvez fosse a fumaça. Definitivamente a fumaça.

— Vossa Alteza — disse Flora, tremeluzindo em sua visão periférica —, a Princesa Aurora e os outros estão esperando.

— Joana — disse ele. — Existe uma forma de resgatá-la?

Primavera assentiu enfaticamente e sacudiu a varinha, criando uma imagem nebulosa entre eles, tão parecida com a que Malévola invocara que Phillip estremeceu.

— Agora, vamos ver… — disse ela, movendo a varinha como uma luneta e ajustando o que a imagem mostrava. — Sua escudeira também precisará do cavalo dela. Com Malévola aniquilada junto à velha magia que a ligava à Montanha Proibida, isso deve ser muito mais fácil.

Houve uma rajada de ar quente que o lembrou da primavera e um assobio como o de um pássaro. Descendo o penhasco na estrada para o castelo, Joana e Taliesin apareceram em uma explosão de bolhas de sabão. Joana, exausta e encharcada de suor, mas radiante, jogou os braços em volta do pescoço de Taliesin, e Sansão galopou para abalroar o flanco de Taliesin. Phillip encontrou Joana a meio caminho.

— Como foi? — perguntou ele, envolvendo-a em um abraço.

— O que está acontecendo? — Ela retribuiu o abraço. — Onde está Malévola?

— Ela se foi. — Phillip recuou e limpou um pouco de cinza do rosto dela. — Ela está morta. Acho que para sempre. Não é?

Ele olhou para Primavera e ela confirmou com a cabeça.

Joana socou o braço de Phillip de forma gentil algumas vezes e ele sorriu.

— O tempo é fundamental, Vossa Alteza — disse Flora, esvoaçando sobre seu ombro. — As outras fadas continuam presas, certo?

— Poena está desmaiada e Phrike só ficou voando e choramingando depois daquele corte no braço — contou Joana, e balançou a cabeça. — Éris está invisível e se escondendo ou deu no pé. Ela entrou em pânico quando eu derrubei Poena.

— Boa menina! — Primavera aplaudiu baixinho. — Duas fadas fora de combate e uma assustada é um feito nada desprezível, sabia?

Phillip sorriu e bateu com o ombro no de Joana.

— Vale pelo menos o título de cavaleira.

Joana corou e Phillip deu um tapinha no focinho de Taliesin.

— Vamos, Sir Joana. — Phillip a ajudou a subir em Taliesin e depois montou em Sansão. — Todos na área estão dormindo até a Princesa Aurora acordar. Vá para a casa de cura e prepare-se para ajudar quando todos acordarem. Vou pegar a princesa.

— Dormindo?

Phillip assentiu.

— Espere e verá.

Viajaram em silêncio, com o olhar fixo nas torres distantes do castelo. A floresta de espinhos tinha desaparecido, mas ainda havia um formigamento inquietante na nuca de Phillip. Os únicos sons eram o bater das asas das fadas e o dos cascos de Sansão. Phillip estremeceu ao passar pelas primeiras pessoas.

— Estou vendo — murmurou Joana, boquiaberta.

Os cortesãos haviam caído onde estavam. Alguns cambalearam e outros escorregaram até as pedras do pavimento. Uma criança dormia sozinha no canto do portão e uma mulher estava meio submersa na fonte central. Phillip manobrou Sansão através da multidão como se atravessasse um bosque.

— Não queríamos que a Princesa Aurora acordasse sozinha — disse uma das fadas. — Tínhamos nada além da maior confiança em Sua Alteza a resgatando rapidamente, mas foi uma precaução. Ninguém deve ter se machucado ou mesmo percebido que adormeceu.

Joana tocou o ombro de uma pessoa e ela roncou. A escudeira recuou.

— Certo. Vou garantir que a casa de cura esteja preparada caso alguém acorde e entre em pânico.

— Por favor, faça isso — disse Phillip, estendendo a mão sobre Sansão e puxando Joana para perto. Ele agarrou o colarinho dela. — Não comece a escrever um livro sobre isso.

Ela sorriu e afastou a mão dele.

— Será uma ode!

— Melhor do que o seu elogio — resmungou ele, e ela riu durante todo o caminho até a casa de cura.

Phillip correu para o pátio, onde o aglomerado de pessoas era menos denso, e olhou ao redor em busca da entrada da torre. Quanto mais cedo conseguisse falar com Rosa, melhor. Ele queria saber se ela estava bem. Queria contar tudo à garota.

Ele a queria, acordada, diante dele para que pudessem conversar sem a ameaça que antes pairava sobre eles.

Ele apenas *a* queria.

Mas e se ela não acordasse? Passaram a se dar bem, e ele queria ser seu verdadeiro amor, mas conhecer alguém e desejá-lo não era amor. O verdadeiro amor deveria ser maior que tudo e lendário e, embora Phillip soubesse como se sentia, ainda parecia muito com um conto de fadas para envolvê-lo. Rosa lhe *pedira* para beijá-la, no entanto.

Tudo o que restava fazer era honrar seu pedido e ter esperança.

As fadas lideraram o caminho através do castelo. Phillip as seguiu, furioso por não ter prestado mais atenção durante a visita. Subiam cada vez mais alto, mas a exaustão de Phillip desapareceu quando ele sentiu que estava se aproximando de Rosa.

Ele galgou os degraus finais e entrou no cômodo de onde a garota repousava. A visão da princesa ainda lhe tirava o fôlego. A vida havia sido exaurida dela, empalidecendo sua pele até um branco azulado e deixando seus lábios em um tom de rosa-pálido. Rosa sempre fora vibrante, na vida e nos sonhos, e aquela quietude fazia as mãos dele tremerem. Phillip sempre desejou vê-la, mas agora tudo o que mais queria era ouvir a voz dela.

As fadas pairavam perto da porta, observando. Ajoelhou-se ao lado de Rosa, com os nervos à flor da pele. Apoiou a mão no joelho para não tremer.

O peito dela subia com uma respiração lenta e ele suspirou. Estava com muito mais medo do que viria a seguir do que quando lutara contra Malévola. O que ele faria se a beijasse e ela não acordasse? Seria forçado a sair e encontrar o verdadeiro amor dela? Seu coração poderia suportar tal tarefa?

Phillip se inclinou para mais perto. Tocou a mão dela, meio que esperando que o sono amaldiçoado tivesse sido anulado quando Malévola morreu, mas Rosa não se mexeu. Curvou-se sobre sua cabeça e hesitou a um milímetro de seus lábios.

Ele recuou, com o coração disparado, e balançou a cabeça. Não queria que não funcionasse.

Mas Rosa lhe pedira para fazer aquilo. Devia tentar por ela.

Gentilmente, Phillip pressionou a boca na dela, depois se afastou. Permaneceu de joelhos ao lado dela, uma mão segurando a dela. O peito subia e descia com respirações constantes, mas o restante do corpo dela permanecia imóvel como um túmulo. O pavor e a decepção começaram a tomar conta dele e Phillip soltou a mão da dela.

Não funcionara.

Phillip cerrou os dentes e tentou esconder a dor das três boas fadas pairando na porta. Ele sabia. Não estava...

Rosa piscou para ele, seus olhos violeta escuros na penumbra. O coração do rapaz desacelerou e cada pensamento em sua mente se acalmou.

— Sei que você derrotou Malévola — sussurrou ela —, então por que você parece tão apavorado?

— Eu acordei você — disse Phillip, ainda incrédulo. — Eu.

— Você. É tão terrível assim?

— É só que... — Ele engoliu em seco. Balançou a cabeça. Engoliu em seco mais uma vez. — Você me ama mesmo?

Rosa riu baixinho e o chamou até ela.

— Você literalmente acabou de me acordar com o beijo doce de um verdadeiro amor. As evidências não são suficientes? Sim, eu te amo.

Phillip não conseguiu evitar que um sorriso dolorosamente largo tomasse conta de sua expressão e teve certeza de que nunca mais pararia de sorrir.

Gesticulou para si mesmo.

— Eu?

Ele!

— Você tem sorte de ser bonito — zombou Rosa, e jogou de lado a rosa que estava em suas mãos.

Rosa agarrou seu colarinho e o puxou para um abraço. Ela cheirava a primavera no bosque dos sonhos, folhas novas e água fresca. Ele enfiou o rosto na curva de seu pescoço e inspirou fundo. Os dedos dela pentearam as pontas suadas e emaranhadas do cabelo de Phillip.

— Ouvi tudo enquanto estava na floresta dos sonhos — disse ela.

Uma das fadas pigarreou e Phillip olhou para elas. Rosa congelou.

— Tia Flora? — indagou.

— De que sonhos você está falando, querida? — perguntou Flora.

Primavera limpou a garganta novamente.

— E o que você ouviu?

— Ah, bem, tudo o que Phillip fez — revelou Rosa, corando. — Suponho que também guardei um segredo de todas vocês: eu e Phillip sempre sonhamos um com o outro.

— Há uma floresta antiga — acrescentou Phillip. — E havia um muro de espinhos que nos separava. Nunca pudemos conversar, até que um dia passamos a poder. Nestas últimas semanas, a floresta se tornou um labirinto e depois ele...

Phillip olhou para Rosa e ela ergueu as sobrancelhas.

— No último sonho que tivemos, o labirinto desapareceu, mas nenhum de nós sabia por que estava ali ou por que sonhávamos um com o outro.

— Ah! — Fauna apertou o peito, com lágrimas nos olhos.

— Parece que o presente de Primavera teve mais impacto do que pensávamos — disse Flora, e sorriu. — O verdadeiro amor tem seu próprio tipo de magia, e ele sempre encontra uma forma de unir as pessoas, mesmo quando as maldições procuram mantê-las separadas. A maldição sempre esteve dentro de você, minha querida, primeiro como o muro de espinhos, depois como o labirinto que os separava. Mas creio que esse último sonho tenha sido o primeiro que vocês compartilharam depois de se apaixonarem?

— Só encontramos a saída do labirinto depois que paramos de brigar — disse Phillip.

Rosa assentiu.

— E só pudemos conversar um com o outro quando a maldição estava quase aqui.

— O verdadeiro amor — disse Primavera, sorrindo para os dois. — Esforçando-se para unir vocês antes que a maldição se apoderasse.

— Então a magia acreditou em nós?

Phillip se voltou para Rosa e sorriu.

— Eu acreditei em nós — disse ela. — E em você. Você se saiu tão bem. Falei que você se sairia.

— Falou? — resmungou ele. — Senti falta da sua humildade.

— Não vou me desculpar por ter razão.

— Eu nunca pediria isso a você — disse ele, e riu.

Verdadeiro amor.

— Vou beijar você de novo, a menos que não goste disso — disse ela suavemente, passando o polegar ao longo do pescoço dele. — Acho que você me deve um primeiro beijo adequado.

Não havia mais pensamentos em sua cabeça, então Phillip respondeu:

— Eu odiaria estar em dívida com você.

Os lábios dela deslizaram sobre os dele com a mesma facilidade com que ele normalmente deslizava para os sonhos. O sangue correu em suas veias, e o mundo ficou sem chão, restando nada além do calor dos dedos dela contra seu pescoço e a agitação dos cílios dela contra sua bochecha. Ela o agarrou com mais força. A língua dele...

Uma garganta pigarreou atrás dos dois.

Rosa se afastou primeiro e olhou por cima do ombro. Phillip havia se esquecido das fadas, mas não conseguia ficar envergonhado. Ele se sentia alegre. Não havia opinião que pudesse fazê-lo se sentir mal de novo.

Ele estava incrivelmente feliz pela primeira vez em anos.

— Achei que ele deveria me beijar — protestou Rosa, assumindo um tom confuso. Phillip escondeu uma risada no ombro dela. — O que há de errado?

— Você é realmente adorável — murmurou ele, e beijou a bochecha da princesa.

— Você ainda vai causar nossa morte, garota — disse Flora. — Vocês dois são esperados lá embaixo. Ainda há uma festa para comparecer, seus pais para conhecer e uma história para contar.

— Eles podem esperar. Eu tive que fazer isso — disse Rosa, e ela estreitou os olhos para a fada tagarela por cima do ombro de Phillip. — Acabei de acordar de uma maldição, além de descobrir quem eu era hoje. Talvez vocês três devessem avisá-los de que estaremos lá em alguns instantes?

As fadas sussurravam atrás deles e Phillip lutou para não se importar nem se preocupar com o que elas estavam dizendo.

Phillip a ajudou a se sentar, mantendo uma mão em seu braço.

— Feliz aniversário, aliás — disse ele, aproveitando o luxo de poder ver as expressões e brincar com os cabelos dela. Por crescer sabendo que estava noivo da Princesa Aurora, ele nunca se permitira desfrutar de afeto. Passou alguns minutos resumindo a fuga da Montanha Proibida e a luta contra Malévola. Rosa ofegou em todas as partes certas, principalmente para zombar de seu tom sério. Ele lhe beijou a testa quando terminou. — Além disso, acho que a festa de nosso casamento está acontecendo lá embaixo.

Ela fechou a cara.

— Não vamos nos casar esta noite, certo?

— De jeito nenhum, e mal posso esperar para ver a cara deles quando descobrirem. — Ele a beijou rapidamente e estendeu as mãos. — Você está a fim de decepcionar seus pais pela primeira vez? É uma ocasião importante. Lembro-me da minha com carinho.

Ela riu e pegou a mão dele, levantando-se da cama.

— Como estou?

— Decepcionante pra caramba — disse ele, ajeitando o cabelo dela sobre os ombros e enrolando uma mecha no dedo.

— Bem, você deve saber — disse ela, mas não havia ironia por trás das palavras. Ela ficou na ponta dos pés e beijou a bochecha de Phillip. E sussurrou: — Nós derrotamos Malévola. Se de fato ficarem desapontados, azar o deles.

Phillip riu e ela o puxou para mais perto.

— Phillip — disse ela, segurando as duas mãos dele —, sei que você passou anos lutando contra o seu… nosso, eu acho, noivado e odiando a ideia de obedecer, embora estivesse preparado para ir até o fim. Se quiser ir embora agora, eu não o culparia.

Ele não tinha certeza se o amor poderia florescer com apenas algumas palavras, mas aquilo o fez se sentir amado como nunca em sua vida. Rosa o observava com os olhos ligeiramente estreitados, claramente preocupada, mas oferecendo-lhe o que ele mais desejava. Ela sabia exatamente o que o Phillip de um mês antes teria escolhido: ir embora. No entanto, ela o deixava decidir mesmo quando pensava que a resposta dele a machucaria.

Contudo, ele não era mais aquele Phillip.

— Eu não quero ir. — Ele olhou para as fadas e baixou a voz. — Não quero me casar agora e não quero seguir o plano de nossos pais para nós. Não quero ficar nem em Ald Tor nem em Artwyne. Quero viajar e descobrir quem sou para além da sombra do meu pai e quero fazer tudo isso com você... se também quiser.

Rosa assentiu, com o nariz franzido de tanto sorrir.

— Eu quero ir a todos os lugares.

Uma alegria como ele nunca sentira inundou suas veias, e Phillip sabia que aquilo era o verdadeiro amor: querer enfrentar o mundo com alguém que conhece todas as suas melhores e piores partes, ajudando-o a realizar seus sonhos e aproveitando seus sucessos. Confiança. Bravura. Amor.

Juntos, eles poderiam fazer qualquer coisa.

As fadas esvoaçavam ao redor deles enquanto desciam para o salão. Da escadaria, já escutavam o vozerio. Sem dúvida todos estavam acordados e não parecia haver pânico. Tudo o que Phillip conseguia ouvir eram gritos alegres e explosões distantes de música. Parecia se tratar de uma grande festa lá embaixo. Assim que chegaram ao andar principal, as fadas voaram para alertar os arautos.

— Você acha que eles perceberam que adormeceram? — perguntou para Rosa.

Ela observou a dança e negou com a cabeça.

— Acho que eu mesma não teria notado se não estivesse esperando por isso e não tivesse acordado em um lugar diferente. Não vou contar para eles se você não contar.

Ele sorriu e beijou a mão dela.

— Aposto tudo o que tenho na minha bolsa que eles não vão mencionar Malévola por uma hora inteira.

— Apostado.

A fanfarra de trombetas ecoou pelo castelo. Phillip colocou a mão dela na dobra de seu braço, descendo lentamente a escadaria principal. O Rei Stefan e a Rainha Leah estavam sentados em seus tronos no final do corredor, e o pai de Phillip descansava perto deles. Os olhos da rainha se arregalaram quando ela os avistou, seu sorriso triste fazendo o coração do príncipe doer. Rosa enrijeceu e ele acarinhou a mão dela com o polegar. O sorriso do Rei Stefan, porém, era todo alegria.

— É a Aurora! — disse ele, caminhando hesitante em direção aos dois. — Ela está aqui!

— Você não é muito boa em decepcionar as pessoas — sussurrou Phillip. Ele sorriu para a amada e apertou a mão dela contra si. — Ainda é tempo de recuar, mas, se partirmos, sentiremos falta das trapalhadas do meu pai.

Ela riu baixinho, olhando para a frente e visivelmente tentando não olhar para todas os súditos ao redor.

— Ele não é tão ruim assim, é?

Phillip bufou.

— Você tem sorte de não estarmos apostando isso.

— E... e... e o Phillip! — espantou-se o Rei Humberto.

Os ombros de Rosa tremeram contra os dele por um momento, e ele baixou a cabeça para esconder a própria risada.

A poucos passos da plataforma, os dois pararam. Ele se curvou e Rosa fez uma mesura, ainda segurando o braço dele. Phillip se endireitou e sentiu Rosa enrijecer novamente, seu olhar subindo até os pais. Então, ela pareceu ignorar a hesitação e apertou o braço dele. Ele se moveu para deixá-la avançar.

Rosa correu para a mãe. Phillip deu um passo para trás, olhando pelo canto do olho o pai se aproximando.

— O que é isso, rapaz? — indagou o Rei Humberto para Phillip.

Antes que Phillip tivesse tempo de fazer uma piada, Rosa apareceu e beijou o Rei Humberto na bochecha. Ele se calou.

Phillip aproveitou a oportunidade para roubar Rosa para si. Ele a puxou para seus braços, ignorando o balbucio do pai. Rosa e ele repetiram com facilidade os passos de dança executados na floresta, e as pessoas ao redor assistiram aos volteios do casal. Phillip não dava a mínima. Simplesmente a puxou para mais perto e sorriu. Deixou o pai ficar confuso. Deixou todo mundo olhar.

Nenhuma opinião sobre a cena importava, exceto a de Rosa e a dele.

Sentiu uma cócega na garganta e o que parecia ser uma brisa primaveril passou por seus cabelos. Rosa gemeu.

— Elas são tão competitivas — resmungou a princesa enquanto seu vestido mudava de azul para rosa.

Os cortesões ao redor do salão começaram a murmurar.

— Competitivas — repetiu Phillip, rindo quando o vestido voltou a ser azul. — É, estou começando a entender isso. Você quer que elas parem? — Ele olhou atravessado para as boas fadas.

— Não, elas não seriam elas mesmas se não fossem assim, e eu as amo — disse Rosa, e levantou os calcanhares para que o vestido balançasse bem no momento em que mudava para rosa-claro outra vez. Ela inclinou o rosto para ele. — E agora?

Phillip a girou mais uma vez, e as pessoas que os observavam se esqueceram dos problemas do dia anterior.

— Vivemos felizes para sempre, é claro.

Epílogo

— A FELICIDADE DELES *era como se estivessem flutuando sobre as nuvens felpudas do alvorecer e dançassem manhã adentro.*

— De jeito nenhum — protestou Phillip, jogando de lado a coroa de flores que estava tecendo e enterrando o rosto nas mãos. — Faz apenas dois anos. Como você pode não lembrar exatamente o que aconteceu de uma forma que me agrade?

Joana fechou o livro — ele nunca o deveria ter dado de presente para ela — e sorriu.

— Eu sabia que você odiaria. É por isso que escrevi assim.

Sir Joana de Artwyne foi a primeira a colocar no papel a história da derrota de Malévola. Para grande desgosto de Phillip, foi bastante acurada. Felizmente, apresentava muito mais do que apenas seus erros e incluía muitas histórias de pessoas que foram apanhadas no trabalho de Malévola décadas antes e nos anos recentes. Joana encontrara histórias antigas, entre a primeira derrota e o retorno de Malévola, de cidades sitiadas por incêndios florestais estranhos e inextinguíveis no sul e estradas onde sombras dançavam e perseguiam todos que viajavam por elas. Uma dúzia de fazendas no leste havia sido inundada por tempestades, e as crianças contavam histórias assustadoras sobre a dama vestida de relâmpago. Antes de enganarem Phillip, as fadas de Malévola estiveram ocupadas semeando o caos.

Havia muito mais na história do que uma fada má, uma maldição e uma princesa. Joana ainda estava descobrindo todos os detalhes, e para isso era preciso caçar Éris.

Phillip adotara uma abordagem muito mais relaxada nos dois anos após derrotar Malévola.

— Isso é justo e tal, mas não é verdade que você teve que me carregar no ombro quando me ajudou a aprender magia — disse ele.

Joana arqueou uma sobrancelha para ele.

— Prove.

Phillip riu bufando. Agora era mais fácil brincar sobre Malévola e o tempo que ele passara com as fadas. O aniversário de Rosa deixara todos nervosos no ano anterior, apesar da certeza de que a fada malvada havia partido, então, naquele segundo ano, seus pais a mimaram. A festa contou apenas com a presença de amigos íntimos e familiares, embora os Reis Humberto e Stefan fizessem barulho equivalente a uma multidão inteira, e se reuniram na grama aquecida pelo sol dos jardins do Rei Stefan, sob uma copa de rosas trepadeiras cultivadas por Rosa. A maior parte dos convidados estava envolvida nas próprias conversas, e por isso Phillip não se importou com as zombarias.

— Acho que é uma ode adorável — elogiou Rosa, e o riso malcontido transpareceu em sua voz. — É melhor você levar uma surra algumas vezes do que algum estranho escrever sobre quão nobre, brilhante, bonito e maravilhoso você é e então todos esperarem que você seja como um daqueles cavaleiros perfeitos de antigamente.

— Realmente, eu odiaria ser descrito como bonito — resmungou ele, e recostou-se na grama.

Rosa riu alto e de forma desenfreada. A luz do sol refletiu nos cachos de seu cabelo e nas linhas de seu pescoço, e Phillip precisou se esforçar muito para não sorrir.

— Você me magoou — disse Phillip, e apertou o peito. — Onde está um sono amaldiçoado quando se precisa de um?

Ela riu de novo. Phillip a beijou na bochecha. Rosa apertou a mão dele.

Joana assistiu a tudo com um sorriso sardônico. Seu interesse pelo romance ainda era estritamente acadêmico.

— Eu deixei de fora como você arruinou minha cerimônia de condecoração com um ano de antecedência — disse ela, em voz alta, olhando para o pai dele.

Phillip gemeu. Seu pai adorava contar aquela história.

— Amis em pessoa em meu castelo! — gritou o Rei Humberto, batendo no tecido estendido sobre o gramado. — Elu quase derrubou a parede inteira quando tomou o Escudo da Virtude!

Fora *realmente* uma cena e tanto: Joana vestida com sua melhor roupa, o cabelo preto trançado com ouro e as mãos adornadas com desenhos fluidos. O pai de Phillip estava presenteando-a com a espada que ela carregaria a partir de então quando o cheiro de óleo de linhaça e os passos barulhentos da armadura de Amis encheram o salão. Elu declarou suas intenções contra o ladrão Phillip — o insulto mais educado já dirigido ao príncipe, embora fosse um golpe sólido em seu orgulho — e retomou o escudo. Amis saiu sem dizer mais nada, apenas inclinando a cabeça para Joana.

— Você teve a cerimônia mais memorável em séculos! — objetou Phillip. — E elu reconheceu você, Joana, a Honorável.

Ele apontou o dedo para a amiga a fim de enfatizar as palavras e Joana escondeu um sorriso.

— De Artwyne! — O Rei Humberto aplaudiu. — Nossa Joana escolhida por Amis!

Phillip riu. Estava mais fácil de lidar com a atitude turbulenta de seu pai. Os dois tiveram "desabafos", como seu pai dizia, gritando um com o outro nas semanas seguintes à derrota de Malévola. Phillip estivera furioso com tudo, mesmo gostando do orgulho recém-descoberto que seu pai sentia por ele, e seu pai não fora capaz de descobrir por que Phillip estava aborrecido por seu pai estar orgulhoso dele. Houve várias brigas estranhas antes de Phillip mencionar Éris, e então o Rei Humberto entendeu o quanto havia magoado o filho. Passou uma semana inteira conversando com Phillip depois disso. Foi a primeira vez que ele viu o pai chorar.

O relacionamento deles não era perfeito, mas dava para o gasto. Agradável, até.

— E agora estamos todos ocupados vivendo felizes para sempre e dançando ao amanhecer — disse Rosa —, embora "felizes para sempre" pareça muito vago.

— Desculpe. — Phillip roubou a taça de água de cevada dela. — Você não está feliz, aniversariante?

Os pais dela e o Rei Humberto se animaram com a piada, fingindo não ouvir com atenção. Superar o cancelamento do casamento por parte de Phillip e Rosa fora um dos passos para a reconciliação. A Rainha Leah havia sido a primeira a reconhecer a sensatez da decisão, quando percebeu quão despreparada Rosa estava para a vida para a qual estava sendo empurrada. A fusão de Phillip com seu herdeiro idealizado pelo Rei Humberto recaía na mesma questão no cerne do noivado: viam seus filhos como extensões de si mesmos. Os pais de Rosa foram os primeiros a mudar de ideia, ansiosos para construir um relacionamento com ela. Estavam se comportando de modo tão delicado quanto Rosa costumava ser com filhotinhos machucados.

Nos dois anos anteriores, houve discussões intensas, refeições familiares em meio a lágrimas e muitas conversas das quais Phillip tomou conhecimento por meio de Rosa. Ela se acostumara com a maior parte da nova vida — embora não coser as próprias costuras tivesse levado muito mais tempo do que para aprender a entreter a corte e estudar contabilidade —, mas grandes multidões ainda a deixavam nervosa. A Rainha Leah passara semanas tentando decidir se o piquenique seria apreciado.

— Estou arrasada — respondeu Rosa, e fungou, inclinando a cabeça para encará-lo com altivez, uma cópia perfeita da mãe. — Só esta festa e o presente de Joana com a nossa história me impediram de morrer de coração partido.

— Vou levar meu presente de volta, então — disse Phillip, estendendo a mão.

Rosa apertou ainda mais a caixa contra si.

— Eu não disse que você deveria fazer isso.

A caixa de bulbos de flores que ele importara do extremo norte era mais uma promessa do que um presente. Eles ainda não tinham viajado para fora de Ald Tor e Artwyne. Rosa queria ver o reino que era seu lar, e havia muito a fazer para garantir que ambos os reinos estivessem seguros após a queda de Malévola. Eles passaram a maior parte daqueles dois anos tentando se acertar com os pais e descobrindo quais eram seus papéis naquele novo mundo. Rosa enfim parecia acostumada com a vida fora do chalé no vale. Embora Phillip soubesse que ela ainda estava desesperada para conhecer o mundo.

— Tão inconstante — disse ele, e bateu no nariz dela. — De qualquer forma, foi apenas parte do presente.

E ele esperava entregar o restante em breve.

— Parte? — Ela olhou ao redor deles. — O restante é segredo?

— Talvez.

A festa estava acabando. O Rei Stefan estava rindo de algo que a Rainha Leah dissera, e o pai de Phillip deu um tapa nas costas dele. Joana sorriu e o pai de Phillip fez um brinde a ela. O título de cavaleira combinava muito mais com ela do que jamais combinaria com Phillip.

— Quer sair daqui? — sussurrou Phillip para Rosa, apontando para a rainha, que estava enchendo a taça de Joana, e para o Rei Humberto, que estava bebendo da sua. — É um jogo de brindes em andamento, e posso até amar meu pai agora, mas sei que não devo brincar de beber com ele.

Rosa riu e assentiu. Eles saíram de fininho de seus assentos sem que ninguém além das fadas percebesse. Flora deu um aceno sutil a Rosa. Phillip esperava que os outros entendessem a necessidade do casal de escapar da multidão e do barulho, e ele assumiria a responsabilidade se alguém se incomodasse. Phillip carregou a caixa de bulbos de flores e acenou com a cabeça em direção à extremidade do jardim. Seus cavalos se animaram à medida que os dois se aproximavam.

— Seu pai melhorou muito — comentou ela. — Mas ainda é barulhento.

— Ah, não acho que longas conversas vão ajudar neste aspecto — disse Phillip. — Ele se desculpou. Pelo que sei, nunca fez isso antes.

Fora o momento mais estranho da vida de Phillip. Mas o Rei Humberto estava orgulhoso do filho e diria isso a qualquer pessoa que pudesse escutá-lo de perto, mesmo que não concordasse muito que Phillip houvesse optado por ser um diplomata em vez de um cavaleiro. A política era muito mais parecida com um jogo de xadrez do que os jogos de guerra, a que o Rei Humberto preferia.

E Phillip ficara muito talentoso no xadrez.

— Olá, Ursa. — Rosa acariciou a lateral da égua e ofereceu-lhe uma fatia de maçã untada com geleia de ameixa. Ela lhe beijou a têmpora. — Feliz aniversário!

Phillip e a Rainha Leah haviam passado semanas procurando o palafrém perfeito para o aniversário de Rosa no ano anterior, e Rosa batera os olhos na égua marrom que mastigava cada pedaço de comida à vista e a escolhera em um piscar de olhos. E desde então as duas não se separavam.

— Não é o aniversário *dela*, sabia? — disse ele, e deixou Sansão pescar uma pequena maçã em seu bolso.

Rosa olhou para ele.

— Não sei o aniversário dela, então o melhor que posso fazer é comemorar o dia em que nos conhecemos.

Era excepcionalmente fácil amar aquela garota.

— Quero encontrar o lugar perfeito para plantar estes bulbos — disse Rosa, olhando para um canto distante do jardim. — Você acha que Joana gostaria de algumas flores destas se eu conseguisse cultivá-las?

Joana as aceitaria com um sorriso e iria até ele em pânico porque não sabia como manter nada vivo, exceto o príncipe e Taliesin.

— Ela não tem, como se diz, dedo verde. Manchado de tinta por escrever demais — explicou ele. — De qualquer forma, elas combinam muito mais com você: dormem até a primavera, quando voltam à vida.

Rosa sorriu.

— Ela escreveu um poema?

— Está em andamento, mas finja surpresa se for seu próximo presente de aniversário.

Ela riu e assentiu. Caminharam sem pressa em direção ao terreno, Sansão e Ursa trotando atrás deles. Era difícil acreditar que apenas dois anos antes o futuro deles fosse precário e que eles nunca tivessem falado um com o outro. Se não fosse pela floresta dos sonhos, Phillip não tinha certeza do que teria acontecido. Não sonhavam com aquele lugar desde o fim da maldição.

Rosa circulou pelo cantinho do jardim de que ela gostava, amarrou as longas saias de seu vestido para evitar que ficassem muito sujas e se ajoelhou na grama. Um esquilo avançou e cheirou a caixa de bulbos.

— Não é para desenterrar — intimou Rosa. — Vou lhe dar toda a comida que quiser, mas não pode ficar fuçando no jardim. Estamos entendidos?

O esquilo guinchou de uma forma que poderia ser uma concordância e correu em direção aos outros animais que assistiam da árvore. Ela os enxotou com um sorriso e começou a trabalhar, experimentando a terra nas mãos. Phillip se sentou ao lado dela e, conforme Rosa ia plantando, ele ia lhe passando cada bulbo. Ela cantarolava enquanto trabalhava.

Havia algo de íntimo no silêncio, algo aconchegante e seguro em saber tanto sobre outra pessoa que não havia nenhuma conversa que pudesse melhorar o momento. Saber que ela se sentia confortável o suficiente para ser Rosa e não a Princesa Aurora perto dele era tão precioso para Phillip que seu coração doeu.

— Eu te amo — disse ele, ternamente.

Eles estiveram juntos e separados em igual medida nos dois anos anteriores, e Phillip não queria se separar dela mais do que o necessário dali em diante. Pegou o último bulbo, aninhando-o com delicadeza nas palmas das mãos, e observou-a pressionar a terra sobre os bulbos como se os estivesse colocando na cama. Haviam crescido juntos, e ele mal podia esperar para continuar crescendo com ela. Phillip passou o último bulbo.

— Eu também te amo. — Ela limpou as mãos e se virou para ele. — O que foi?

— Absolutamente nada — respondeu Phillip, com o coração na garganta. Tinha certeza de que ela o amava mais do que ele podia imaginar, mas ainda assim estava tendo dificuldade com as palavras. — Como você se sente quanto a noivados longos?

Ela plantou o último bulbo, e um leve rosado florescia em suas bochechas.

— Que pergunta estranha, já que, tecnicamente, ainda estamos noivos.

— Mas isso é obra de nossos pais, não nossa. — Ele cruzou as mãos trêmulas no colo e se concentrou em um ponto logo acima do ombro de Rosa. — Agora que você teve a chance de se estabelecer em Ald Tor e esteve em Artwyne, como se sentiria ao visitar outros reinos, como aquele que abriga estas flores?

Ela sorriu e assentiu, inclinando-se até que fosse capaz de captar o olhar dele.

— Eu adoraria fazer isso, mas o que viajar tem a ver com noivados?

— Um noivado significa que nossos pais não vão se importar que fiquemos fora por um tempo.

— Phillip. — Ela pressionou a testa contra a dele. — Este noivado teórico é apenas por causa deles?

Ele engoliu em seco, os nervos se contorcendo em seu peito.

— Não. É que, você sabe, eles são tão barulhentos e pensei… Já planejei tudo independentemente de eles concordarem ou não, e partiremos à noite se eles não concordarem. Joana está na viagem, assim como alguns dos outros cavaleiros. Eu realmente não me importo com a opinião deles, mas você está construindo um relacionamento com seus pais, então não queria estragar as coisas indo embora com você, porque sei que você vai me acompanhar. Não que precise. Ainda podemos ir, não importa qual seja a resposta deles ou a sua resposta. Eu só…

Rosa o beijou, interrompendo as divagações e o nervosismo dele, e Phillip a seguiu quando Rosa se afastou. Ela pressionou um dedo contra os lábios dele.

— Eu lhe daria uma resposta se você me fizesse uma pergunta.

Phillip sorriu, o alívio borbulhando de dentro dele como uma risada.

— Você quer se casar comigo?

— Eu adoraria me casar com você quando voltarmos desta grande aventura que está planejando. — Ela o beijou novamente e foi tão doce quanto suas palavras. Quando se separaram, acrescentou: — Nossos pais vão gritar tão alto que vão acordar Malévola da morte. Temos que esperar para contar a eles.

Phillip deu de ombros.

— Então vamos manter você longe de fusos no dia do nosso casamento.

— Isso daria uma boa história. — Rosa deitou na grama e o puxou junto. Ficaram admirando o céu através do véu de folhas. — Vamos tornar Joana nossa historiadora oficial?

— Só se for para os livros de história serem escritos em pentâmetro iâmbico. — Phillip levou à boca a mão da noiva e lhe beijou os nós dos dedos. — Como você contaria nossa história?

Rosa deu risada.

— Maldições, dragões e batalhas são a melhor parte das histórias, mas a nossa tem início muito antes disso. Tudo começou com um sonho que tive quando pequena…

LEIA TAMBÉM

COM um reino vizinho procurando apenas uma desculpa para invadir a região costeira de seu reino, além de rumores de piratas fantasmas rondando os mares, o príncipe Eric está desesperado por qualquer informação que possa ajudá-lo a trazer estabilidade a seu reino. E ele também precisa se livrar de uma maldição lançada por uma terrível bruxa do mar: se beijar alguém que não seu verdadeiro amor, ele morrerá.

Ao lançar-se a uma missão marítima, Eric é resgatado por uma misteriosa jovem com voz hipnotizante, que faz seu coração ficar dividido. Deveria ele entrar em uma batalha da qual, tem quase certeza, não sairia vitorioso ou ir atrás de um amor que talvez nem exista? E quando uma jovem náufraga com flamejantes cabelos ruivos e um sorriso capaz de acalmar os sete mares entra em sua vida, Eric pode descobrir que o amor verdadeiro não é algo que possa ser decidido por magia.